【ナガン王国】
軍師
【チャーダ獣王国】
獣王

ダチョウ獣人の歩み

Dacho Jujin no Ayumi.

天性の身体能力と引き換えに、とてつもなくアホ。そんなダチョウの因子を継承した獣人たちは、天災級の魔物が蔓延る魔境——高原を生き抜いていた。群れの中心は、人間としての前世と知性を備えたレイス。

ある時、冒険者たちを窮地から救ったのがきっかけで、群れはヒード王国の都市プラークを訪れることになる。

だが時を同じくして、プラークにナガン王国が誇る魔法兵団が奇襲を仕掛けようとしていた。それは、街の守護隊では到底太刀打ちできない陥落必至の侵攻——のはずだった。

レイス率いるダチョウ獣人たちは、その圧倒的な身体能力で、すぐさま敵兵五五〇〇を殲滅！　その戦果をもって、周辺国から新たな『特記戦力』として認められることとなる。特に長らく特記戦力を保有してこなかったヒード王国は、自国に特記戦力を引き込む好機とすぐさま宰相自らダチョウ獣人に接触、食料と住む場所の提供を約束する。

これにはレイスも群れを率いる立場として安堵したが、うまく宰相に丸め込まれて、女王と会うためにヒード王国の王都ガルタイバまで向かうことになってしまい……？

ダチョウ獣人のはちゃめちゃ無双

Dacho Jujin no
Hachamecha Muso.

2

アホかわいい最強種族のリーダーになりました

サイリウム

illust. Pilokey

PRESENTED BY SAIRIUMU

ILLUSTRATION Pilokey

口絵・本文イラスト
Pilokey

装丁
AFTERGLOW

CONTENTS

ダチョウ

Struthio camelus

鳥綱ダチョウ目ダチョウ科ダチョウ属

時速六〇キロメートルで移動できる走力にスタミナ。
五キロメートル先まで見渡す視力。
そして、圧倒的な回復力と免疫力。
それらを具えた、**地上最強スペックの生物**。

だが、その驚異の身体能力には、
唯一の代償があった。

『そう、バチクソにアホ』

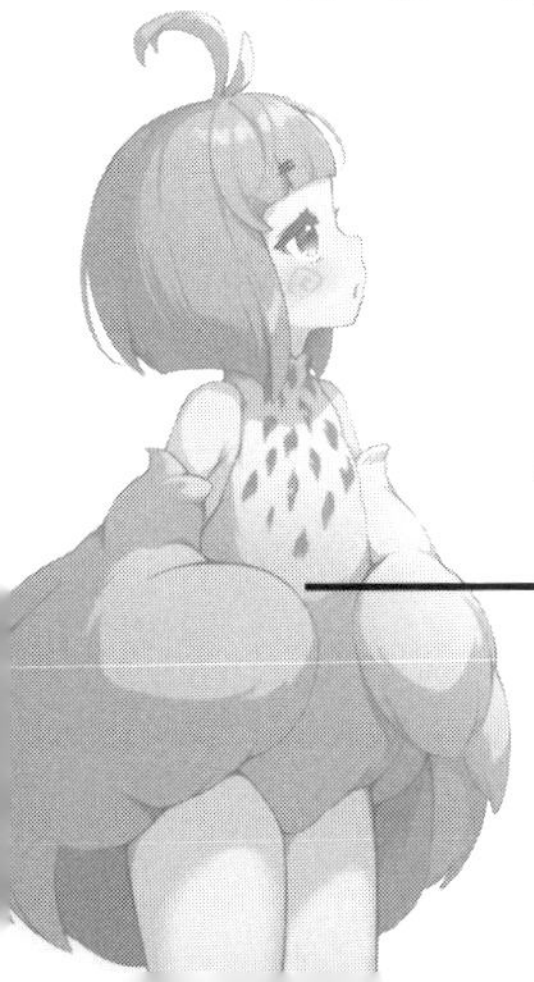

今、とある異世界で、歴史の表舞台に
彗星のごとく現れた種族があった。

彼女たちこそ、
そんなダチョウの因子を受け継いだ獣人
――ダチョウ獣人である。

Dacho Jujin no
Hachamecha Muso.

プロローグ

「なにあれー！」

「すごいー！」

「ごはん？」

「ごはん！」

「わー！」

「あ〜ッ！　勝手に動くな！　戻ってこーいッ！！！」

　初めて見る興味深い存在たちに走り寄っていくダチョウ獣人たちに、勝手に走り回って迷子になられたらたまらないと何とか群れを一纏《まと》まりにしようとする彼女。いつも通りと言えばそうなのですが、群れが文明の方へ進めば進むほど脱走の回数は増え、長《おさ》である彼女の疲労がどんどんと溜《た》まっていきます。

（色んなものに興味持ってくれて嬉《うれ》しいけどッ！　何回繰り返せばいいの⁉）

　胸中でそう叫びながらも、四方八方に走り回る仲間たちを必死で取り纏めるのは群れの長。『レイス』です。過去、別の世界で生を受けた記憶がある彼女はいわゆる『転生者』。他のダチョウ獣人とは違い、高い知性を持つ彼女は自然と群れの長に収まり、今では暴走保育園の園長さん。最近スカウトできた新しい先生たちのおかげで昔よりは楽になりましたが、やはり『遠足』は早かったのでしょうか、無限のスタミナを持つダチョウ獣人の彼女でも、疲労の色が見えてきています。

（これなら高原に……、いやあっちに比べたらここは天国だな。うん。普通に帰りたくないや）

レイスたちダチョウ獣人は、元々『高原』という地方に住んでいました。その場所はまさに魔境と呼ぶに相応《ふさわ》しい地で、ダチョウの力強さと耐久力を持つ彼女たちといえど、生きるので精いっぱいな土地。理外の強さを持つ存在たちが両手で数えきれないほどいるのです。常に命の危険を感じる場所に戻りたいなどと思うわけがありません。

まぁそんな土地ですから彼女たち以外のか弱い人類が生存できるはずもなく……。レイスが過ごした十年間で出会えた『まともな会話ができる生命体』はゼロ。群れの仲間はダチョウなのでもちろん全員おバカ。けれどひょんなことから自分たち以外の『人類』を発見したレイスたちは、彼らの導きで無事高原を脱出。今いる『ヒード王国』に流れ着いた形になります。

「ほら、一列になって歩こうね？　ほらびしーっと！　できるかなー？」

「できる！」

「できた！」

「びしー！」

「……どう見ても一列じゃないけど、纏まってくれるならとりあえずヨシ！　ほら全体進めー！」

初めてたどり着いた場所は、『プラーク』と呼ばれる小さな町。そこで色々なことに巻き込まれたレイスたちは、急にやってきた敵国の軍隊を蹴散《けち》らしたり、町の中に入って大騒ぎしたり、初めての文明に目を輝かせたりと色々ありましたが……。ついにお国に目を付けられてしまいます。まぁ高原でまぁまぁな強さでも、人類生存圏では腰を抜かしてしまうぐらいの強さですからね。これは大事と飛んできた宰相さんとお話したレイスたちは、なんと王都にお呼ばれする事になりました。

（私たちは言ってみれば移民。今はまだなんとかなっているけれど、私個人で対処できない大きな問題が起きれば、確実に迫害される。そりゃ武力で考えたらそれも制圧してしまえばいいんだけど……。その先に待っているのはさらに強い迫害と、この生存圏からの追い出しだろうからねぇ）

ダチョウちゃんたちはたくさんご飯を食べますし、たくさん遊びますし、とってもおバカです。群れを安全な生存圏で、子供たちの成長に悪影響を及ぼさないように維持するにはどうしても国の助けが要りました。もちろんレイスたちのダチョウパワーの前では人間さんなど可愛《かわい》いもので、そんな力をもって『ここわたしのおうち！』しても良かったのですが、彼女たちは高原という自分たちが弱者である場所で生まれ育ちました。自分よりも強い存在を知っているからこそ、この人類の地でもそれがいないとは限らない。そう考えたレイスは、なんとか共存の道を探そうとしている感じなんですね。

（ま、いずれこの子たちに『もっと進んだ文明』ってのは見せてあげたかったんだ。私たちダチョウ獣人とヒード王国との条約。いや取り決めかな？　それを締結しに行くのは手間だけど、決して悪いことばかりじゃ……）

「なにあれ！」

「しらない！」

「ごはん？」

「ごはん！」

「いくー！」

「だぁぁ！　もう！　だから勝手に行っちゃダメって言っているでしょうがッ！」

そんな宰相さんとの会談から数日後。身支度と周辺地域のお掃除を終わらせたレイスたち『ダチョウ保育園』はプラークから北上、王都に向かいゆっくりと足を進めています。ダチョウたちの足の速度であれば三日もかからずに踏破できる道のりであったのですが、なんと今回の旅路には人間の同行者さんが。そしてちょうど今この瞬間のように、ダチョウたちが新しく見る興味深いモノに惹《ひ》かれ群れから脱走する個体がいるので……、歩調がゆっくりになっている、というわけです。

ちなみに脱走理由は、初めて見た荷馬車（n回目）を『なんかよくわからないけど誰かがごはんと言ったからごはんに違いない』と思ったとのこと。突撃するダチョウを押しとどめるために、園長先生が急発進いたしました。今のところ被害は出ていませんが、まだプラークを出発して一時間も経《た》っていません。このままだといつか何かやらかしそうで非常に怖いものがありますね！

「……国側の私が言うのもなんだが、これ断った方が良かったのではないか？」

「…………まぁ正直私もそう思う。あの子たちに経験を積ませる観光旅行、ってレイスは言ってたけどかなり早かったんじゃないか、って」

そんな常時スクランブルなレイスを横目に、プラーク守護の『マティルデ』と、エルフの『アメリア』が言葉を交わします。マティルデさんはレイスたちが初めて訪れた町の領主的なポジションの人で、アメリアさんは高原でダチョウに保護され、お礼として群れを町まで連れてきてくれた一人です。

二人とも『ダチョウ』との付き合いが増えてきたので、かの『ごはん（係）予備軍にしてスパイ』として名高いアラン氏のように、発見された直後に突撃されるというほどの関係性ではなくってはいます。しかしながらマティルデさんの言葉はダチョウたちに届かず、アメリアの声は彼女が現在背中に乗せてもらっている『デレ』のみに通用。これでは保育園の見習い先生ですね。

「ん？　あーぁ？」

「あぁ、ごめんなさいデレ。大丈夫よ。……貴女《あなた》はアレを止めたりできる？」

「？.？.？.」

「ごめんなさい、何でもないわ」

ちなみにデレというのは、ちょうど今アメリアに呼ばれたかと思い、彼女に話しかけた子。ダチョウ獣人の群れの中で『ごはん』ではなく、『アメリア』個人に興味を持った子のことです。あまりおつむが強くないダチョウ獣人たちは他人を見分けるのが不可能というか、これまで見た人を即座に忘却するためほぼ全員が毎回初対面。基本的にレイス以外の見分けが『ダチョウ獣人か否か』しか成り立っていない可能性があります。けれどデレちゃんはちょっと違い、その中にアメリアさん一個人が追加されたとっても賢い子なんですね。なおこのお名前はレイスが『なにか一つの物事に強い興味を抱く子なんだよね。ヤンデレみたいに……、でもそれをお名前にするのはアレだからデレちゃんね』という経緯で決まりました。

「ごはん！　ごはん！」

「だから馬車はご飯じゃないの！　いや馬は馬刺しとかで食べられるカモしれないけど……」

「ごはん⁉」

「だぁー！　だから違うってば！」

「……前途多難ね、本当に」

そう呟《つぶや》くアメリアさんたちには、プラークを出発してからずっとこんな感じのレイスを助ける力はありません。むしろ変に手伝って悪化しようものなら本当に収拾がつかなくなってしまいます。レイスだから大きな声を出しても大丈夫ですが、マティルデさんあたりが大声で注意すれば、彼らは『威嚇されてる！　てき！』となってしまう可能性もあるのです、ボクシングのセコンドのように、息も絶え絶えで帰ってくるレイスを労《いたわ》ることしかできませんでした。

「でもまぁ、これだけ大人数で移動しているのにそっちの方、兵士さんたちの方に向かっていってない、というのはすごい進歩じゃないのかしら。多分初めて会った頃の彼女たちじゃ問答無用で叩《たた》き潰《つぶ》されているわよ、文字通り」

「……彼らの成長に感謝しなければ、な」

マティルデは青い顔をしながらそう言い、自身の後ろに連なる兵士たちを眺めます。現在彼女たちはかなりの大所帯で行動をしているのですが、レイスが率いるダチョウたち三〇〇と、マティルデ旗下の兵士二〇〇。合計五〇〇という人数です。通常、ダチョウたちに護衛など必要ないというか、むしろ邪魔なのですが……。今回のレイスたちとヒード王国との取り決めは、『レイスが武力を提供する代わりに、王国が生活を保証する』というもの。そしてレイスたちに無理を言い、王都へ招くという形式を取っています。いくら必要がなくても、護衛を用意しなければ国の格が疑われてしまう可能性がありました。

なのでマティルデ率いる兵士二〇〇、特にダチョウたちとの相性が良くダチョウたちが即座に『ごはん！』認定しない者を選出し、隊に組み込む必要があったのですね。

（といっても、彼らに護衛など必要なく、むしろこちらが守られている側。宰相殿の指示からこの人数を用意したが……、実質彼ら専用の補給部隊だ。荷馬車の中身もほぼすべて食料だし）

そう心の中で呟きながら、マティルデさんは思考を回します。実質ただの補給部隊、そのことには何の疑問もありません。彼女自身も自分の部下である兵士たちも、ダチョウ獣人との力量差を理解していますし、彼らが非常に大食いであることも知っています。

しかしながら、わざわざこれだけの規模を帯同させるように宰相さんから指示された意図。それが少し引っかかっているようです。

いくらダチョウたちが大食いであろうとも、輸送員と形だけの護衛であれば五〇名ほどで十分に足ります。しかし宰相さんから指示された数は二〇〇、プラークの防衛隊が五〇〇であることを考えると相当な数です。そしてその数は、町を防衛する戦力として必要最低限の兵力だけ残して出発したことに変わりありません。

（町の防衛に三〇〇、有事の際にギリギリ守り切れるかどうかのレベル。それは宰相殿も理解していたはず。それなのにどうして二〇〇も引き抜かれた？　しかも指揮官を私に指名して？）

マティルデがダチョウたちの族長であるレイスと友好関係を築いていることは自他ともに認める事実。そのため自身を橋渡し役として彼らに帯同させるのは理解できました。ですがプラークは王国直轄の重要な土地で、責任者でありマティルデさんが長期間不在というのはあまりよくありません。彼女がもし指示を出す立場であれば、守護であるマティルデを町に残し、他に責任者を立てることでしょう。

必要とは思えない数の兵に『その中で指揮能力と武力に長《た》けた現地責任者』を呼び出し、王都へと向かわせる意図。一応マティルデさんにも、もしかしたらという考えはあるようですが……。

（あの戦いは結局、ナガンの配下の暴走で片が付けられ、なかったことになるだろうと宰相殿からお聞きした。つまり兵を動かすと聞き真っ先に想像するような『戦争』が起きているわけではない）

マティルデが所属するヒード王国は、最近お隣の国『ナガン王国』と軍事同盟を結びました。けれどレイスがたまたまプラークにいたことで殲滅《せんめつ》してしまった敵集団の所属も『ナガン王国』です。マティルデからすれば『対処できたけど隣国から攻められました！』と上に報告したけれど、返ってきたのは『さっき同盟結んだし間違いじゃない？』というもの。

レイスたちのことや、攻められたこと。事の重大さから宰相が飛んできてくれたのは確かですが、ただのプラーク守護であるマティルデに開示された情報はほんの僅かです。国の雇われ領主でしかない彼女に明かせぬ情報があるのはマティルデも理解していましたが、自分たちが知らない内に何か大きな物事が動いているのではないかと、強い不安が彼女を襲います。

（アラン殿から武具・食料関連の市場が大きく動いている、という報告も受けた。普通に考えれば、戦の準備だ。……しかし幼くとも聡明《そうめい》な陛下が安易に戦局を開くとは思えん。我がヒードはどこかに攻める余裕などないはずだ。だが兵の招集に、レイスたちも王都に向かわせるということは……。同盟を不快に思った諸国が攻め込もうとしている？）

「そういえば領主様？」

「……っん？　あぁ、すまない。なんだアメリア殿」

マティルデが馬上で思考の海に沈んでいると、隣から声が掛かります。先ほどまで会話を交わしていたエルフのアメリアさんですね。気が付けば先ほど脱走を図っていたダチョウたちは無事群れへと戻り、肩で息をするレイスを余所《よそ》に王都への道をゆっくりと進み始めていました。

「そういえばあの会談の時のネタばらし、してなかったな。って」

「……あぁ！　アレか！　出発まで忙しくて忘れていたが、気になっていたのだ」

先日の会談の際、マティルデは彼女たちが普段からは到底想定できない雰囲気を纏《まと》っていたことを思い出します。宰相を連れてダチョウちゃんたちが集まる場所に到着してみれば、アメリアさんはフードを深く被《かぶ》り顔を隠して謎の魔法使いムーブを決めていましたし、レイスはレイスで威圧感を最大にして周囲を全力で威圧しながら会談に臨んでいました。しかも他の群れの子たちがレイスの雰囲気から『かり？　かり？』といつでも戦えるよう神経を研ぎ澄ませていたため、マティルデも宰相も本当に生きた心地がしませんでした。

できればすぐに何故《なぜ》あのようなことをしたのかと聞きたかった彼女ですが、会談の後は宰相さんに色々な指示を受けお仕事が開始。結局忙しくて聞き出すことができなかったのです。

「初めて見るレイス殿のあの雰囲気、そしてアメリア殿を顎で使うようにしていた態度。貴殿も耳と体を隠しエルフであることを明かしていなかったし……」

「領主様は信用できるけど、基本国って信用できないの。私の入れ知恵よ」

まぁあの覇気みたいなのは自前みたいだけどね、と続けるアメリアさん。

「む、ヒード王国はそこまで酷《ひど》くないと思うが。陛下も幼いながら才女で慈悲深い名君と呼ばれているし、宰相殿も長年外交を受け持ってきた強者でありながら人格者としても名が高いのだぞ？」

「個人ではそうかもね。けど国は国の利益を求めるものでしょう？　個人が、それこそ王がどう思おうとも自由に動かせない物事なんかよくあることでしょうに。……それに、この国に来た時に少し見たけれど、あの王様というか女の子。ほんとに信用できるの？　優秀かもしれないけど、すぐに折れそうというか、あまりまともな精神状態ではないというか……」

「一応、この身は王から騎士の位を頂いた身。そういう話題は避けていただきたいのだが」

「……そ、気が付いていないのならまぁいいわ。私の杞憂《きゆう》ならそれでいいし。……私も私で色んな目に遭ってきたから、変に敏感になっているってのもあるかもしれないしね」

言葉にはしないが、領主様とレイスが気に入っているあのアランという商人だって全く信用できないですもの、と頭の中で考えるアメリアさん。まぁ実際その人思いっきりナガン王国のスパイなんですけどね？　ダチョウちゃんたちのせいで肉体的にも精神的にも追い詰められていますが。

アメリアさんは長い時を生きるエルフです。まだそれぞれの種族同士で戦争しあってきたことや、酷い差別から国家から延々と追い回された記憶もあります。そんな迫害を体験した身ゆえに、初めて人類社会に来たダチョウちゃんたちのことを我がことのように考え、色々警戒していたようですが……。アメリアさんからすれば怪しすぎるスパイことアラン氏も『ただの悪人顔の商人』ですし、ダチョウたちを自身の願いのために利用しようとしている幼女王も『信用できるマティルデが大丈夫だと言っている』人物に過ぎません。そのせいか最近色々あったせいで勘が鈍ったのかなぁ、と思う彼女。けれどそんな考えなど吹き飛ばすように、またダチョウちゃんたちが騒ぎ始めます。

「ん？　なに？」

「き～？」

「き！　うごいた！」

「たくさん！　たくさん！　うごいてる！」

「なにあれー！」

「ちょっと君ら、いくら私にちょっかい掛けたいからって嘘《うそ》言うなんてどれだけ成長してる……………、ってほんとに木が動いてる～ッ！　え、アメリア！　マティルデ！　アレ何⁉　トレント⁉」

「正解ー」

「レイス殿！　見た目通り植物系の魔物だ！　斬撃系が有効……、ってもう遅かったか」

マティルデさんが『トレント』についての解説を飛ばそうとしましたが、すでに彼女の視線の先ではダチョウちゃんたちが攻撃開始。ひと蹴《け》りで木の化け物たちを両断していっています。斬撃、それも重量級の斧《おの》のような武器が必要になるため冒険者からは結構嫌われているモンスターであり、大の大人が両手で抱えるほどの幹を持つ木の魔物でしたが……、ダチョウたちにとっては玩具《がんぐ》にすらなりませんね！　瞬く間にトレントが処理されていきます！

「これ、ごはん？」

「……ごはん？」

「わかんない」

「……たべる？」

「た、べる？」

「もぐもぐ……」

「おいしい？」

「まじゅい……」

「ちょッ！　それ木でしょ！　早くペッ、しなさいペッ！　あぁもうなんでまだ町にすら着いてないのにこうなるかなァ！！！」

今日もダチョウちゃんたちが楽しそうで何よりですね！

彼女たちの裏で人間さんたち。ヒード王国の幼女王や宰相さん、ナガン王国の軍師、その他多くの周辺国たちが色々考えているようですが……。おつむが弱くおバカなダチョウには、そんなこと全くわかりませんし、気にもしません。

眼《め》に入るすべてを楽しんで、美味《おい》しいごはんをたくさん食べる。群れのみんなと、頼れる長《おさ》のレイスがいれば全部問題なし。なにせ目の前にいる邪魔なものは、みんなで走って蹴り飛ばしてやればいいのですから。

ダチョウ獣人たちの冒険、再開です。

◇◆◇◆◇

はい、レイスです。

いやね？　確かに時期尚早という意見があることは理解してるんですよ。けど、『王都来ない？　こっちで契約の調印式しよ♡　今なら観光の準備も整えとくよ♡』って言われれば……さぁ？　行くしかないじゃない！　というか最終的に無理矢理丸め込まれちゃったから拒否できないし！

そんなやり手の宰相おじいちゃんと結んだ契約、アレは基本こちら優位のものでなんとか纏めることができたとは思う。確かに王都へ行くってあたりはあちらに決められたようなものだけど、私たちが要求したものはすべて叶《かな》えてもらえることになった。ヒード王国が『ごはんと住む場所用意しますよ～！　足りなかったら言ってね～？』という感じで、私たちがその対価として『断る時もあるけど守ってあげるよ～！　あ、でも私たちを攻撃してきたら文字通り消しちゃうから覚悟してね♡』という感じ。

大体の決定権がこちらにあるという、決して対等な立場では成立しないような契約だ。だからこそ私もあちらの要求をある程度聞かなければ後々不公平だとか言われて面倒になるなぁ、って思ってね？　ちょっと譲歩する姿勢を見せたら……。すぐ丸め込まれちゃった。やっぱ素人《しろうと》が歴戦の政治家相手に約束事決めるとかやめといた方が良かったかもしれない。何か間違えたらウチの子たちが脱走してその周囲の人を含めた環境を破壊し尽くす……、とか言えたら良かったんだけどね。

「まぁこっちで生活する以上、あぁいう取り決めはいつか絶対しなきゃならなかったし、仕方ないことではあるんだけどねぇ……。私たちに味方してくれる腕の良い交渉人とか落ちてないかな？」

そんなありもしないことを考えながら、ようやく前に進み始めた群れの子たちを眺める。私が率いる以上、この群れは野生のまま生活することは難しい。提示された契約を履行することで、安定した食料と安全にありつけている。もちろん私たち優位であることは変わりないが、少しでも油断すれば食い潰されるという自覚をもって今後は挑んでいかなければならない。

確かに『最近ウチの子もちょっと人に馴《な》れてきてるし……、私自身王都がどれだけ発展してるか気になる。外から見るだけでもいいからちょっと行くだけ行ってみるのもありか』とは思った。その場での了承を求められた故につい首を縦に振ってしまったが、もっとよく考えるべきだっただろう。高原は大自然と化け物のような怪物たちだけに気を付ければ良かったが、文明社会で暮らすのならこれからの敵は『人の悪意』になる。群れでそれに立ち向かえるのは、私だけ。

軽く思考を回しながら、いつの間にか歌を歌い始めていた他の子たちを眺め、つい頬が緩む。安全で、周りにみんながいて、面白いものばかりで機嫌が良いのだろう。……人との交流が群れにとって良い影響を与えてくれているのは事実だ、群れの者たちが話す語彙《ごい》が格段に増えていることがそれを示しているだろう。つまり私が群れの長として悪意をさばき切ることができれば、この子たちは成長してくれる。

「気合入れないとねぇ……、っと」

「わー！」

「ごはんだー！」

「ぷぷぷ！　ぷっぷくぷー！」

「急にどうしたリズム、美味しいの歌かい？　それは良いけど食べながら歌わないでね」

「わかった！　ぷっぷー！」

「おいしぃ！」

「はいはい、そうだね。あと色々飛び散ってるからやめようね、本当に？　……はぁ」

でもね？　くっっっっっそ！　疲れました。

日も沈みかけてきた頃、ようやくプラークの次の町に到着。町の外縁部に天幕を立てて野営の開始。この町で入手した食料やプラークから持ってきた食材を使ってお料理開始、ダチョウたちも色々頂いて好き勝手に食べている。まぁ普段はもっと色んなところに散らばって食べるんだけど、私が目に見えて疲れているせいか結構な個体が私のところに集まってきている。

「心配してるのか、構ってほしいのかはわからないけど……。まぁ悪いものじゃないよね。今日この子たちに振り回されたことを除けば」

当初の予定ではもっと距離を稼ぐ予定だったんだけど、全然進むことができなかった。最初の目標じゃプラークから三つ目の町まで進むはずだったんだけど、今いる町は一つ目。三分の一しか進めなかったよ……！

これも全部、この子たちのせい。いや責めてないし、色んなことに興味を持ってくれるのは純粋に嬉《うれ》しいんだけどね？　初めて見る（n回目）馬や荷馬車に興味津々で、馬に齧《かじ》りつこうとする子たちを止めるために一時間。その後出発しようとしたら荷馬車が動いたことが衝撃的だったみたいでさらに一時間の足止め。

さらにその後も、私たちが進む反対方向からやってくる馬車や人間に興奮して突撃することたくさん。初めて見る魔物に突撃して味見したり、トレントの残骸《ざんがい》に噛《か》みついて口の中木片ばっかりになった個体の口を洗ってあげたりと色々。もうね、町に入ってすらないのにこんな大変なのか、っていうね？

「兵士さんもいるから待たせるの申し訳ないし……、後で一応謝りに行かないとなぁ……」

「？　たべる？」

「あぁ、食べたかったわけじゃないよ。自分の分はちゃんと食べなさいな？」

「うん！」

根は善良だし、ちゃんと説明すればすぐ忘れるけどやめてくれるし、いい子ちゃんしかいないんだけどねぇ……。おつむのスペックが足りないからなぁ。……あぁ、はいはい。だから自分の分は自分で食べなさいって言ったでしょう？　もう忘れたの？　え、美味しかったからあげる？　あ～、じゃあ一口だけ貰《もら》うね。後は自分で全部食べちゃいなさいな。

「あら、レイス。酷い顔ね、今日はよく寝れると良いけれど」

「あはは、ですね」

群れの子たちが渡してくれるものを少しだけ受け取ったり、口を何かのソースでドロドロにした子の頬を拭《ふ》いてやったりしているとアメリアさんがこちらにやってきていた。彼女の手には空になった大皿が複数、後ろに満足そうなデレがついてきているし、ちょうどごはんが終わったところなのかな？　いやほんとすみませんねアメリアさん、色々面倒見てもらって。

「いいのよ、今回も好きでついてきてるし。気にしないで？」

「そうは言っても……」

「わー！！！」

っと！　急に飛びついてきたら危ないでしょデレ、ほら膝《ひざ》に乗ってた子が下敷きになってるから……、大丈夫？　びっくりしただけ？　なら良し。ほれ、それでどうしたデレ、急に飛びついてきて。構ってちゃんか？　ほれよしよし～、頭撫《な》でてやろうな？　たくさん食べたから元気いっぱいなのか？　なら良かった。

「そうだ、デレ。貴女《あなた》はちゃんとアメリアさんにお礼言った？　食べさせてもらったんでしょう？　ほら、ありがとう、って」

「あり、あり、ありが……、あり？」

う～ん、まだわかんないか。私たち基本全部群れで共有しているようなもんだしねぇ……。食べられなかった子に分けてあげたりとか、私に何故《なぜ》か持ってきてくれる子とかはいるけど、渡す側も貰う側もみんなそれが普通のように思っている。まるでそれが群れ全体の意思みたいに。だからお礼とかの文化もよくわからないのよね。……いずれちゃんと言えるようになりましょうね、デレ？

「……あ、そうだ。デレの様子はどうでしたアメリアさん。迷惑かけてません？　私他の子でいっぱいいっぱいだったから、そっちの方あんまり見れてなくて」

「全然よ、とてもいい子にしてた。……あぁ、それと。今日は貴女のことをずっと見ていたわね」

「私を？」

え、私のこと見てたの、デレ？　あら～！　前はあんまりそんなことなかったのにねぇ？　貴女何か好きなものを見る時はとことん近づくのに、離れて見てたの⁉　あら～！　もしかして私の近くにいたら迷惑かな～？　なんて思ってたりして⁉　すごく成長したわね～！！！　もうお母さん頭わちゃわちゃしちゃう！！！

「んー？」

「……って、言ってもわかんないか」

不思議そうにこちらを見つめるデレを褒めていると、横から視線を感じる。

そちらの方に眼を向けてみると、何人かの群れの子たちがじっと私の方を見ていた。……もしかして、あなたたちもやってほしいの？『うん！！！』あらいいお返事、じゃあみんなデレの後ろに並びなさいね～？　ほら、デレ。他の子もしてほしいみたいだから、貴女はもう終わりね？　大丈夫？

「ん～～～？　ん！」

「あれ、横に座るの？　アメリアさんのところに行かなくて大丈夫？　ここがいいの？」

「うん！」

そっか、ならちょっと待っててね。ほら次の良い子ちゃんたち？　一人一回までだからね？　途中で忘れてもっかい並び直すとかなしだからね？　私ちゃんと全員分覚えてるよ～？

「わーい！」

「わかった！」

「なでてー！」

「なでなで！」

「すきー！」

「もっか～い！」

はいはい、みんないい子ね～！　あと君は二回目～！　覚えてるならもっと他のことも覚えるようにしてくださーい！　……あ、もしかして今の問答の間にほんとに全部忘れた？　ったくしょうがないねぇ！！！　ほらこれで最後だよ！　ほらここか？　顎《あご》の下がええんか？　はい、わちゃわちゃ～！

あぁ、なんかこう。この子たちをわちゃわちゃしてるとアニマルセラピーみたいでちょっとずつストレスが減っていくなぁ……。

「あははは！」

「たのしい！」

「すきー！」

第一章・ダチョウの大暴走

「カヒュ……、モ、モウムリ、チヌ……」

「だいじょうぶ?」

「つかれた?」

「ごはん?」

「ゴ、ゴハンジャナイ……」

たすけて……、たすけて……。お願いだからもうちょっと言うこと聞いて……。

ウチの群れのママ兼保育園の先生である私の体力はもう限りなくゼロに近い。もうレッドゾーン通り越して無の領域、瀕死《ひんし》の先に行きそう。よ、ようやく王都に来れたっていうのに、もうほんとにちにそう。わ、私が何したって言うんですか。ちゃんと真面目《まじめ》に群れのために頑張ってきたでしょ……、なんで?

(この子たちがこれまで、この王都に着くまで何をしたと思う? もうね、ほんとに……)

人の畑に突っ込んで勝手にサラダパーティ始めたり(賠償済み)、走ってた馬車を追いかけて横転させちゃったり(怪我《けが》なし&和解済み)、初めて見た橋というものに好奇心が爆発して崩壊寸前までやらかしたり……(アメリアさんの魔法により簡易修復、後日修繕費支払予定)。これまでのことが全部可愛《かわい》らしいで済むレベルのものがたくさん、閉店間際の売り尽くしセールかってぐらい押し寄せてきた。

もうね、うん。正直帰りたかった。

けどね、なんかデレちゃんがちょっと変わってきたように、他の子たちの語彙がちょっとずつ増えててね？　この旅は絶対にウチの子たちのおつむに良い影響を与えるってわかってたの。私以外の数多くの言語を操る人間との交流、高原では見たことのない存在たち。この子たちのおつむは最悪って叫びたくなるほど弱いけど、決して成長しないわけじゃない。デレがすごくいい例だ。

だから、とっても頑張ってね？　無理矢理、そう無理矢理ここまで来たの。でもね、もうお母さん限界……。ワンマンは無理があるって……、せめてもう少し飼育員さんと成り得る存在を増やしてから来るべきだった……、タイミングを見誤った私はここでしめやかに爆散するしか……。

あ、なんか眼《め》を閉じたら川見えてきた……、向こう側で誰かが手を振ってる。あれは……、おじさん二人？

『まだこっちに来るのは早いというか、多分来る場所間違えてるぞー！』

『Uターン！　Uターン！　あとここダチョウ被害者の会ですよー！』

「…………いや、ダチョウ被害者の会ってなに？」

「あ、生き返った」

なんかおじさん二人に帰れ帰れと言われたと思えば、いつの間にかこっちに戻ってきていた？

ちょっと小高い丘の上で、少し見渡せばヒード王国の王都が見える場所。あぁ、王都が見えたってことで気が緩んじゃったのね。いやはや、私もまだまだだね。精進しなければ。ダチョウの回復力をフルで回して疲労を消し飛ばしていく。まぁコレ、空元気とも言うんだけど。

「貴女はとてもよくやっている方というか、早く休ませたいぐらいに頑張っていると思うわよ？ほら、ちょっと何か食べなさい」

「うぅ、アメリアさんの優しさが身に染みる……」

「ごはん？」

「ごはんだ！」

「じー！！！」

「あぁ、はいはい。ちょっとだけね。はいあーん」

アメリアさんから差し出されたパンを受け取り、その場に腰かける。まぁそうすると自然とウチの子たちが寄ってくるわけで、自分もちょっと欲しいってねだりに来るわけだ。まぁちょうど小腹が空《す》くような時間帯だし、何か食べさせてあげるべきだろう。「ごはんー！」はいはい、パンちぎってあげるからじっとしてなさいな。

この丘から見る限り、王都への入り口は複数あるけれどそのすべてに結構な人が並んでいる。まぁ変な人が入らないように守衛さんとかが色々チェックしているのだろう。このまま私たちが向かった場合、ダチョウたちがその待っている人たちに突撃していくのは想像に難くない。流石《さすが》にそのまま襲うことはしないと思いたいけど、馬車とかに食料を積んでいた場合、この子たちは絶対に食べ始める。

(それこそプラークでの果物屋さんの時みたいに)

それを防ぐためにも、この少し離れた場所で食事を済ませておくのが良さそうだ。

マティルデに視線でお願いをし、兵士の皆さんにこの子たちの食事の準備をしてもらう。この旅の間で何回もお願いしていたせいか、その動きはとてもテキパキとしている。ダチョウたちが食材を目にした瞬間、とりあえず口に入れようとする赤ん坊のような存在だと理解してくれているおかげか、調理のスピードもとても速い。

「おっと、引き抜きはやめてくれよレイス殿。……もう兵士やめて料理人になる？　私手ずから訓練した兵士たちなのだ、そもそもプラークは人口が少なくこれ以上の徴兵は難しい。ご勘弁を」

「ありゃ、それは残念」

「ふふふ、っと冗談はこれぐらいにして……。こちらとしてもここでの休憩はありがたい。王都へと先触れを出しておきたかった故な。あちらも準備が必要であろうし、腹ごしらえしてから参ろう」

それに、王都に入れば食材の補給など簡単にできる。持ってきたものをここですべて処理してしまおうと言いながら指示出しをするマティルデ。プラークから持ってきたものはもう全部食べ尽くしちゃってるけど、途中の町で色々買ったり補給したりしてくれたおかげで私たちは飢えずにここまで来ることができた。まぁいくつか魔物の集落とか潰《つぶ》して、腹ごしらえもしてたからね～。

その狩った魔物の素材を売ったり、先に王都に向かった大臣が食料を提供するように指示を出してくれたりしてたおかげで、今日もお腹《なか》いっぱい食べられるってワケ。というか常にお腹いっぱいのほわほわ気分にさせてないと何やらかすかわからん……。この子たち誰かが『ごはん！』って言った瞬間、狩りスタート一歩手前ぐらいまでエンジン掛かるんだもん。こわすぎ。

まぁ高原でも、戦場でもソレが力になるだろうし、私からそれを変えることはしないだろうけどね。……あ、もちろん無関係な人を襲ったり、誰かに迷惑が掛かる時は全力で止めるよ？

「いいにおい！」

「する！　する！」

「ごはんだ！」

「たべるー！」

「はいはい、落ち着け！　今作ってもらってる途中だから、座って待ちましょうね。お返事は～？」

「「「はーい！！！」」」

うん、お返事はとっても上手《じょうず》。褒めちゃいたいくらい。……コレを食事が用意できるまで一〇秒ごとにやること考えなければだけど。

その後、たくさんモグモグした。

◇◆◇◆◇

「と、いうわけでお腹いっぱいで到着したんだけど……」

「すごーい！」

「すごいすごーい！」

「たかーい！」

　いやほんと、しっかりした防壁だねぇ。プラークの防壁は石をそのまま積み上げて何とか防壁として成り立たせてるって感じだったし、防壁の上に設置されている兵器とかも魔物向けの大型兵器が多かった。バリスタみたいなやつね？　流石に私らでも食らったらイタイイタイになっちゃうやつ。

　でも王都の防壁はその辺で拾ってきた石じゃなくてちゃんと切り出した岩を積んでいるようなタイプ、ちゃんとした設計を基に作り上げられた防壁だ。高さも全然違って見上げないと上が見えないし、そこから見える兵器も大型投石器とかで結構ちゃんとしたものが見えている。プラークが対魔物だとすれば、こっちは対人間、大軍相手の装備になっている。

（こうなると多分、防壁の中も結構な発展具合なんだろうなぁ）

　そんなことを思ってみるが、今回の旅時において私たちが王都の中に入る予定は……、一切ない。うん、ほんとに。いやさっきね？　軽く王都の中がどうなっているのかをマティルデとかに聞いてみたんだけど……。

『大通りから外れると迷うな』

『確か中央部はまだ都市計画の通りだったけど、外側は適当で迷路みたいになってなかったっけ』

『自分昔親に連れられて来たことあったんすけど、迷子になって大泣きした記憶しかないです。裏通りとか滅茶苦茶視界悪かったと思いますぜ』

ということらしい。

なんでも作られた当初はまだ見通しがいい街並みだったらしいんだけど、作られてから何十年と経《た》つとその分人口が増えてくるわけで。空いた隙間に色々家を建ててたらもうとんでもないことになっているんだと。王族とか貴族用に元々場所を確保してた地域はまだ視界が確保できるらしいんだけど、それ以外基本無理なのだそうだ。

うん、こんなとこにウチの子連れていけるわけないじゃん。多分宰相の当初の予定じゃ、王都の中央にあるらしい王城で調印式とか王様との面会とか色々やりたかったんだろうけど、ダチョウの迷子は永遠の別れになりかねない。というか迷子になった子を探しに行っている間に誰かが迷子になるだろうし、私も多分迷う。

（それになぁ）

数匹程度で新しい群れというか、チームを結成したまま行動できればまだいいんだけど、もしたった一人で迷子になっちゃったら色々かわいそうなことになってしまう。元々私たちは群れる生き物で、単体で動くには全く向いていない。それは精神面でも一緒、誰かといないと不安になるし、とても恐怖を感じてしまう。

高原にいた頃一人になってしまった子を保護したことがあるのだが、精神崩壊一歩手前でとても見れたものじゃなかった。高原という身の危険を常に感じる世界で独りぼっちだった、というのもあるだろうけど私たちに孤独はひどく辛《つら》い。まぁその子はウチの群れに加わったおかげで何とか元気にはなってくれたけど、ね。あんまり独りぼっちにさせるのはイヤなんだよ。

（もちろん個人差はあるだろうし、一人で何かするのが好きな子もいる。けれど周りに誰かがいるってことが私たちの心に大きな安寧を齎《もたら》してくれるってのは確かなんだろう）

なので迷子はマジで避けるべき、というか独りぼっちになっちゃった子が何をするか本当にわからない。誰かを探して走り回るか、恐怖のあまり暴走するか、それとも周りで動くものを全部敵とみなし攻撃し始めるか。私たちにとっても良いことはないし、王国にとっても利益は生まれない。

むしろ誰かが暴れていたら自分も暴れ出すのがダチョウだ。最悪王都が地図から消える。

つまり中に入るのはやめておく、もし入るとしてもプラークみたいにある程度見通しの良い場所か、ウチの子たちが一列になって歩くのを我慢できるようになってから。今後の楽しみにしておこう。

（それに。ただでさえ私も疲れが溜《た》まってるんだ、完全回復してたらまだ何とかなったかもしれんけど、この状態じゃ無理）

というわけで、伝令の人に『契約結びたかったら外に出てきて♡　来なかったら帰るね♡』ということを書いて王都の中まで持っていってもらった。プラークから『こっちおいで♡』するよりも、王都の外で『こっちおいで♡』する方がまだマシだろうし。

まぁそれがあっちに伝わるまで待ち時間になったわけでして、せめて少しでも観光できればなぁと思い防壁の近くまで群れを連れてやってきたわけ。

「ところで君らは何してるの？」

「かたーい」

「かちかち？」

「かちかち！」

「じゃま？」

「じゃま！」

「「こわす！！！」」

「ちょ！　おばか！！！」

　思いっきり足を振り上げた子の首根っこを掴《つか》み、全力で後ろに引っ張る。防壁へと叩《たた》き込《こ》まれるはずだった一撃は地面へと突き刺さり、結構な轟音《ごうおん》と共に土煙が上がる。あぁ、もう！　暴れんぼさんめ！　というか君ら高原でも邪魔だからって、岩壊して魔物におしり齧《かじ》られた子たちでしょ！　同じような間違いしないの！

「この壁、大事なやつだから！　壊しちゃダメ！」

「だいじ～？」

「わかった！」

　今わかってもどうせすぐ忘れるでしょう？　ほら、人集まってきても面倒だし、防壁の上で警備してた兵士さんがびっくりしてるから帰るよ！　ほら眼を離した隙にそこで穴掘ってる子も！　というか遊んでもいいけど後片付けちゃんと……、って言ってもわからないよな！　ほら足伸ばしてあげるから、それに掴まって上がりなさいな。はいはい、口で噛《か》んでもいいからね、っと！

急いで深く掘られた穴へと向かい、足を伸ばしてやる。案の定と言うべきか、いつの間にかと言うべきか。三匹ほど彼ら自家製の落とし穴に落ちていたので引っ張り上げてやる。あとは急いで穴を埋めて、撤退ー！　ほら離れるよ！

「はーい！」

「わかった！」

「ごはん？」

「ごはんはさっき食べたばっかかでしょ！　というか今ごはんって言った子！　キミ一番食べてたよね！　お腹いっぱいでしょ⁉」

「たべた！」

「たべ……た？」

「？？？」

あぁもう！　何？　好奇心が爆発して一気にお腹のなか燃焼でもしたんか？　お腹にご飯入ってるでしょうが！　食べたことは別に忘れてもいいけど、お腹の中に何かある感覚は忘れないで！

……って数が足りない！　どこ行った！

「あれなにー！」

「ふしぎー！」

「くるくるー！」

「あぁもうそっち検問待ちの列ぅ！　せっかく離れてたのにそっち行くなー！　帰ってこーい！」

「いこー！」

「なんだろー！」

「いくー！」

ダァァァァ！！！！　こっちで指揮してた子たちも反応しちゃったァ！　というかこの子たち完全に高原にいた頃よりも好奇心強くなってるよねぇ！！！　いいことだけど！　いいことだけど困る！　お話！　お話聞いて！　ほらみんなのお母さんが話したそうにしてるよ！　こっち向こうね！　今から楽しいことするよ！

「なに⁉」

「なになに！」

「たのしみ！」

「もどるー！」

よぉしよしよし！　よく戻ってきたねぇ……！　あ、ダメだ、あっちの検問待ちに走っていった四〇近くが帰ってきてない！　あぁもう！　元気なのはいいことだね！！！　でももっと違う方向性で発揮してくれないかなァ！　はい集まってくれたみんなー！　追いかけっこするよ！　追いかけるのあの子たち！　わかる⁉　あっちに走っていっちゃった子！　あの子たちを追いかけまーす！

行くぞー！　続けー！

「「「わーい！」」」

◇◆◇◆◇

ここはヒード王国の王都、名前はダチョウが全く覚えられないと有名な『ガルタイバ』という街。

王都というだけあってこの国の中で一番栄えており、毎日たくさんの人が出入りしています。

お貴族様が王様に会いに来るため自分の領地からやってきたり、冒険者が食い扶持《ぶち》を得るためにやってきたり。そして商人の人たちが物を売り買いするためにやってきているのが見えますね。

なんてったってここは王都、たくさんの人がここで生活しているものですから、この国で一番需要が大きい場所です。ただのごはんから始まり、魔物素材、そして少々マニアックな商品などが毎日時間問わず運び込まれてきます。王都を守るために作られた防壁によってスペースは限られており、中はびっくりするほど建物でパンパン。中で何かを生産するには少々向いていない街です。そのため他の町と比べ、やってくる商人の数がとても多いんですねぇ。

そんな毎日忙しい検問所に、とっても可愛《かわい》らしい子たちがやってきました。


そう、ダチョウちゃんです。

現在ダチョウちゃんたちは眼《め》に入るものすべてが真新しい状態であり、彼らの基準で美味《おい》しそうならば何でもモグモグしちゃう時期です。それも仕方ありません、ついこの間まで彼らは『高原』

というとっても過酷な場所に住んでいたのですから。

ちょっと見渡せば、自分たちを簡単に捻《ひね》り潰《つぶ》してしまうような魔物たちがわんさかいる場所が『高原』です、ゆっくりのびのびする時間などほぼ存在せず、お腹《なか》いっぱいになるために走り回ったり、逃げるために走り回ったりと大騒ぎの毎日でした。まぁ彼らは彼らで大好きなママ、リーダーで群れの長《おさ》であるレイスちゃんと一緒にいられれば十二分に幸せですけどね？

そんな彼らが急に人間さんの住むところにやってきたのです。これまで自分たちが全く見たことのないものばかり、そしてびっくりするぐらい自分たちが負けそうな相手がいません。高原ではちょっと周りを見渡せばダチョウをひょいっとしてぱく、と食べてしまう敵がうじゃうじゃおりました。

そんな天敵が全然いないとっても安全な場所なのです。これはもう……、はしゃがないと失礼ですよね？


そんなわけでダチョウさん、遊びました。それはもう、たくさん。

彼らの脳みそは三秒ぐらいしか記憶を保持できません、なのでどれだけ遊んでも『まだ自分は遊んでいない』と思っていますし、そもそも遊びという概念を忘れて今自分が何をしているのか把握していない子すらいます。けれどこれまで全く使ってこなかった脳みその一部が強く刺激されているのは確かでした。つまり、ほんのちょっとだけ。ダチョウちゃんたちは、アリさん一匹分くらい賢くなれた、というわけです。まぁ記憶力はそのままなんですけどね……。

では、そんなちょっとだけ賢くなったダチョウちゃんが手に入れたものは何でしょうか？


そうです！　溢《あふ》れんばかりの『好奇心』です！


見るものすべてが知らないものばかり、三秒後には頭が真《ま》っ新《さら》になっているのですから何度見ても初めて見た不思議なものです。不思議なものはもっと見てみたい、不思議なものはもっと触れてみたい、不思議なものが美味しそうならばもっと食べてみたい。彼らは現状、そんな状態なのです。

「なにあれー！」

「ふしぎー！」

「くるくるー！」

「いこー！」

そんなダチョウさんたちの眼の前に現れてしまったのが、検問所に並ぶたくさんの馬車や人間たち。冒険者の人だったり、街の中でお商売をするためにやってきた商人さんだったり、そんな人たちがダチョウの視界に入ってしまったのです。そんな面白そうな存在にダチョウが突っ込まないわけがありません。運悪く彼らのリーダーであるレイスが、過労により指揮能力の低下を引き起こしていたということもあり、彼らが脱走してしまうのは避けられない現実でございました。

そして、誰かがしていることを自分もしたくなるのが赤ん坊……。おっと申し訳ない、赤ん坊に失礼ですね。同族がしていることを自分もしようとするのがダチョウさんです。誰かが動き出せば自分も自分も、とついていってしまいます。あれよあれよと群れから四〇近いダチョウたちが抜け出し、そちらの方に向かっていってしまいました。

「なにー？」

「なにこれ？」

「まんまる？」

そんな彼らがたどり着いたのは、一台の荷馬車。実はここに来るまで何度も見ているのですが、少しも頭の中にその情報は残っていないようで。その物体に興味津々です。特に馬車を動かすために必要な『車輪』がお気に入りなようで、お目々をまん丸に開いて観察をしております。まぁ高原ではこのように綺麗《きれい》な円を見つけることはほぼ不可能です、それが動いているとなるともう気になって仕方ないのでしょう。

「ん？　っておォ！　なんかいつの間にかいっぱいいる……。おーいガキんちょども、そんな近くにいるとあぶねぇぞ、離れな」

そんな彼らを見つけて話しかける人間さん、どうやら馬車を動かしていた人のようです。検問所というか、王都でなにか問題が起きてしまったのか一向に進まない列に痺《しび》れを切らし、ちょっとだけうたた寝をしていたようで。お目々を擦《こす》りながら男の人が降りてきました。

「あぶない？」

「？・？・？」

「くるくる?」

「そうそう、轢《ひ》かれたら痛《いて》ぇぞ?　というかどんだけ……、四〇近くいんのか。どっから出てきた?　お前ら、親御さんは?」

「?・?・?・?」

「……あぁ、わからんか。パパとかママ、どこにいるかわかるか?　保護者でも知り合いの大人でもいいぞ?」

　これだけ子供の集団が街の外で集まっている、しかも全員が同じ種族のように見えます。男性は『集団で移民とかそういうのかねぇ?』と思いながらダチョウさんたちに問いかけました。ヒード王国は多民族国家、たまに自分の国が嫌になって逃げ込んでくる人たちも多くいます。集団でやってくることもあるため、彼はそんな子供たちだと判断したのでしょう。

　しかしながら彼が話しかけたダチョウたち、実はその男性と同い年の子もいます。様々な種族が暮らすこの世界において、その体つきや顔だけで正確な年齢を判断するのは非常に困難です。故に幼そうな顔と、扱う言語の幼さから子供と判断した商人さんでしたが、残念ながらハズレです。そしてもっと残念なことに、ダチョウに『パパ』や『ママ』の概念は理解できません。

「ぱぱ?」

「まま?」

　かろうじて、何を血迷ったのかTS勢なのに自分のことを『ママ』呼びする個体もいるため『ママ』の方は聞いたことがありましたが、その単語とレイスの姿が繋《つな》がる前に記憶がリセットされます。というかたった一人の例外を除き仲間の顔どころか自分の親や子供の顔を覚えられないのがダチョウです。両親という概念は存在せず、『みんなおなじなかま』ぐらいでしか把握しておりません。

「おっとぉ……、藪蛇《やぶへび》だったかこりゃ。悪いこと聞いちまったな」

しかしながらこの商人の男性、ダチョウの習性や知性レベルなど全く知りません。つまり彼から見ると『何らかの理由で両親を亡くしている』ように見えてしまうのです。それも自分の記憶がまだ定まらない、赤ん坊の頃とかに失っていると。

何分この大陸は現在戦乱の真っただ中、子供だけ残されてしまう痛ましい事件など、もう見慣れてしまうほどに転がっています。そんなよくある話の被害者なのだろうと彼はあたりを付けました。見るからに幼い彼らはそのことをあまり深く受け止めていないようですが、商人の彼は違います。聞かれた側が何も思っていなくても、彼は悪いことをしてしまったと考えてしまいました。

故に、お詫《わ》びをしようとしてしまいます。

「あ～なんだ？　実はおじちゃん地元の村は牛がたくさんいるんよ。んで毎日牛乳とかチーズとか色々町に持ってきて売ってんの。まぁ、アレだ。良かったら見てけ、流石《さすが》にチーズはやれんが牛乳一杯ぐらいなら恵んでやるよ」

「にゅー？」

「ちー？」

「なにそれー！」

「おいおい、初めてか？　しゃあねぇなぁ！」

勢いよく荷馬車の台に上がり、大きな金属の瓶を片手に降りてくる男性。その手には黄色い丸っこい物体、チーズものせられていました。とっても、美味しそうな匂いがします。

「なにそれ！」

「おいしい⁉」

「おう、美味《うま》いぞ〜。ちょっちパンはここにねぇけどな。コレをアツアツのパンにのせてとろ〜りとさせてな？　それを牛乳で流し込めばもう最高ってやつよ！　コレが朝飯に出れば最高の一日、お貴族様でも体験できないPerfect dayが待ってるぜぇ、ってな！　今日は特別だがちゃんと次は買いに来いよ？」

「ごはん⁉」

「おう、そうだぜ！」

……もし、この中にダチョウ検定五級をお持ちの方がいらっしゃれば、その言葉がどれだけ危険なのか簡単にご理解いただけるでしょう。

彼らにとって『ごはん』という単語は、『狩り』という概念に直結しています。なにせ高原では狩りをしなければ食事にありつけることはないのですから。人間社会にやってきて何もせずご飯を食べられるようになった今でも、その言葉の関係性はとっても小さな脳みそに深く刻まれています。なにせ食べなければ生き残れないのですから。

「「「ごはん！！！！」」」

ダチョウちゃんがその言葉を発した瞬間、彼らのスイッチが入り全力で行動を開始します。ダチョウちゃんたちに牛乳が入った金属瓶の開け方なんてわかりません、けれど一つおじさんが開けちゃいました、そして荷馬車の中からはもっと美味しそうな匂い。目の前のおじさんが、それを差し出している。つまりダチョウさんたちの眼にはソレがプレゼントされた、としか考えられません。

ということで、ダチョウ。動きます！


「「「わ――――！！！！！」」」


おじさんは瞬く間に吹き飛ばされ、ダチョウちゃんたちは馬車へと突撃。どこかから彼らの母親代わりである彼女の悲鳴が聞こえたような気もしますが、ダチョウちゃんたちは目の前のごはんで頭がいっぱいです。おじさんが開けてくれた金属瓶に頭を突っ込む子、馬車へと突撃し中にあったチーズに齧《かじ》りつく子。金属瓶を食べられると勘違いし、噛《か》みついて『いたい……』と涙目になる子。もうしっちゃかめっちゃかです。

そんなダチョウたちの大騒動に荷馬車が耐えられるわけがありません。車軸が重さに耐え切れず粉砕し、馬車はゆっくりと倒壊を始めます。金属瓶に齧りついていた子が、歯で瓶に穴をあけちゃった頃にはもうすでに馬車はひっくり返り、中から色んなものが飛び出していました。

「何事だ！」

「出合え出合え！」

「その場を動くな！」

そしてもちろん、何かあれば兵士さんが飛んでくるのが世の常です。

プラークからやってきた兵士さんならまだ話が通じますが、今飛んできた兵士さんは王都を守る兵士さんです。全くダチョウさんたちなんか知りません。初めて見る存在が見るからに他人の馬車で暴れている、馬車の持ち主らしい男性はダチョウさんに吹き飛ばされてきゅぅ、と気絶中。

どう考えても刑事事件です。

兵士さんたちのお仕事は街に悪い人が入ってこないように色々チェックするのがメインですが、何かもめ事が起きた時に対応するのも彼らの役目です。訓練し頭に叩《たた》き込《こ》んだマニュアル通り、対象者に持っていた槍《やり》を向けてその場から動かないように指示を出します。

「てき⁉」

「てき！！！」

「やっつける！」

しかしながらダチョウちゃん、そんな人間さんのルールなんか全くわかりません。彼らからすれば昔あった果物屋での出来事と同じように、優しいおじさんがごはんをプレゼントしてくれたとしか理解していません。なのにそこに急に現れて、見るからに危なそうなもの、武器を向けてこっちを襲おうとしてくる敵が現れました。明らかにごはんを横取りしようとする敵です。

ダチョウさんは思いました。なんでかは忘れましたが、自分たちのごはんを奪おうとする敵がいる。彼らの故郷高原では強い者が総取りの世界です。力ずくで奪いに来るのなら、たっくさん懲らしめて二度と奪えないようにしてしまいましょう。だってそうすれば目の前の相手がごはんになるのですから。

まさに一触即発の状況、兵士さんたちが動いた瞬間ダチョウちゃんたちの止まらない殺戮《さつりく》が始まってしまうかという時。


「やめよッ！」


背後から、声が聞こえます。

ダチョウちゃんたちは未《いま》だ戦闘態勢を崩しておりませんが、何かを察知し行動を停止。そして兵士さんたちも背後からやってくる存在を確認するために後ろを振り返ります。

「兵士たちよ、槍を収めよ！　その者たちは我が客人ぞ！」

「あ、あれは！」

「へ、陛下⁉」

「は、はッ！」

なんとそこに現れたのは、真っ白なお馬さんに乗った幼女。この国で一番有名な人物、そう彼らの女王陛下です。明らかに頭の大きさに合っていない大きな大人用の王冠を被《かぶ》り、とっても豪華そうな服装の女の子。後ろにたくさんの護衛と宰相のお爺《じい》ちゃんを連れての登場です。

兵士さんたちは女王陛下のことを見たことがありませんでしたが、幼女であることは知っていました。王冠を被って、滅茶苦茶強そうな甲冑《かっちゅう》に身を包んだ騎士さんを引き連れた幼女を見れば、アレは自分の国の王様だと一目でわかります。すぐさまその場に跪《ひざまず》き、頭《こうべ》を垂れました。

「『ダチョウ』の方々も！　この場は私に……、ヒィッ！！！」

すぐに武装を解除した兵士さんたちを一瞥《いちべつ》し、すぐさまダチョウさんたちに向かって声を上げかけた幼女王でしたが、つい恐怖のあまり悲鳴を上げてしまいます。そして脳が精神を守るためにしめやかに意識をシャットダウンし気絶。さらに背後ではドタドタと騎士が落馬していく音。乗っている騎士さんも、そして乗られていたお馬さんも仲良く気絶です。あぁ、もちろん宰相のお爺ちゃんもぶっ倒れました。

それも、仕方ありません。

なにせ……。

「お・ま・え・らァァァアアアアア！！！！！」

怒りのあまり全身から真っ赤なオーラがこれでもかと噴き出し、漏れ出る魔力のせいで天候をも一瞬にして快晴から曇天へと変え去った化け物。ガチギレ中のレイスちゃんがそこにいたのですから。

なんかもう、ビクビクさんよりも怖いドラゴンのイメージが浮かんでるような感じです。

お顔もこう、お目々がこれでもかとつり上がってて、般若《はんにゃ》のような感じでお口がガバッと開いてとんがった牙《きば》が見えてますし……。

あは！　この前より怖い☆

「「「ご、ごめんなざい～～～！！！」」」

う～ん、デジャブですねぇ。

◇◆◇◆◇

「ひっぐ！　ひっぐ！」

「ごめんなさい……」

「だいじょうぶ？」

あ～～～、ちょっと怒りすぎちゃったかねぇ？　ガチ泣きしちゃってる子がいるや。あ、うんうん。今こっち見たキミ？　あぁやっぱデレか。そうそう、デレちゃんや。ちょうどそのえぐえぐ泣いちゃってる子、私の膝元《ひざもと》まで連れてきてあげて？　そうそう、よくできました。わちゃわちゃしてあげるねぇ～。

「ほら、もう怒ってないよ。怒ってない」

「……ほんと？」

「うん、ほんとほんと。……もうちょっと落ち着いたら、商人のおじさんと兵士さんたちにごめんなさいしようね」

「あ、あの。俺、ダイジョウブですんで……」

「そう？　でも悪いんだけどもうちょっとだけ待ってもらえる？　この子たちに謝り方を教えなきゃだから。さっき買い取らせてもらった商品と荷馬車、あと追加の慰謝料、それに追加してもっと出すから待っててもらえる？」

「アッ、スッ……」

私の怒気に完全に気圧《けお》されてしまったのか無茶苦茶顔色の悪い商人さん。いやほんとごめんね？もうちょっとしたらお返ししますんで。……にしても買い取らせてもらったこの牛乳とチーズ。ほんとに美味《おい》しいね。ちょっと味見させてもらったけどかなり質がいいんじゃない？　ちょっと後で大口の契約でもしてもらおうかな～。栄養価高いし、美味しいのなら他の子にも味わってほしいからねぇ。

（にしても。まぁ～たやっちまいましたねぇ、私）

疲れが溜《た》まっていたということもあり、ブレーキが壊れてしまっていたようで前よりも結構ガチで怒ってしまった。なんか周りの人たちも結構な人数がドタドタ倒れていたし、なかなかの大事故になってしまったようだ。悪いことしたから怒ることは悪くないとは思うんだけど、疲労とストレ

スのせいか必要以上に怒ってしまったような気がする。そのあたりはガチで反省しなきゃ……。

現在私たちはちょっと離れた場所で待機中、んでマティルデさんたちプラークから来た兵士さんたちが途中で合流してくれて、現場の対処に当たっている。

（あとなんか王冠みたいなのと、女の子が転がっていたような……。なんか地面が湿っていたような気もしたけど、その子はマティルデが保護してくれていたみたいだしね。『悪くて怖い化け物』は退散ってやつだ）

「……ん」

「お？　もうなんとかなりそう？　まぁちょっと落ち込んでいるみたいだけど……、今のうちにごめんなさいしに行こうね。反省会はそれからで」

まだ全然この子たちも本調子ではないが、なんとか動ける程度には精神が回復したようで。今回の件に関わった子全員を立たせ商人さんに謝罪を受け取ってもらう。なんかこう、無茶苦茶恐縮しているけど受け入れるだけ受け入れて……、あ、くれる？　いやほんとありがとう。あともうちょっとだけ待ってくれる？　マティルデにお金預けている……。あ、自分で取りに行くの？

そう言った商人さんは逃げるようにこの場から去っていった。……まぁ仕方のないことだろう。お詫《わ》びと言ったらなんだが、プラークに帰ったら御用商人のアランにでも頼んであの人の商品を定期購入できるように計らってもらおう。怖い思いさせちゃったし、それぐらいしないとね～。

「ん、誰か来た……。ってマティルデ！　どうしたの？　もう終わった？　あの女の子大丈夫？」

「あぁ、いやちょっとその件はまだだ。すぐに兵を送っておく。だが王宮の方から――王宮でいいのか？　まぁ上から『会談と調印式は明日にしてくれないか』という連絡が来てな。大丈夫そうか？」

「あれ、そうなの？　全然大丈夫というか、むしろありがたいくらいなんだけど」

正直今の状態で難しいお話とかそういうのできる気がしない。お休みが欲しかったところだし、この体の回復力なら一晩しっかりと寝ることができればまぁ何とかなるぐらいには回復できるはずだ。だから私としては構わないんだけど……、いいの？　なんか王都に着いたらすぐやる～、的なこと言ってた気がするし。そっちで何かあった？

「まぁ何かあったと言えばそうなのだが……（一国の王が恐怖のあまり気絶しただけでなく色々漏らしてるとは言えないよなぁ……）。と、とにかく気にしないでくれ。それと私はまだ仕事があるのだが、旗下の兵たちはもうそろそろ撤収可能だ。終わり次第こちらに宿泊用の天幕を張る故、少し待っていてほしい」

「あぁうん、ありがとう。ゆっくりでいいよ、って伝えといて」

「助かる、では！」

そう言うと足早にまた王都の方へと戻っていく彼女。

まぁとりあえずお仕事は明日っていうことですし……。

「休むかぁ」

◇◆◇◆◇

ほい、レイスちゃんです。

王宮？　まぁよくわからんけど、マティルデちゃん経由で彼女の上司さんから『あ、ちょっち今日調印式やるの難しいっす……。理由？　聞いてくれるな』という連絡を貰《もら》ったため、急遽《きゅうきょ》予定を変更。その日を全体にして体力と精神力の回復に努めたんですよ。

あんまりいいことではないんだけど、私がストレスと過労のせいで強くウチの子たちを怒っちゃったせいか群れの雰囲気は最底辺。みんな遊ぶような気分でもなく、しゅんとしていたおかげで私もすべての時間を回復に使うことができた。そのおかげで十分な睡眠を取ることができたし、ある程度まともな精神状態まで持ってこれたってワケ。

（これからあっちの王様とご対面〜だからね、あんな精神状態で挑めなかったし、休めてよかった）

え、ウチの子たち？　別に大丈夫だよ？　昨日晩ごはんをたらふく食べた頃にはまぁまぁ巻き返してたし、しっかりと睡眠を取って朝ごはんもしっかりと食べれば元気いっぱい。朝から王都の外を走り回ったり、穴を掘ったり、二度寝したりといつも通りのダチョウちゃん。ま、まだ昨日怒られたことが頭に残ってるのか、ここから見える検問待ちの方には誰も近づかないけどね？

（前までなら絶対に忘れて突撃してた子がいたはずなのに……、やっぱり私の群れ。賢くなってる）

うんうん、お母ちゃんめっちゃ嬉《うれ》しいよ。人間の社会にお世話になる以上、私たちが取れる選択肢ってのは今の社会に上手《うま》く順応するか、ぶっ壊して自分たちにとって都合のいい社会にしてしまうかの二つしかない。もしこの社会が私たちにとって悪で、放っておけば今後ダチョウたちに悪影響しか与えないものであれば後者を選んでいたかもだけど、今のところ別にそんな悪い感じではない。

ナガンだっけ？　あそこの人間至上主義って思想も『わ、とっても人間らしい』って眺める分には微笑《ほほえ》みを覚える思想だし、このヒード王国の多民族社会ってのはとっても私たちにとって都合がいい。宰相のお爺ちゃんとの契約がちゃんと機能するのであれば、もう何も言うことはない。人が豊かな生活を送るには『衣食住』が重要、ってよく言うでしょ？　その『食』と『住』をあっちで用意してくれるって言ってるんだ、元々私たちには羽があるから衣はまぁいらんし、もうこれだけあれば十分って感じだからねぇ。

（戦力の提供としてどれだけ求められるかはわからんけど……、最悪逃げてしまうという選択肢もある。そこら辺は追々考えていこう）

とにかく、あっち側が受け入れてくれるのならこっちが上手く順応していかなきゃならない。そのためにはウチの子たちの知性を少しでも高くする必要があったんだけど……、ちょっとずつだが前に進んでいる。いずれいい感じに社会に溶け込めるぐらいには進化してくれるだろう。何年かかるかわからないし、そもそも私が生きている間に何とかなるのかもわからない。けど、私は族長さんだからね、死ぬまで面倒見てやりますとも。

「っと、そろそろ私も準備始めませんとね。アメリアさーん？　ちょっと手伝ってくれるー？」

「うん？　あぁ、おめかしね。ちょっと待って、今デレの……。デレ、貴女《あなた》もレイスのお着替え、手伝う？」

「？　……うん！」

おぉ、デレも手伝ってくれるの？　じゃあそこに置いてある箱、わかる？　四角いの。……そうそう、それ。持ってきてくれる？　うんうん、よくできたねぇ！　今からお母ちゃんアクセサリーとか付けなきゃいけないんだけど、キラキラしてても食べちゃダメだからね？　今あそこで自分で掘った穴から頭だけ出して『助けてー！』って言ってる子みたいに飲み込むのは駄目よ？　わかった？

「わかった！」

はいはい、よいお返事。じゃ、アメリアさん毎度申し訳ないんですがよろしくお願いしますね。デレが持ってきてくれたアクセサリー入れをアメリアさんに渡しながら、彼女に装着をお願いする。結構紐《ひも》みたいな装飾品、長めのネックレスみたいなやつが多いせいでこの翼で装着するってのはほぼ不可能に近い。一回足の爪とかを上手く使ってやろうとしたんだけど、そっちも失敗。ウチの子たちに遊んでいると勘違いされ、そのアクセサリーはお亡くなりになってしまった。ほら、紐がぷつんと切れて繋《つな》がってたのが散らばる感じ。

なんでちゃんとしたお手々を持っている人に手伝ってもらわなきゃ何にもできないってワケだ。

アメリアさんによると『魔力を人の手の形に固めて第三の腕とする魔法』ってのが存在するみた

いなんだけど、未《いま》だ魔力操作すら上手くできていない私には土台無理な話だ。変に魔法を失敗して暴発させただけでこのあたり一帯が蒸発する可能性があるって聞かされれば挑戦してみようとすら思わない。色々上手くできるようになってからのお楽しみとしよう。

「……よし、こんな感じね。できたわよレイス」

「いつもありがとうねー！　さっすが師匠は頼りになるなる。……さ、そろそろ時間だろうし、頑張って調印式とやらに臨むとしますか！」

◇◆◇◆◇

王都を守る防壁から少し離れた場所、そこにいくつもの天幕が設置され、その中の一つ。より豪華なものに眼《め》を向ける。あそこが調印式を行う場所兼、謁見の場として扱う天幕だそうだ。朝から色んな人が王都から走ってきて色んな準備をしていたのを見ている。天幕を張ったりするのはもちろんだったんだけど、めちゃくちゃ豪華そうな絨毯《じゅうたん》やら椅子やら色々ひっきりなしに運び込んでいるものだからちょっと見てて面白かったよね。

それを見て『きらきらー！』と言いながら寄っていこうとした個体もいたが、今日の私は完全回復済み。即座に『族長モード』へと入りその子に覇気を届けることでこっちに戻したりしていた。ま、そのせいで用意してた人には変なプレッシャー掛けちゃったけどね。ウチの子が突撃して滅茶苦茶にしてしまうよりはまだいいはずだ。

（さて、呼ばれたから来たのだけど……）

あ、いたいた。アレかな？

その一段と豪華な天幕を守る兵士さんの一人と目が合う、ちょうど出入り口を任されている兵士さんみたいで他の人よりも装備の質が豪華な感じだ。その人へと近づきながら、もう一度あたりを見渡す。

なんかこう、街の中には入れなかったけどこういう国の文化的なものに触れられる瞬間っていいよね……！　私からすればこの社会というか、世界そのものが全くの未知の存在だ。魔力という不思議ちゃんパワーがある限り絶対に地球とは違う歴史を歩んできている、そしてその世界で生まれた文化ってのも。

それを部分的とはいえ体験できる、こう天幕に施された装飾とかさ？　おそらくヒード王国の国章とかさ？　兵士さんの装備とか見るだけでちょっと楽しくなってくるじゃん。プラークで良かったけど、王都となればその国の文化の中心地。より濃厚なものを堪能できる。ちょっと気分上がってきちゃうよね……！

「ハロハロ～、兵士さん。話届いてるよね？　私レイス。入り口ってここで大丈夫？　もう入ってもいい感じ？」

「え、あ、はい！　しょ、少々お待ちを！」

あれ？　そんなにウキウキしてた？　とっても驚くようなお声。……あ、もしかして昨日のアレ、見ちゃった感じ？　アハー！　お恥ずかしい！　アレね、ただキレてただけなの。普段の私はこっち、楽しいことが大好きでみんなのお母さん、ダチョウのレイスちゃんだよ～？　人間さんだから私たちに比べて記憶力いいんでしょ？　顔と名前ぐらい一致させといてよね～！

「レイス殿！　どうぞお入りください！」

あ、もう確認大丈夫？　なら良かった。じゃあ……、切り替えようか。

「ッ！！！」

普段の私から、あの子たちを守り率いる者としての私へ。聞いてたのは調印式と簡単な会談って話だったけど……、それにしては天幕の中の気配が多い。そしてここへ来る途中に見た馬車の数も。ちょっと確認してみたがその馬車に描かれた紋章が結構種類豊富だった。つまりあっちの王様と宰相以外に色んなお貴族様ってのが来ているのだろう。そしてそれに合わせて護衛の皆さんも。

ま、私らって急に現れた特記戦力ってやつらしいですし？　色々あちらさんにも事情があるんだろうね。そこをとやかく言うつもりはない。だけど、こっちも群れを背負ってるわけだからね、それ相応の態度で臨ませてもらうとしよう。

「ん！」

「あぁ、デレ。みんなも、来ちゃったのかい？」

「うん！」

「そうか……、まぁいい。ここで待っていてもいいし、ついてきても別にいい。ただ大人しくしておきなさい。『できるね』？」

普段よりもちょっとだけ覇気を込めて、そう彼らへと言って聞かせる。

「じゃあ……、お邪魔しようか」

ぱっと天幕をめくり、中へと入る。

……へぇ、思ったよりしっかりしてる。

ちょうど正面、その奥に玉座がありその横に貴族らしい人たちがずらり、そして玉座の横にはあの宰相が王に寄り添うように立っている。その後ろには国の強さを見せつけるように物々しい恰好《かっこう》の騎士さんたちがずらりと並んでるんだけど……。騎士さんも大臣さんも面白いぐらいに震えてる。

ありゃりゃ、怖がらせちゃってるね～。

でもごめんね？　私だって舐《な》められたくないのよ。

「さて……、出迎えありがとう、かな？　名乗りはいらないよね？」

ある程度奥まで歩き、王の顔がしっかりと見える位置まで移動し、軽く腕を組みながらそう言う。

まぁ腕じゃなくて翼だけどね？　にしても、聞いていた通り女の子の王様なんだねぇ。しかもかなり幼い、文字通り幼女王って感じ。

「ッ！！　お、王の……」

「あ？」

何か言おうとした一人の貴族、幼女王に結構近い位置の人だから位は高いのだろう。その人が言葉を紡ぎ終わる前にガンを飛ばす。あぁあぁ、びびっちゃって。わかるよ、王様の眼の前だから跪《ひざまず》いてそれ相応の振る舞いをしろって言いたいんだよね？　うんうん、それが普通だよね。めちゃわかるし、そっちが普通なんだけど……。

「なぁ、宰相殿？　貴殿は我らと『対等な』契約を結んだはずだが？　なのに跪けと言いたいのか？」

ちょっとだけ機嫌が悪そうな声で彼へと問いかける。ごめんね、ごめんね、これアピールだから。私たちそっちに臣従するわけないだろ、ってアピールだから。許してちょ？　あんまりね、どっかに臣従するとか嫌なのよ。それ相応の責任とか出てきちゃうしさ、ウチの子たちの面倒で手一杯だからそういうのご勘弁。

「すでにそちらである程度話は纏《まと》まったと思っていたのだが……、また日を改めようか？　それ相応のものは頂くが。それとも契約ごとなかったことにするか。どちらを選んでもらっても構わないとも」

「そ、それは……」

「よい、宰相。我が話す」

私の言葉に何か答えようとした彼を、手で制し幼女王ちゃんが声を上げる。……うん？　今の声聞いて思い出したけど……、あ、やっぱりだ。この子昨日検問待ちの列でビビらせちゃったせいで漏らしちゃった子……ッ！　あ、え、あ、どうしよ。え、もしかして私王様にお漏らしさせた？　ワっ！　え、えぇ……。

表情は変えずに内心動揺しまくりの私を置いて、彼女はこちらへと向き直る。昨日公衆の面前でお漏らしをしたとは思えないようなキリッとしたお顔。宰相を付けてはいるが国政のほとんどに携わっているという話は旅の途中マティルデから聞いた。最初はそういう建前なのかな、と話半分に聞いていたけれど……、彼女の目からそれ相応の力を感じる。事実だったのだろう。

「レイス殿、先ほどの者は我を思っての言葉。どうか許してはいただけないだろうか。そして我らは契約を反故《ほご》にするような気は一切ない」

「……なるほど。まぁ部下に振り回されるのは上の宿命みたいなものだしね、構わないよ。こっちも変に声を荒らげたことを謝罪しよう」

「感謝する」

……うん、両者ともに謝罪してさっきのは帳消し。いい掴《つか》みだったと言えよう。もしかしたらコレをするためにあの貴族さんは声を上げたりしたのかな？　まぁ別にそうであってもそうでなくてもいいんだけれど。

「では、改めて……。我が名は『ルチヤ・ヴェディクタ・エンデュビス・ヒードラ』、このヒード王国の六代目の王だ。『ルチヤ』、と呼んでくれ給《たま》え。貴殿らがこの国へと参られたこと、そして我が国と契約を結んでくれること。大変感謝している」

「こちらこそどうも、ルチヤ王。私たちは『ダチョウ』、その族長をやらせてもらっている『レイス』、だ。ま、末永くいい取引相手であることを願うよ。……それで？　そちらの宰相と決めた内容で大丈夫なのかな？」

「あぁ、構わぬ」

彼女はそう言い、軽く指を動かしどこかへと指示を出す。すると奥の方から物音が聞こえてきて、色々なものを持った騎士さんたちがこちらへと走ってくる。あぁ、なるほど調印式の道具ね。あっちの幼女王さん用にちょうどいい感じの台と机、んで私の方には……。あぁ、わざわざ用意してくれたのね？　ちょうどいい感じの足用朱肉（黒インク）があるからそれでいい感じに拇印《ぼいん》押すか、足の爪で名前書いてくださいってわけか。

……どうしよ、爪で名前書けんぞ？

玉座からゆっくりと降りて、調印式用の台へと向かうルチヤ王を見ながらどうしようかと悩む。ぎゃ、逆に聞くけどさ？　君ら足の指で自分の名前書けって言われてできる？　できないよね⁉　あ、いや、どうしよ。もういい感じに足跡のマーク付けちゃっていい？　こういうのって同時に書くのがマナーっぽいから相手さん待ってるけどもうそれでいいよね？　変なふにゃふにゃサインよりはそっちの方が潔くていいよね！

ええい！　女は度胸！　そりゃ！

幼女王ちゃんが羽根ペンを手に取り書き始めた瞬間に、足用朱肉に思いっきり足を叩《たた》きつける。なんか『え⁉』って視線が複数突き刺さったような気がするけどしゃぁねぇ！　そのまま紙全体に叩きつけるようにシュートォ！　堂々としとけば独特の価値観とか風習ってことでなんとかなるってレイスちゃん知ってるぅ！

用意された紙にはデカデカと私の足形、ヨシっ！

「……え、これ機能する……、あ、するんだ。んんっ！　ではレイス殿」

汚れていない方の足で紙を軽く掴み宙へ、後は軽く翼でキャッチして幼女王が書いたものと交換すればおしまいだ。

（……おん？　魔力？）

交換した瞬間、この紙にほんの少しだけ魔力が吸われる。それはあっちも同じようで、同時にサインした紙が輝き出した。光によって真っ白に染まったソレは宙へと浮かび上がり、形を変化させていく。ぱんっとなにかが弾《はじ》けるような音と共に変化が止まり、私の下へと落ちてきたのは人間用の小さな指輪。

何となくでしかわからないが、これ自体に変な効果は付いていないように見える。けれどあちらの方。ルチヤ王の方にも同じように出現した指輪、それと強く繋《つな》がっているような気がする。

「これは？」

「『契約の指輪』だ。特に拘束力も何もない指輪だが、片方が破壊されればもう片方も自壊する。壊れた瞬間が縁の切れ目、という代物だ。大事にしていただけると嬉《うれ》しい」

「へぇ……」

そう言いながら首元から下げていたネックレスを取り出し、私に見せてくれる彼女。やっぱり王様ってことで結構な契約を結んでいるらしく、昔の真ん中に穴が開いた銭を束ねた時みたいな感じになっている。なるほどねぇ、なんか急に異世界ぽくなってきて私大満足です。一瞬『嵌《は》められたか？』と思っちゃってごめんね♡

「では、末永く我が王国をよろしくお願いする」

そう言いながら私へと手を伸ばす彼女。後は握手しておしまい、ってコトか。

あいあい、了解。んじゃ握手し終わったらもう『族長モード』でいる必要もないし、普段通りの

私に戻ろうかな……。

「で、伝令！　東国境部隊から連絡！　チャーダ獣王国が侵攻を始めたとのことですッ！」

……おっとぉ？

◇◆◇◆◇

「……陛下」

「なぁに宰相、いやじいや」

王宮への帰り道、馬車の中には私たち二人だけ。王と宰相という身分の差はあれど、相手は自身の世話役としてずっと傍《そば》にいてくれた男でもある。まぁ戴冠《たいかん》してからというもの、この者が私を孫娘の一人としてではなく王として見るためか、ずっと『陛下』として自身を扱おうとすることに少し寂しさを覚えることもあったが……、もうそんなことどうでもいい。

「あれで、良かったのでしょうか」

「逆に聞くけど、じいやはアレ以外に方法はあると思うの？」

「…………いえ、ございません」

アレ、というのは我が国に新たに生まれた、いや、やってきた特記戦力のことだ。

獣王国から侵攻を受けたという報告が来た時、自身の顔がどうにかなりそうなのを必死に我慢しながら、私は彼女に対しこう問いかけた。『我が国の要請を受けてくれるか』と。結果は宰相の表情、これから起きることに対し不安を隠せない顔を見れば一目瞭然《いちもくりょうぜん》だろう。彼女は渋々であったが、首を縦に振った。

契約を結んだ直後にそれを反故にするような行動をとれば、契約を守らないという意思表示に他ならない。

こちらが契約を守る動きをすれば、彼女は何か大きな否定材料がない限り頷《うなず》いてくれる。そう『特記戦力の姿は発見できなかった』など聞こえのよい言葉のようなものがあれば、確実に受けてくれると感じていた。

(彼女の性格に救われたことになる。……あぁ、本当に)

私にとって、その善良、いや『普通』の性格の持ち主は非常にありがたかった。彼女は敵対しなければ攻撃してこないだろう。それはつまり『こちらが罠《わな》に嵌めれば、必ず反撃してくれる』ということに他ならない。それのなんと頼もしいことか。彼女が上手《うま》くやってくれれば私は仇《かたき》を討つことができ、同時に愛する父上、母上の待つ世界へと向かうことができる。

失敗したとしても、この獣王国の侵攻はナガンの『軍師』に伝わっているはずだ。軍事同盟を結んでいること、そしてかの者が我が国との国境線から離れていないことを考えるに彼もすぐ飛んでくるだろう。あのダチョウと名乗る集団がどうなろうと、次の手がある。特記戦力相手に二つの特記戦力を当てる、万全な作戦と言えよう。

（まぁ、失敗した時はその時だ。どうせ勝っても負けてもこの国は『特記戦力』の手によって落ちる。仇の無様な死に姿が見れないのは非常に業腹だけど……、その時は毒杯でも呷《あお》って死んでしまえばいい。奴《やつ》に殺されるぐらいなら自ら死んだ方がマシだ）

「あぁ、そうだじいや。例の件はどうなっているの？」

「……昨日の件ですか？」

「………流石《さすが》に不敬だよ。先に死にたいの？」

すぐに否定を返し、慌てて弁明を始めるじいやの顔を見て揶揄《からか》われていないことは理解する。けれど真っ先にそれが出るのはどういうことだろうか。まだ一〇《とお》にも満たない子供ではあるけれど、流石に色々と気にしてしまう。

じいやの言った昨日の件、それは検問所の近くで起きてしまった一件のことだ。色々と問題になるため箝口令《かんこうれい》が敷かれているけれど……、なぜか王宮には私の惨状についての噂《うわさ》が出回っている。どうせ侍女の誰かが噂しているのだろうけど、見つけたら真っ先に牢《ろう》にぶち込んでやるから覚悟してなさいよ。

（……）

あの時、確かに私は確実に死の恐怖を感じた。目の前に広がる死という概念そのもの。自分に対して向けられたものではないのに、自身に備わっていたいらぬ生存本能が暴れ始め、同時に脳が精神を守るために大本を落とす感覚があった。あんなもの、初めてだった。王家最後の血筋である私は、幼いということもあり戦場どころかこれまで死というものをしっかりと理解していなかった。

故にあのような事態に陥ってしまったと言えよう。

しかしながら、後ほど情報を集めてみれば仕方のない相手だった。

被害としては、あの時護衛として連れていた親衛隊五〇が全滅。近くにいた衛兵たちは未《いま》だ眼《め》が覚めず、防壁にいた兵士の半数が気を失っている。そして検問待ちであった民はすべてが失神と失禁をしており、衛兵と同様未だ眼を覚ましていない者もいる。死んでいるわけではない、単に衝撃が大きすぎたのだ。

（そして、王都内にいた優秀な魔法使いたちでさえ軒並み失神、そして眼を覚ました後も恐慌状態に陥っている）

優秀といっても特記戦力やそれに次ぐ準特記戦力にすら劣るような存在。せいぜい一人で一〇〇の兵の相手ができればよい程度の人材。確かに優秀であるが飛び抜けているわけではない。けれど人材が乏しいヒードにおいてはこれまで重宝してきた人員であり、頼りになる存在であった。それがすべて気絶した。それほどまでに隔絶した魔力量。

（今日護衛として連れてきた魔法使いに聞いたけれど、『ダチョウ』という集団に同行していたあのエルフ。アレが準特記戦力で大体五〇〇〇～七〇〇〇相当。そしてあのレイスと名乗る族長が……）

判定不可能。体の中に収まる魔力の量が多すぎて底が見えず、眼に魔力を通して見てみても体が弾けるほどに魔力が詰まっているせいかただの黒、吸い込まれそうになるほどの黒にしか見えないとのこと。見続けるだけで精神が蝕《むしば》まれ、意識が戻ってこれそうになかった。自分がまだこうやって話せているのは、単に運が良かったからに他ならない。私に報告をよこした魔法使いは、そう伝えた。

それを聞いて私は何を感じたと思う？　絶望？　恐怖？


いいや、違う。歓喜だ。


私はそれを、二度感じた。

一度目は昨日、気絶から回復した後のこと。漏らしてしまったという事実のせいで少し霧散してしまったが、私は歓喜を感じた。『特記戦力』という言葉は事実だったのだと、この国に奴に対抗できる手段ができたのだと、そしてその力が自身に向いた時、確実に私のことを殺してくれるのだと。考えれば考えるほどその感情が沸き立っていた。

そして二度目は、魔法使いからの報告を聞いた後。それほどの魔力を持つならば、どう考えても私の仇である獣王よりも強い。あの魔法使いは戦場にて生き残った者、私の父上を見殺しにした者の一人。その事実を理解すればするほど、かの者の首を刎《は》ねたくなってくるが、魔力をもって特記戦力となった獣王をその目で見た一人でもある。彼に『獣王と彼女、どちらが強い』と聞いた時、返ってきた言葉は後者だった。

つまり、私は考え得る限り、最上のシナリオを迎えることができるということに他ならない。

我が国の特記戦力があの憎き獣王を殺し、私はその無残な死にざまを笑いながらこの何もない世

界から死をもって抜け出す。父上も母上もいない世界など興味すらない。この世界で最期に見る顔は、怒りに昂《たかぶ》った彼女のものになることだろう。

（そう考えると……、あぁ顔がおかしくなってしまうな）

「……で、ですから陛下。あの件に関しましては強く箝口令を敷き、噂の出どころやその経路もすぐに見つけてごらんに入れます。幸い王宮外にはまだ伝わっていないようですので、あぁそれとかの品も早急に処分……」

「うるさいぞ宰相、話を戻す」

「は、は！　申し訳ございませぬ！」

「確か、なんの魔道具だったか。ナガンの軍師殿と遠隔で会話ができる魔道具を渡されていただろう？　アレであちらと連絡を付けよ、すぐに援軍の要請をするのだ。ないとは思うが……、もしもの時のためにな」

「かしこまりました！　すぐに！」

あぁ、本当に楽しみだ。父上、母上、もうすぐですからね。

◇◆◇◆◇

「なるほど、彼女にとって『弟子』は逆鱗《げきりん》だったのですね」

『はッ、軍師様。このたびは申し訳なく……』

「いえいえ、大丈夫ですとも。その情報だけで値千金です。ではでは、ゆっくりと療養してください。……私はちょっと別件がありますのでね、ここで失礼させていただきます」

そう言いながら魔道具のスイッチをオフにする軍師さん。ここはヒード王国とナガン王国の国境沿い、立案した策の関係上この国境に留《とど》まることが最適だと判断した彼は、簡易の指揮所を設置しそこで情報を受け取っていました。

先ほどの報告は海を越えた先にある帝国本土の中心地、帝都で諜報《ちょうほう》活動を続けているスパイさんからのもの。帝国の在野に埋もれている優秀な人材、それこそ『特記戦力』の引き抜きを画策していたようですが……、最悪に近い形で失敗してしまったようですね！

今回軍師さんが狙っていたのは、先日まで剣闘士として活躍していた女性のスカウト。特記戦力の中でも中位、もしくは上位へと踏み込めるような実力でありながら、未だどの勢力にも明確に属していない存在。もしナガン王国に加わればそれこそ彼らの野望である大陸統一にぐっと近づく存在です。何としてでも確保したいところではありましたが、軍師さんは現在お仕事まみれ。帝国現地に向かうことはできず部下に任せていたようですが……。

幸いなことにこちらの正体が割れるような事態は避けることができたそうですが、末端の組織やその指示役、先ほど情報を送ってきた一人の諜報員を除いて全滅したとのことです。

（あの存在は特記戦力にしては温厚であり、話が通じる相手でした。それ故に近づきナガンへの好感度を稼ぐように指示したのですが……）

どうやら現地協力者が暴走し彼女の逆鱗であった『弟子』に手を出そうとしてしまったそうな。

ナガン王国は帝国の力を削《そ》ぐために現地の裏勢力や急進派の貴族をメインにお付き合いしていたのですが、それが思いっきり仇《あだ》になってしまったようですね。

しかも運が悪いことに。特記戦力によって殲滅《せんめつ》が終了した後、彼女と親しい存在であったらしい『帝国の特記戦力』の一人である『女公爵ヘンリエッタ』の介入があったそうです。かのエルフのアメリアさんの弟子であり、レイスの姉弟子にあたる方ですね。

ちなみにその女公爵様ですが、高齢のお婆《ばあ》ちゃんながら非常にフットワークの軽い方で、もしナガン王国の関与がバレていたら、その特記戦力と一緒にナガンを攻め滅ぼしていた可能性がありました。最悪の場合何人もの特記戦力を抱える帝国軍も動いていたでしょうし、『バレなかった』事実を聞いた軍師さんがつい安堵《あんど》の息を零《こぼ》してしまうのも仕方ないと言えるでしょう。

「先日の『ダチョウ』の件もあるのです、もう胃薬が手放せない状況になってきましたね。……本当に笑えない。っと、これ以上の深入りは死を意味しますね、しばらく帝国への過度な干渉は控えるようにしなければ」

確かに、軍師さんが帝国へと赴くことができれば、その巧みな話術で特記戦力を引き抜くことができたでしょう。けれど今この大陸は荒れに荒れています。軍師さんがいない状態でナガン王国が攻め込まれた場合、確実に領土は削られ、国力が低下し、徐々に弱体化していくのは確実。それに彼は『かの件』の対応もせねばならないのです。隣国はともかく、渦中の南大陸を離れるという選択は取れませんでした。

「……よし、切り替えていきましょう。幸いこちらは上手く進んでいますし」

現在彼の興味を引いている存在、それは『ダチョウ』と『ヒード王国』です。突如としてかの国に現れた特記戦力であり、未だその実力が掴《つか》めない相手。群をもって特記戦力とされる存在であるため、軍師さんは『ダチョウ』構成員の離間などの策を考えていましたが……。使えそうな情報は未だ〇《ゼロ》。逆に忍び込ませていた諜報員のアラン氏を再起不能な状態まで追いやられる始末です。まぁそもそもダチョウ獣人ちゃんたちは離間という概念すら理解できるか怪しいのですが……。

「彼らの長《おさ》、レイスと言う彼女。かなりのやり手かもしれませんね」

ならば、アプローチを変えるべきと考える彼。

ナガンが攻め込まれぬようにヒードと締結した軍事同盟。これを結ぶために向かったヒードの王都で手に入れた情報。これと周辺諸国に散らばる特記戦力や各国の王の性格を踏まえながら、軍師さんは策を練り実行に移しています。後は仕掛けたソレが彼が思い描いたように動くのを待ちながら、状況を細かく理解し適宜調整していくだけ。

そう、軍師さんは『ダチョウ』という傭兵《ようへい》団に対して計略を行えないのであれば、その周りをかき回してしまえばいいと考えたようですね。

「前情報通り、かの女王は復讐《ふくしゅう》に呑《の》まれていた。そんな風になってしまった幼子を利用するのは正直心が痛みますが……、これも国のため」

復讐に燃えるヒード国王が戦力を手に入れた瞬間、確実に仇へとぶつけるでしょう。確かに幼女王は賢君となる素養を持つ子ではありましたが、知略だけで特記戦力に数えられる軍師さんには勝てませんし、そも復讐で視野が狭くなってしまっています。容易《たやす》く操られてしまうでしょう。

彼が思い浮かべるのは、初めて相まみえた時の『彼女』の顔。幼女王の瞳《ひとみ》は、確実に軍師さんをただの戦力として数えていました。軍事同盟を結んだ理由も、彼女にとって仇であるチャーダ獣王国が攻め込んできた瞬間、彼をぶつけて復讐を果たす以外にはないでしょう。

そして軍師さんが想像する通り、『ダチョウ』を見てもその反応は同じでしょう。他の特記戦力を抱える国が彼らと契約を結ぶように、彼女も契約を結ぶと考えられました。そして彼が一定の評価をする幼女王であり、軍師が持ち込んだ同盟の『表向きの理由』を見抜けた彼女であればダチョウたちを戦場へと送ることは不可能ではないと、推察します。

「私も少し、彼女の周りの大臣たちを通じて助言しましたからね、上手くやってくれるでしょう」

そう零しながら、彼は思考を切り替えるため一つの資料に目を落します。それはアランさんがダチョウにモグモグされかけながら送った情報。コレのおかげで軍師さんも、おぼろげながら『レイス』という存在について理解を深めることができました。

軍師さんから見た彼女、レイスは傭兵団の安全を第一に考えているようですが……、『契約』を『ダチョウ優位』で結んだ以上、その性格から最初の戦乱を断ることはないと、彼は考えます。レイスは道理を理解しており、彼女自身の欲求もあるが、『ダチョウという傭兵団』の利益と存続を重んじるタイプ。強くヒード王国が訴えかければ頷《うなず》くでしょう。

「しかも、『特記戦力』がいないタダの戦場だと聞かされれば、なおさらです」

そこに何が待っているのかも知らずに……、というやつですね。

「チャーダ獣王国が誇る特記戦力である『獣王』に、『ダチョウ』をぶつける」

軍師さんからすれば別にどちらが勝利しようが、ナガンにとって不利益が生じることはありません。なにせそのように調整したのですから。

もし『獣王』が勝利した場合、かの者は確かに『特記戦力』ではありますがその実力も特記戦力の中では中位。そしてその戦法も扱う技も在位期間の長さから、そのほとんどが諸外国にバレてしまっているという状態です。まぁそのような状態でも押し切る力がある故の『特記戦力』なのですが……。

「こちらが何も対策を講じていないわけがないでしょうに」

確かに軍師さんの虎の子、魔法兵団はダチョウちゃんたちによって失われてしまいました。しかしながら元々彼らは対帝国用の兵力、つまりそれ以外の国家、この大陸に存在する周辺国への対応策はすでに立案済みのご様子。すでに丸裸になってしまっている彼、『獣王』を封殺することなど簡単に、とまでは言えませんが軍師さんに掛かれば可能です。

そしてその地理関係から戦場はヒード王国。兵力以外の費用はヒード王国持ちですし、獣王さえ討ってしまえば幼女王は満足してその命を終えてしまうでしょう。軍師さんもそこは許容できないので流石《さすが》に動くつもりのようですが、幼女王に年相応の生活が送れるようにした後はヒード王国をナガンへ併合するという計画を実行するようで、すでにその準備は整っているとのこと。

「そして、『ダチョウ』が勝利しても良い」

ダチョウちゃんたちが勝利したとしても、相手は『獣王』。その実力は特記戦力の中位というだけあってかなりのものです。三〇〇の群が全く被害を受けないということはないと軍師さんは考えます。確実にその数は減り、弱体化するはずだと。

そして、その戦い方、レイスの指揮能力なども理解できると彼は考えていました。

ヒード王国の軍には複数の諜報員を用意済み。彼らの中から一人、ダチョウたちについていかせることでその戦い方を知る。前回のプラーク侵攻戦では誰一人帰還した者がいなかったため、情報を得ることができませんでしたが、このタイミングで必ず情報を掴むようですね。

「そして軍事同盟を結んでいる以上、私が出向かなければならないでしょう」

チャーダ獣王国が攻め込む以上、防衛戦争のため軍師さんたちナガン王国も兵を出さねばなりません。そして、相手が特記戦力であるならばこちらも特記戦力を出さねば不作法というもの。つまり、軍師さん自身がダチョウたちと交流する機会を得られるということです。そしてレイスたちの好感度を稼ぐことも、確実に狙えます。

「そこで彼らの人となりを知り、可能であれば我が国へと引き抜く。『人間至上主義』が厄介となりましょうが……、やりようはあります」

そう口ずさみながら、ゆっくりと資料が置かれた机の上にある水で喉《のど》を潤す彼。

「まぁ、そんな形ですかね。どちらにしてもこのタイミングで『獣王』殿にはご退場いただきます。その後の獣王国がどうなるのかはわかりませんが……」

獣王国は広大な穀倉地帯を保有しています。軍師さんが所属するナガン王国でなくとも、可能であれば無傷で手に入れておきたい一帯です。ヒードよりも獣人の数が多く、ナガン王国と少々相性が悪い国ではありますが……。軍師さんが抱える計画の中の一つ、『自国の大掃除』を行えば軋轢《あつれき》なく手中に収めることができるでしょう。

そんな彼が脳内で淡々と計略を定めていると、背後から誰かがやってくる気配。軍師さんが振り返って見てみれば、彼の部下が何かの報告を持ってきたようでした。

「軍師様」

「はい、どうしましたか？」

「ヒード王国・チャーダ獣王国の国境付近で潜伏していた者から報告。獣王自ら兵を率いて侵攻を開始したとのこと」

「……承知しました、そのまま軍の内訳などの調査を進めるように指示してください」

「はッ！」

さて、彼の計画は本当に上手《うま》くいくのでしょうか？

◇◆◇◆◇

場所は変わり、ヒード王国の東国境付近。

そこには大勢の獣人たちを引き連れ進軍する、獣王の姿がありました。そんな彼の説明をする前に、まずチャーダ獣王国についてご説明させていただきますね。

ヒード王国の東側に位置するこの国家は非常に肥沃《ひよく》な土地を持っていて、大陸でも有数な農業国家。人間よりも食事量の多い獣人が多く住み着いており、豊かな大地が彼らの腹を満たしています。

ちなみにこの南大陸の東から獣王国、ヒード、ナガンという並びになっているのですが、東が獣人主体の獣王国。西が人間主体のナガン。そして中央で両国に挟まれたヒードが両方を許容する多民族国家という関係性になっています。

そんな西のナガンと言えば行きすぎた『人間至上主義』で有名なのですが……故に獣人を主体とした国家であるチャーダ獣王国もそうなのかといえば、全く違います。彼らは人間を差別しているわけではなく、むしろ悪い意味で平等なんですね。

多くの獣人が強い者に従うという価値観を持っているせいか、チャーダ獣王国は完全な実力主義です。弱い者は全てを奪われ、強い者は全てを持っていく。基本人間よりも身体能力の高い獣人は常に強者であり、人間は弱者。もちろんその逆もありましたが、彼らは常に強者をリーダーとして動いてきた歴史を持ちます。

つまり、王国の中で一番強い者が彼らの王として選ばれるのです。

そう、それが特記戦力。

獣王と呼ばれる男。名を『シー』という彼は、百獣の王、獅子《しし》の獣人です。

ただ、「頑強である」という効果しか持たない異能『頑強』を持ってこの世に生まれ落ちた彼は、運よく魔法の才能がありました。そして高い身体能力の代わりに比較的低い魔力しか持たぬ獣人では珍しい潤沢な魔力も。獣王国のとある貧民街に生まれ落ちた彼は、弱き者はただ奪われるしかない世界を理解し自身が強者へとなるために力を蓄え、王へと成り上がったのです。

そして、彼は力だけでなく、考える頭脳も備えていました。

彼がチャーダ獣王国にて彼らの国力の根本である穀倉地帯を視察していた時、一つの凶報が届きます。そう、『ナガンとヒードの軍事同盟』ですね。

卓越した身体能力を誇るチャーダの軍は、個々の強さを貴ぶ風潮から個人主義が行きすぎてしまっており、統率が取りにくいという難点を抱えていましたが……、非常に精強な軍として有名です。それこそ小国で特記戦力を持たないヒード王国など簡単に攻め滅ぼせるほどに。

しかしそんな軍を持ちながらも獣王が進軍しなかったのには理由があります。そう、『緩衝地帯』。ナガンという人間至上主義を掲げる国家と、チャーダ獣王国の相性はとてつもなく悪いのです。ナガンからしてみれば『汚らわしい獣人が人間を食い物にしている！　故に滅ぼすべき！』という意見が頻出していますし、チャーダ獣王国からも『たいして力のない貴族が統治する体制は間違っている！　正しい形に戻すべし！』という意見が溢《あふ》れ出ているご様子。

戦争になった場合待っているのはどちらかが倒れるまでの殴り合いです。そんな戦争、何の利益も生みませんし、獣王自身ナガンが誇る『軍師』の厄介さを強く理解していました。故に彼はヒードという緩衝地帯を維持することで争いを避けてきたというわけですね。

酷《ひど》い時は毎年王が代わるのが獣王国、そんな国で珍しく長期の統治を実現させてきたのが彼です。確かに国内の不満はありましたが、その高い武力と年々強まる発言力をもって民を制し、それでも抑えられなくなった際はヒード王国へと侵攻しますが最終的に現状維持で落ち着くよう手配する。

現ヒード国王である幼女王の父の時代、その治世でもたびたびヒード王国を攻めることはありましたが、相手国の存続が難しくなるほどは攻めない、それをずっと繰り返してきたのです。

ですが、それが崩れます。

ヒードがナガンと軍事同盟を結んだということは、緩衝地帯がその意味をなさなくなったことに他なりません。そして何より、ヒードと言えば良質な魔物素材の産出国。特記戦力という強大な個はこれまで存在しませんでしたが、魔物素材で武装した兵士はとても厄介。そんな厄介な兵が『軍師』によって動かされるなど獣王国にとって悪夢でしかありませんでした。

今はまだ大丈夫かもしれませんが、時間が経過すれば状況は悪化します。軍事同盟によって国力が実質的に上昇したヒードは魔物装備を量産するでしょうし、ナガンもその装備を使って兵力を増強するでしょう。つまり獣王さんにとって時間は敵でした。

故に、両国が強化される前に速攻で叩《たた》く。彼は最低でもヒードの王都を落とし併合、そして良質な魔物素材を産出する『プラーク』あたりまで確保しなければ危ういと考えます。

そして獣王がそう焦る理由として、もう一つの懸念点がありました。

そう、『特記戦力』の誕生です。軍師の手によって獣王の耳元まで伸びていたナガンの諜報《ちょうほう》員、それによって齎《もたら》された情報は彼に恐怖を与えます。獣王は確かに強者ですが、彼自身よりも強大な特記戦力がいることを強く理解しています。

獣王国の北東に位置する国家には、この大陸における『最強』の特記戦力がいます。獣王は一度その者に戦いを挑み、たった一つの傷を与えることすらできないまま、敗北しました。故に自身が特記戦力の中で『中位』でしかないことを、その肌で知っているのです。

つまり、ヒードで生まれた新しい特記戦力。それに彼自身が敗北する可能性も強く考えていました。もし彼の懸念が事実であった場合、途轍《とてつ》もない被害を獣王国が受けるということも。

先のヒード王国との紛争の折、戦争の終着点として両国の王の一騎打ちという形を取りました。ヒード側の『これ以上犠牲を増やしたくない』という思いと、『ヒードを必要以上に削りたくない』というこちらの意図が合致したが故の戦い。ヒードの先王を討つことで獣王国は勝利し、ある程度の賠償金を得て手打ちとなったのですが……。噂《うわさ》で次の王、先王の娘が自身を酷く恨んでいることを獣王は知っています。

つまり、特記戦力がヒードに生まれてしまった以上、早急に討ち取らねばまずいのです。復讐心《ふくしゅうしん》に呑《の》まれたかの幼女王は怒りのままに進軍し、その特記戦力が獣王よりも強かった場合。獣王国は容易《たやす》く滅ぼされてしまう。

獣王さんは、そう考えていました。

その結論に至る思考すらも、ナガンが誇る特記戦力『軍師』の掌《てのひら》の上とは知らずに……。

「陛下！　前方に敵軍を発見！　敵拠点の防衛部隊かと思われます！」

「見えている、騎馬兵か」

部下の報告を聞きながら、前方を魔力によって強化した眼《め》で見つめる獣王さん。その視線の先には一〇〇近い騎兵部隊が見えていました。そしてその前方に聳《そび》え立《た》つ高い防壁はヒード王国が獣王国との戦いのために作り上げた巨大な防衛拠点。防壁内では騎兵はその強みを活《い》かせません。故に決死の覚悟で突撃し、少しでも防衛準備を整えるための時間を稼ごうといったところでしょうか。

(自身で蹴《け》散《ち》らしても良いが、そうすれば兵たちの不満が溜《た》まる)

今回獣王が連れてきた兵は三〇〇〇。軍に所属している兵、その多くは肉食系の動物をルーツに持つ獣人です。その気性の荒さからか闘争を好む者が多いのが特徴のようです。そんな雰囲気に呑まれたのか、本来好戦的でない種族の獣人も血を好むようになってしまっています。戦において絶大な能力を発揮する兵ではありましたが、今はどれだけ素早く相手の王都までたどり着き、敵特記戦力の不意を突いて仕留めるかが勝負。

この防衛拠点にたどり着くまで国境の警備兵などの処理を任せたことで彼らの『意欲』も幾分か落ち着いているはずですが、爆発してしまえば統率を失ってしまいます。獣王さん一人で全てを平らげることも可能のようですが、そうなれば更地の領土とストレスが溜まった兵士が残るのみ。それは決して獣王さんが思い描く王の姿ではありません。

故に彼は兵たちの気を紛らわすために、騎兵と防衛拠点へと侵攻を指示。あとはこの場で王として兵にいらぬ不安を与えぬようふんぞり返っていればよいと考えていたところ……。

(………ッ!!!!!)

強大な、魔力を感知。それも、この戦場からかなり離れた位置からのもの。

特記戦力と呼ばれるまでに魔法に精通した獣王だからこそ理解できてしまう詳細。魔力の出どころは非常に遠い地点から。距離と方角からヒード王都で発生したものと推察できます。一瞬だけ感じた圧力であるはずなのに、脳裏に焼き付いて絶対に消えてくれないほどの強大な魔力。明らかに、『特記戦力』のものでしょう。

そしてそれは、彼自身の魔力がちっぽけな蟻《あり》にしか思えないほど隔絶した魔力の差。

その胸内を一瞬にして埋め尽くす、恐怖。


「……伝令」

「はッ！　殲滅《せんめつ》指示でしょうか！」

「すぐさま我の前から退けよ」

「ッッッッッ！！！！！　た、退避ィィィィィ！！！！！！！！！！！」

伝令の獣人がそう叫んだ瞬間、獣王が引き連れていた兵たちの顔が一瞬にして恐怖に染まります。

これから起こること、そして獣王とそれ以外の獣人たちの力の差を理解しているからこそ、彼らは一瞬で指示を理解し、即座にその場からの離脱を選択します。

周辺諸国に『獣王』と呼ばれる彼の戦闘スタイルは、魔力による単純な攻撃。獅子の獣人としての高い肉体性能を、莫大《ばくだい》な魔力によって強化したその圧倒的な身体能力のみで特記戦力と呼ばれてもおかしくない彼ではありますが、それは全力ではありません。

たった一の魔力で、一〇〇の効果を引き出すその圧倒的な魔力操作と、それを可能にする体の頑強さによって引き出される単純な魔力の暴力。それが『獣王』。

「スゥ……」

獣王が軽く息を吸い込みながら、体内の魔力を回し始めます。それと同時に獅子の誇りとも呼べるその大きな牙《きば》が見え、口内に魔力が集まっていく。ほんの小さなビー玉ほどの球体であるが、そこに収縮された魔力量は異常の一言。全てを吸い込むブラックホールかと思わせるその黒球は獣王の呼吸によって生成され……。


放たれる。


獣王の口から放たれたソレは、極光となって全てを貫いていきます。獣王国の魔の手から国を守るために立ち上がった騎馬部隊が一瞬にして蒸発し、その背後にあった防衛拠点、ヒード王国が十数年の月日を掛けて建築した高さ一〇mの石の防壁、そして内部に存在していた三〇〇〇の兵士たち、拠点設備、攻城兵器、その全てを消し飛ばしていく。

気が付けば眼前に広がっていた巨大な防衛拠点は消えてなくなり、残ったのは獣王から放たれた攻撃によって深く抉《えぐ》られた地面のみとなってしまいました。

それを一瞥《いちべつ》した彼は、強い焦りを持った顔で、部下たちに指示を出します。

「全軍に指示を出せ、このままヒードの王都まで進軍する」

◇◆◇◆◇

はい、レイスちゃんです。

ちょっとね、気分がよろしくないと言いますかね、こう『うにゃうにゃ』した気分でございます。

「うにゃうにゃ？」

「うにゃ？」

「うー？」

「にゃー！」

「はいそこ、別に復唱しなくていいからね」

体調の方は万全、王都でもちゃんと休めたしこれまでの移動の合間もしっかりと休息を取ることができた。ウチの子たちも王都で叱ったのが良かったのか、暴走も比較的可愛《かわい》らしいもので収まっている。まぁ馬車何台かひっくり返したけど……。

つまり私の指揮能力には何も問題はない、指示を飛ばして彼らの脳に新たな情報をぶち込んであげれば話題の操作だってすぐに可能だ。こんな風に私が漏らしてしまった変な擬音がウチの子たちの新たなブームになる前に、彼らの脳内から情報を消去するなんてラクチン。普段ならばこんなに体調が良ければそれ相応に気分も良くなってくるはずなんだけどね。

（やっぱり、ＮＯと言えない日本人ってやつなのかねぇ）

数日前、私は王都でヒード国王自らの参戦要求に対して頷《うなず》いてしまった。

理由を上げればポンポン出てくる。『契約をこっちから破ればごはん用意してもらえない』とか、『断るのはこっちの自由って言ったけど最初からNOって言うのは如何《いかが》なものかと』とか、『なんかヤバそうな特記戦力おらへんって言うし比較的安全なんちゃう？』とか、『獣王国の兵士って人間に比べれば強いらしいけど、よくて一般兵の一〇倍程度だから、一〇〇倍のダチョウなら全然余裕』とか、色々ね？

けれどそもそも私は必要以上の争いは好まない。というかウチの子たちに少しでも身の危険があるのなら近寄ってほしくないし、同時に人を殺す感覚、そして人を食べてしまうということは絶対に避けたい。

（すぐに忘れてくれるおかげであのナガンだっけ？　プラークで攻めてきた人間をやっつけた記憶はもうないみたいだけど……）

いわば群れの安全を守るために存在する私が、群れを死地に向かわせるようなものだ。特記戦力という化け物がいないという前情報のおかげである程度は安全が確保できるっぽいけど、それでも不安なものは不安。高原のように自然豊かな場所ではないこの文明圏において安定的に食料を手に入れるいい策ではあったと思うけれど……。

（本当にソレに見合う選択だったのかなぁ）

高原は魔境だったし、それ相応の別れってのも経験している。けれど選んだ後にこう悩んでしまうのは私の悪い癖なのだろう。もっとこう、GreatでPerfectなリーダーだったらこの子たちも、もっと呑気《のんき》に生活……。いやこれ以上は困るな、みんな～最近ちょっと賢くなってきたっぽいデレちゃんを見習って賢くなりましょうね～！

「レイス殿」

「ん？　あぁマティルデ」

考え込む私を見かねたのか、マティルデが話しかけてくれる。王都まで連れてきてくれた彼女だけど、今回の参戦にもついてきてくれるようだ。まぁダチョウちゃんたちのことを一番よく知っているのは彼女と彼女が率いる兵士さんたちだし、ウチの子たちもご飯繋《つな》がりで何となく彼らのことを仲間と理解しているっぽい。たとえそれが『ごはんを出してくれる人！』であってもダチョウにとっては大きな一歩だ。

「色々悩んでいたようだが大丈夫だったか？」

「あ～、まぁねぇ。ウチの子たちを率いる手前、これで良かったのかって感じ。私が唯一の指揮官みたいなもんだからさ。余計にね？」

「あぁ、なるほど。確かに私も似たようなことはよく考える。人を率いる者特有の悩みではあるなだよね～、マティルデも町を守護する騎士様であるし、兵士たちを率いて戦う一人の指揮官でもある。今回は私たちダチョウの補助兼補給担当ってことだからそうそう前線に立つことはないだろうけどね。ま、戦場では任してよ！　獣王だっけ？　特記戦力っていう怖いのがいなけりゃ、ちょちょいのちょぃい！　ってやつさ！

「あぁ、頼んだぞ！　まぁそもそもプラークでの一件以降貴殿らの実力は全く心配してないしな！」

「ふふふ、まぁそうだよね！」

「それに、かの獣王がいないらしいという情報は結構確かのようでな。王都で伝令の者に話を聞いたり、これまで立ち寄った補給拠点の町でも聞いたりしたのだがどうやら敵国は王なしでの進軍らしい」

数は三〇〇〇〇とかなりのものらしいけど、それを指揮するのは特記戦力でも何でもない将軍とのことらしい。なんでもかの獣王さんはチャーダ獣王国の南東にある国家との国境紛争に対応してるらしく、あっちの特記戦力に掛かりっきりってコトみたいなのだ。最初はそんなもんなんかな……？　と思っていたけれどマティルデから嘘《うそ》の匂いはしてないし、伝令の人に彼女と一緒に聞きに行ったこともあったんだけど、その時も同じような内容だった。

つまりこの情報の信憑性《しんぴょうせい》は高めってことなんだよね〜。

「ま、あんまり気負いすぎても駄目だろうし、頑張ってみますか」

「あぁ、それに兵たちは後方に下げるが私はレイス殿たちについていく。むろん最前線で使いつぶしてもらっても構わない」

「……え、聞いてなかったんだけど」

「む？　そうだったか？　だがそう心配なさるな。これでも騎馬状態なら二〇〇程度はなんとかなる！　流石《さすが》に獣人相手だと数は減るだろうが……、旗下の方々と比べてもそう劣るものではないはずだ。この馬も結構な駿馬《しゅんめ》であるしな」

え～、そうだったの？　マジか、いや別に構わないしむしろこの世界の戦術を知る彼女が傍《そば》にいてくれるのはマジで助かるんだけど……、いいの？　大丈夫？

「もちろん！　三〇〇〇〇の敵兵、正に国の存亡がかかった戦い！　その時に騎士である私が戦わぬのは駄目だろう？」

「そ、そうだろうけど……」

はぁ、まぁいいや。手合わせしたおかげでこの人が強いことは理解している。流石にダチョウには劣るけど、群れの中にいて変に足手纏《あしでまと》いになるようなことは……、まぁないかな？　最悪私が担いでダチョウライダーになってもらえばいいだけだし。というかそっちの方が強そう。鎧《よろい》で武装してるから結構な重さだろうけど、私にとっちゃ軽い軽い。

「あら、領主様も乗せてもらうの？」

「のー？」

ん？　あぁアメリアさんにデレ。聞いてたの？　というかデレ、今もしかしてまねっこした？　まねっこして『の～？』て言ったの⁉　あら～！　可愛いわねぇ！　しかもアメリアさん背中に乗せてあげてるの？　とぉ～ってもエライ！　ナデナデしてやろうか？　ん～？

「して！　して！」

「ほ～ら、よしよしよし～！」

「ふふふ、高原からずっと乗せてもらっているおかげか、デレもそっちの方が慣れちゃったみたいでね。むしろ離れてる方が落ち着かないみたい」

「え⁉　そうなの！　お母さんちょっと嫉妬《しっと》しちゃうかも！」

やぁ～っぱお前さん、群れの中で一番成長の速度が早いなぁ、もう！　ダチョウ界きっての大天才か？　もう次のノーベル賞は決まったな！　分野？　そりゃこのクリクリカワイイお目々が世界平和に繋がったってことでノーベル平和賞でしょ？　もしくはもう新しく部門を創設してダチョウ賞！　今から受賞スピーチの練習しましょうね～？

「あぁ、それと。私もついていくからね？　これでも魔法使いとしてはそれ相応に戦える。あなたの群れに魔法使いはいないでしょう？　いつか抜かされるだろうけど、今回は上手《うま》く使いなさいな」

わぁ！　アメリアさんも～！　あら～！　こりゃ今回の戦いがぐっと安全になりましたね～！

戦術を知るマティルデに、魔法のアメリアさん、それに最強暴力装置のダチョウに、おつむ担当の私！　こりゃ最強の布陣ですな！　勝ったな田んぼ入って風呂《ふろ》見てくる！！！

……ほんとに、これで被害なんて出したらシャレにならんな。顔では笑っても、気は引き締めていかないと。

第二章・ダチョウと彼女

「なんというか……、三〇〇〇〇〇ってすごいなぁ」

　現在私たちダチョウの群れは獣王国とやらの軍勢を町の外から眺めている。まだ相手はこの町に向かって移動中、ダチョウに町の中での防衛戦なんか不可能な以上、もう少ししたら突撃して野戦を仕掛けに行くだろうけどね？

　あれから数日移動して、ちょうど最前線の都市に到着することができたので、私たちはここに布陣している。とまぁ最前線と言ってもこれより国境側の都市から連絡が途絶えているということからそう言われているわけで、正確に言うのならば『戦闘能力を持つ都市の中で一番敵と近い町』というのが一番合ってそうだ。

「……私には点にしか見えんな」

「まぁ私ら目が良いし、これがないと生き残れないからねぇ」

　高原の過酷な環境を思い出しながら、この都市に向かってゆっくりと距離を詰める大軍。三〇〇〇〇の獣人たちを眺めている。

　様々な種族の獣人がいるせいか特に決まった装備のようなものは見えない。背が高くてガタイの良い奴《やつ》もいれば、ちっこくてすばしっこそうな奴も。しかしながら、皆何かしら赤色の物品を身に着けている。あれが彼らの国の色なのだろう。私たち側のヒードが青色で、この前戦ったナガンが黄色だった。まぁ戦闘に入って視野が狭くなれば同士討ちの危険性が増える。それ故に色を合わせているのだろう。

一応今回ウチの群れもヒード側で戦うってことで、全員に青色のスカーフを巻いてもらっているのだが……。これが結構大変だった。そもそもダチョウに服飾の文化は一切ない。というか布切れへの認識が『なんかヒラヒラしてる』、『食べてもおいしくない』で止まっているのだ。その上唯一何の抵抗もなく装着してあげられそうな私が持つのは翼、スカーフなんて結べるわけがない。

（もちろん私は何も問題はない。デレも私がスカーフを巻いていることと、アメリアさんにやってもらったおかげで変に暴れて嫌がることはなかった。だけど……）

その他の子は話が別である。数が数なのでマティルデ旗下の兵士さんたちにもお願いしたのだが、まぁ嫌がる嫌がる。スカーフを巻く意味すらわからんし、そもそも体に何か張り付いてる感覚が嫌なのか。攻撃された判定は流石にしてなかったが、兵士さんから逃げ出す子や、巻いてもらったスカーフをわざわざ口で破り捨てたりする子もいた。

最終的に私が全員の注意を引きながら兵士さんたちに素早く装着してもらい、ダチョウたちが何か付けられていることを忘れるまで（五秒）気を逸《そ》らしてあげることで解決した。まぁ兵士さんたち疲労困憊《こんぱい》になっちゃったけど……。

「まぁ突っ込むのは私たちだけだから大丈夫なんだけど……、悪いことしちゃったね」

「気にするな。言葉は悪いが、そもそも貴殿らに振り回される前提で皆この場に出ている。それに弱小国であるヒードは街一つ失っただけで大損害だ。これ以上攻め込まれれば、後は周辺国による我が国というパイの取り合いに発展する」

そんな危機を前にして彼らが何も思わないわけがない、前線に出ないが故に溜《た》まる感情を吐き出す良い機会となった。そう笑うマティルデ、……まぁ、それならいいんだけどさ。

「……実際アレ、どんな感じなの？」

ほんの少しの沈黙の後、話題を眼前に広がる敵兵へと変える。三〇〇〇〇と言葉にしてみればただ『多い』という感情しか出てこないが、実際に目の前にそれだけの数が並んでいると少しばかり圧倒されてしまう。軽く見た感じダチョウより強そうな奴は一切見当たらない。……改めて私たちの身体能力ヤバいな。高原じゃそこまでだったのに。プラークで戦ったナガンの兵たちの約六倍もいるのに、全く脅威に感じない。でも高原でも見たことがない圧倒的な数、ウチの群れが三〇〇ちょっとだから約一〇〇倍なせいかちょっと感動しちゃう。すごいよねぇ。

「……そもそも獣王国は主力が獣人ということもあり、あまり複雑な戦術は用いない。同じ種族で固めても良いが、そうなると変な仲間意識や他種族との反発が生まれ軍が混乱する。故に統一性のない編成をしている」

ヒードの場合、訓練によって多種多様の種族を『軍』という一つの集団へと変化させていくらしいが、獣王国の場合、個々人の戦力差がかなりあるためそういった訓練をすることが難しいそうだ。軍を分けて簡単な戦略を立ててくることもあるらしいが、相手から見れば私たちダチョウという三〇〇が追加されようとも圧倒的有利なのは変わらない。相手の無造作な陣容を見る限り……。

「力押しだろうな。単純故に強力、攻城兵器は見えぬが鳥系の獣人は複数見える。空から内部に侵入し城門を開いた後は全軍で内部に突撃。城壁都市の防衛戦は中に入られれば終わり、外に出ている我ら分隊も数の前には無力。そう考えているのだろう」

「……となると首狩り戦法はあんまり？」

「だろうな。彼らの王、『獣王』からの指示はおそらく『王都まで前進』などの簡単な指示のみ。いくつかのデザインが異なる旗が見えているだろう？　その旗、将旗の近くにいる将軍レベルを落とせば多少混乱は起きるだろうが……。獣王の指示がある以上、それに逆らうことは彼らにとって死以外の何物でもない。おそらく殺し尽くさなければ止まらぬだろう」

なるほどねぇ、となるとプラーク防衛戦での戦術はあんまり意味がない感じか。まぁアレ途中で失敗したけどさ。多分相手の指揮官を落とすことが無駄にはならないんだろうけど、それで軍が撤退するようなことはない。

さらに相手さんの方針が『王様強くて怖い、特記戦力だし。従わないと死んじゃう！　前進前進！』になっている以上、それこそ軍全体が恐慌状態に陥るまで叩《たた》き潰《つぶ》さなければ引いてくれないだろう。あんまり必要以上の殺傷はしたくないし、すぐ忘れるとはいえウチの子たちに同じようにな？　言葉を操る知的生命体を殺させるってのはちょっと避けたい。教育的によろしくないしさ。

（つまり方針としてはあの『将旗』ってやつ？　将軍の旗の近くにいる偉そうな奴を片っ端から踏み潰していって、邪魔する相手も蹴《け》り飛ばしていく。それで相手がパニックになって、早めに退却してくれるよう祈りながら繰り返すって感じかな）

「ＯＫ、参考になった。相手の動きとかそういうの、ウチの子たちを指揮してる時にあんまり見れるかわかんないからさ、そこら辺頼むよ」

「あぁ、任された」

……っし！　気合入れるか。

ちょうど相手さんは見通しの良い平原をゆっくりと進んでくれている。空を飛んでいる鳥タイプの獣人もいることだし、こっちの様子はすでに把握済みだろう。それなのに変わらず進んできているってことは……、まぁ私らなんて歯牙《しが》にもかけてない、ってわけなのかな？　ちょっとムカつくね～。まぁそんなことどうでもいい。

変に動かれて戦場を変えられるのは面倒だし、相手さんが力押しをやめて策を練ってくるのも困る。ダチョウたちは突撃と撤退以外できない都合上、行軍中の今みたいにある程度一塊になってくれている方がやりやすい。早急に叩くとしよう。

自身の中で意識を切り替え、『族長』としてのものに切り替える。

今から私たちがやるのは圧倒的な殺戮《さつりく》。そこに変な慈悲なんかいらない。私はダチョウを率いる者、敵が目の前にいて、そいつが私たちに危害を加える可能性が一欠片《かけら》でも存在するのならば、殺す。高原でずっと生き抜いてきた私たちにとって、相手が何であろうと甘えも慢心もない、ただ単純に相手を殺す、狩り尽くす。それが私たち。

「集合」

別に、言葉にする必要はない。私が雰囲気を切り替えた瞬間。彼らは集まっていた、だから、私自身にかける言葉みたいなものだ。この子たちに長ったらしい訓示なんていらない。士気を高めるための演説もいらない。ただ指示だけを出してあげればいい。そしてその指示を出すのは、私だ。死ぬも生きるも私次第。

「マティルデ、中央に。全体を俯瞰《ふかん》して。何かあれば即座に報告」

「承った」

「アメリア、貴女《あなた》も中央に。私にはまだ魔法についての知識が薄い。頼むよ」

「ええ、任せなさい」

私たちのように強靭《きょうじん》な肉体を持たない彼女たちを内側、群れの中でも比較的若い子たちのエリアに配置する。先頭は変わらず私。

うん、これでいい。

「よし、じゃぁ……、気張っていこう。突撃ィ！」

「「わー！！！！！」」

◇◆◇◆◇

「陛下」

「あぁ、理解している」

配下からの報告を全て聞かず、そう答える獣王。魔法使いとして優秀な彼は、強大な魔力が近づいていることを察知していました。

そんな王は現在、ゆったりと野戦用の椅子に腰かけながら体内の魔力の動きを止め、さらに内部へと押し込むような操作を行っています。魔力隠蔽《いんぺい》の作業ですね。

細心の注意が必要になる作業であり、普通の術者であれば一言も発することができぬものですが、獣王はそれを才能でカバーし全軍への指示を行っていました。またその背後には獣人の中では珍しい魔法使いが複数人杖《つえ》を掲げ、その隠蔽の効果を引き上げています。

レイス本人は全然そんなことはないのですが、獣王は新たに生まれた特記戦力を『魔法型』、つまり自身と同じように魔力をもって特記戦力に数えられる存在だと判断しました。ヒード王国に侵攻を始めた当初に感じたあの強大な魔力が唯一の判断材料。ですが十分すぎる情報だと信じた彼は、まだ見ぬ敵の対策として自身の隠蔽という手を取ったのです。

（確実に仕留めるには、不意打ちしかあるまい。ならばこの三〇〇〇〇の兵で引き付けるしかない）

つまり、『特記戦力がいないと思われる戦場におびき出す』必要があるわけです。いくら人間よりも強力な獣人相手であろうとも特記戦力というものは三〇〇〇〇程度軽くひねることができます。しかしながら特記戦力以外には撥《は》ね除《の》けることは不可能。つまり特記戦力を確実に引っ張り出しながら、警戒すべき敵がいないと錯覚するような場を用意したというわけです。

これまでその存在が露見していなかったことからヒードの特記戦力を比較的新人と予想する獣王さん。けれどその魂を震えさすような魔力から考えるに、殲滅《せんめつ》ができないとは到底考えられない。自身よりも魔力量が上であるのならば、格上と考え全力で殺しに行く。

故に、油断させる必要があったのです。自身の魔力を隠し、それと同時に間者を放つ。ヒード王国は多民族国家ということもあり獣人も多く生活しているのです。そのためヒード国民としてデマを流すことは不可能ではありませんでした。獣王自身が侵攻ルート上にあった全ての都市を吹き飛ばしたということもあり、生き残った者は誰一人いません。それ故にできる作戦でありました。

獣王の目論見は、『その策を事前に見抜いていた軍師のフォロー』、そして『幼女王の特記戦力同士をぶつけたい思惑』が重なり、完璧《かんぺき》に成功することになります。事実彼らと戦う前のレイスたちは完全に特記戦力がいないものとして判断していました。

(魔法による完全な遠距離攻撃型であれば軍を後退させることで、我と同じように近接もできるのであれば撤退に見せかけることで。我が軍中央であるここまで誘導する)

そしてどうあがいても回避できぬ距離まで、おびき寄せた瞬間。隠蔽を解き放ち獣王自身が持つ最大の攻撃によって全てを吹き飛ばす。

この作戦は非常に成功率が高く、同時に確実に特記戦力を屠《ほふ》れる方法ですが、その代わりに数多くの兵を消費してしまうという欠点がありました。事実獣王自身も気づいており、自身が抱える参謀たちからも同様の指摘を受けています。

しかしながら、彼はその犠牲を許容します。いえ、しなければなりません。

(特記戦力一人を屠れるのならば、この三〇〇〇〇の軍が壊滅しようともおつりがくる。そして最悪我さえ生き残れば王都は落とせる)

事実、彼が軍を率いずに単身で王都に向かった場合。足元から魔力を噴射することによって高速での移動が可能となります。彼が獣王として築き上げてきたブランドが少々崩れますが、自国の民がいないのであればいくらでも使用可能。そしてその速度でヒード王都まで向かえば昨今軍事同盟を結んでいたナガン王国の援軍は間に合いません。そう、考えていたのです。

……参考までにそのルートをたどった時の話をしておきますが、獣王の策は途中まで成功するでしょう。ヒード王国の王都までたどり着くことは可能です。ですが、そこが彼にとっての死地。ナガンが誇る『軍師』に獣王の考えを見抜けないはずがなく、また軍事同盟を結んだことでナガンから より諜報《ちょうほう》員を送りやすくなった王都に、多数の『仕掛け』が施されています。いくら特記戦力といえど、地の利が全くない場所では十全に戦うことは不可能。被害こそ出るでしょうが、すぐに討ち取られてしまっていたことでしょう。

さて、話を戻します。

「伝令ッ！」

「仔細《しさい》、全て申せ」

「敵三〇〇がこちらに向かって突撃を敢行！　驚異的な速度っ」

伝令がダチョウたちの速度を述べようとした瞬間、空に複数の獣人が打ち上げられます。通常では考えられない角度に体が曲がったソレは、獣王の頭上を飛び越え、彼方《かなた》へ消えていきます。

「すでに接敵、か。速いな」

獣王の考えた策はすでに各指揮官に通達済み。相手が近接タイプ、もしくは接近戦を好む存在ということがわかったため、これより獣王国軍は犠牲をもって敵を死地に送り込むことになります。

（ヒードの騎兵、重装騎兵では決して出せぬ速度。一点モノの駿馬《しゅんめ》なら話は別だろうが、それを三〇〇も用意することは難しい。……補助魔法か）

獣王の頭の中で、特記戦力の形が定まっていきます。補助魔法をかけての三〇〇という集団での突撃。これすなわち特記戦力自身に『打開力』もしくは『攻撃力』が不足しているという暗示。しかしながらソレだと対象が持つ強大な魔力について証明ができません。その魔力を使えばそれこそ対象の身を滅ぼすような強力無比な補助魔法が使えるでしょう。しかしそれを使用しているというには『遅い』。あれだけの魔力があればもっと高出力の補助が可能なはずです。

（……ブラフ？）

現在世界で確認されている特記戦力、それはこの大陸と帝国を含めてほぼ個人に向けた称号となっています。そして歴史に残る過去の特記戦力たちも、その多くが個人。一応南大陸にいる『双子』という例外が存在してはいるのですが、ダチョウたちのような三〇〇をもって特記戦力となることは獣王が把握している歴史において存在しませんでした。故に、その全てをもって特記戦力、という考えに彼が思い至ることはありません。

（いや、ブラフでも構わぬ。誘い込めればそれでいい）

一抹の不安を覚えながらもそう考えた獣王は決して魔力隠蔽が乱れぬように心を落ち着けます。強い感情を持ってしまえばつられるように魔力も乱れてしまう。故に王として、何が起きようとも感情を昂《たかぶ》らせるわけにはいきませんでした。

そんな王を追い詰めるように、次々と伝令が流れ込んできます。部隊が三割以上の被害を出した報告。その部隊の長が討たれた報告、その長たちを纏《まと》める将が先に逝ってしまった報告。

ナガンとヒードの同盟をいち早く潰すためすぐに動かせる常備軍、主力を持ってきたのが仇《あだ》となったのでしょう。階級が上がれば上がるほど強くなるのが獣王国の習わし、そして位が高いほどに王との関係性も深くなっていきます。

友が、次々と先に逝く。

王として冷酷な判断をしなければならぬ時は常にあります。獣王は国家のためにそれを決断してきました。しかしながら、友を失い何も感じないほどに冷徹ではないのです。さりとて、今心を動かすわけにはいきません。

そして多くの将が討ち死にし、全軍の六割が死亡した瞬間。その時は訪れます。


兵たちの犠牲によって、誘い込まれたヒードの新たな特記戦力たち。

生まれた直線の空白。

獣王が、レイスを初めて視界に収めた瞬間。


魔力が解き放たれる。

それまで抑え込まれていた分を取り戻そうと急速に回転し始めた魔力は、先日の獣王による攻城戦と同じように彼の獅子《しし》の顔、その口内へ急速に集まります。しかしながら、その圧力は前回の比ではありません。

防衛戦力三〇〇〇もろとも堅牢《けんろう》な防衛拠点を吹き飛ばした攻撃は、獣王にとっては『ただのジャブ』に過ぎないのです。

『特記戦力』とは、『片手間に一〇〇〇〇の兵を殲滅できる』力を持つ者たち。その実力が下位の者であれば、一＝一〇〇〇〇の数式が成り立つ者はいるでしょう。しかしながら、中位の獣王はそれに当てはまるわけがありません。彼にとって片手間、あの防衛拠点を吹き飛ばした攻撃が獣王にとっての『通常攻撃』なのであれば、『全力の攻撃』は、いかほどの威力になるのか。

（狙うは一点突破、その全身全てを消し飛ばせる威力ッ！）

獣王の口に集まる魔力が変色し、より黒い黒へ。レイスの身に宿る魔力を見た者が表現する『吸い込まれそうになるほどの黒』、それと同じような色へと変化したソレは、たった一人を消し飛ばすために。

広域を吹き飛ばす威力のものをさらに強力にし、その範囲を狭め攻撃力を上げる。

特記戦力たる獣王の全力攻撃。それが今。放たれた。

◇◆◇◆◇

今、この瞬間ほど。魔法について、魔力について学んでて良かったという瞬間はない。

「ッ！　レイスッ！！！」

「わかってるッ！」

　急速に世界の時間がゆっくりになっていき、思考が高速化されていく。まずい、明らかにまずい。

『アレ』は、確実に私たちを殺し得る。

　思えば、変な予感はしていた。手ごたえがなかったわけではない。

　多分だが、兵たちは聞かされていなかったのだろう。逃げ惑う姿に誰も違和感を覚えなかった。

けれど、全ての将の眼《め》が諦《あきら》めておらず、何かの意志が感じられた。

　そして、空白。

　本来戦場において素人《しろうと》でもわかること、ありえないはずの『一直線の空白』が目の前に。

　その瞬間、急速な魔力の高まりを感じる。自身が知る自分以外の魔力、自身の師匠であるアメリアよりもずっと強力で、ずっときめ細やかな魔力。それこそこんな場所じゃなかったら芸術品の一つとして鑑賞したいほどの。その、高原にいた頃と同等の恐怖を抱かせる脅威が、今目の前に。


「横に跳べッッッ！！！！！！」


　私の叫びのような声と、あの魔力が解き放たれたのは、ほぼ同時。

　私は、『跳ばない』。

　アメリアが急いで生成してくれたのだろう魔力の防壁が射線上に生成されるが、すぐに消し飛ばされる。

ウチの子たちは賢いんだ。前から来るだろう攻撃。そして私の指示。本能で確実にソレが避《よ》けられる方向へと跳んでくれたはず。

だけど、私のちょうど後ろについていてきてくれていた子たち。その子たちは、絶対に間に合わない。

なら、上空へ打ち上げてやるしか、ない。

未《いま》だ動かぬ魔力をでたらめに動かしながら、全身へと流そうとする。

だけど、動かない。

それでも、無理矢理やるしかない。

やり方なんてわからない、けれど。

なにもしないわけには、いかない。

迫りくる極光から、
少しでも後ろの子たちを守ろうと、

体を、
広げる、
そして、

何も見えなくなった。

◇◆◇◆◇

「ッ！」

考え得る限りで最悪の状況、私たちの眼の前であの子が。レイスが光に包まれた。

私は、エルフとして長年生きたけど特記戦力にはなれなかった。魔力量の限界、そして放出量の限界。驚くほど早く来たそれのせいで自身の上限を知った。そこから小手先の技術を磨いたけれど、たどり着いたのは準特記戦力という中途半端な力。人々から尊敬される程度の力ではあるものの、同程度の実力者など両手で数え切れないほど多くいるし、下位の特記戦力にすら歯が立たない。

だからこそ、隠蔽《いんぺい》に気が付けなかった。

相手は獣人といえど、三〇〇〇〇の侵攻軍。絶対どこかに魔法使いが潜んでいるはずだった。けれどどこかで『その可能性』を排除してしまっていたのだろう。

獣王の噂《うわさ》は、以前から耳にしていた。王として戦に出る際は常にその身を晒《さら》すことで敵味方ともに影響を及ぼす。味方には士気の向上、敵には畏怖《いふ》と『特記戦力』がそこにいるという重圧を。

攻城兵器を持たぬ以上、防壁を壊すために魔法使いが招集されるのは目に見えている。故に、ずっと戦場を見続けていた。けれど、少しも見つけることができず、また見つけたとしても何もできぬままにダチョウたちに殺されていた。

故に、油断してしまっていたのだろう。

「レイスッ！」

ギリギリ、本当にギリギリで防壁を張ることができた。自身の魔力の大半を叩《たた》き込《こ》んで、魔力操作なんてほとんど施せていない単純な魔力の壁。ほんの少しでも威力が弱まればと思い作り出したそれは、最初から何もなかったかのようにあっさり突き破られた。

あの、高密度の魔力によって生成された極光によって。

潤沢な魔力が、意味不明なほどに練り込まれた暴力。それこそレイスの身に宿っていたような高密度。けれどアレはただ無理矢理押し付けられたが故の圧縮ではなく、魔力の線の一本一本が気の遠くなるような技術によって編み込まれたもの。下位の特記戦力や、何の対策も及んでいない中位の特記戦力ですら消し飛ばしてしまうような一撃。

そんな攻撃に、光の渦に、彼女は巻き込まれてしまった。

直前に彼女の号令があったおかげで、多くのダチョウたちがその攻撃を避けることができた。おそらく先頭で指示を出し一番魔力の多いレイスを狙う攻撃だったのだろう。故にその範囲も大きくなかったのが幸いした。デレのおかげで私も生き延びることができた。これまでの戦闘で中央から離れていたマティルデ。あの領主様も、馬から無理矢理飛び降りたことでなんとか生き残れている。

けれど……。

あまりにも速すぎる攻撃、あの子は背後の子たちを守るためにあえてその身で受けた、少しでも被害を減らすために。一番丈夫な彼女が受け止めれば、『自身が死んだとしても』せめて生き残れる個体が増えると信じて。

……最悪なことを、考えてしまう。あの密度、あの威力。私を背に乗せてくれているデレと名付けられたこの子では確実に耐え切れず、私もろとも消滅していた。レイスも、もしかしたら。

その考えを振り払うように、極光を、彼女がいた場所へと眼を向ける。攻撃を受けてからまだ一秒も経《た》ってない、けれど永遠にも等しい時間が流れ、光が、ゆっくりと少しずつ収まっていく。

そこに見える、人影。

「レイ……ッ！」

信じ、られなかった。信じたく、なかった。

全身が焼け焦げ、大きな裂傷が数え切れないほど体に刻まれている。高密度の魔力によって焼かれてしまったのか、その傷口から血は出ていない。しかしながら、明らかに人が生きるのに必要な血が足りていない。

片翼は消滅しており、もう片方は今にも取れてしまいそうなほどに、やられてしまっている。もう、動くことはない。

そして何よりも、顔の、半分が、なくなっている。

抉《えぐ》れている。

頭の半分と、肩の大半。そこにあるはずのものが、ない。

そして何よりも。脳が、焼かれている。

人が、生物が、生きるために絶対に必要な器官。

その、脳が、破壊されている。

彼女はもう、助からない。

「ッ！」

落ち着け、落ち着け！　事実を、事実として認識するな。理解するな、ただ受け止めろ！　何故《なぜ》、あの子は『避けろ』と言った？　横に跳べと叫んだ？　その脚力であれば、反応速度であれば避けられたはずのものを何故避けなかった？　レイスが大切にしていた仲間たちを、彼女の群れを守るためだろう！

悲観するな、諦めるな。この身はすでに彼女たちのもの、高原で助けられた恩。今返さなくてどうする！

彼女の痛ましい姿から眼を背けたかった。けれど、自分にできるはずのことをするために、彼女が守ったその背後にいた子たちの様子を確認する。

（裂傷、火傷《やけど》……、かなり酷《ひど》いけど、部位欠損まではしていない。まだ、まだ間に合う！　応急処置をして教会に連れていけば……！）

数は、四〇ほど。レイスとの距離が近いほどにそのダメージは大きくなっている。でもどの子もまだ息がある。マティルデが乗っていた馬が文字通り消し飛ぶような中で、よく生き残ってくれた。これも全部レイスのおかげ。彼女のためにも、絶対に助けないといけない。まだ、急げば助かるかもしれない傷なんだ。

さっきの防壁を作るのに大量の魔力を消費してしまったけれど、その残りすべてを応急処置のために回す。そしてダチョウたちの速度で町まで戻すことができれば何とかなるはず。教会の人間たちが持つ奇跡、長丁場になるだろう、後遺症は残ってしまうだろう。けれど回復魔法をかけ続ければ必ず命は繋《つな》がるはず。

（どうする、どうする……！）

あの負傷者たちを連れて撤退するにはどうしてもダチョウたちの力が必要、そして何よりも応急処置をするのにも時間がかかる。魔法で一瞬といえども、戦場での一瞬は命取りになりかねない。運ぶためにも、回復の隙を作ってもらうためにもダチョウの力がいる。私やマティルデだけでは確実に殺されて終わる。

けれど私たちの声はおそらく彼らには届かない。そして、デレにすら届くのかわからない。

『ウチの子たちね、私を攻撃されるとキレちゃうみたいで……。正直あぁなると止められないというか』

レイスの言葉が、脳裏に浮かんでくる。そうだ、前回のプラークでの戦いは彼女に傷はなかった。けれど今の彼女は、すでに生きているかどうかすらわからない。いや、生きていたとしてももう助からない傷を受けてしまっている。そんな攻撃をレイスが受けてしまったら、どうなるか。

先ほどまで正気を失ってしまいそうになるほど静かだった周辺の空気が、熱を持ち始める。おそらく、彼女の子供たちが、群れの子たちが、理解してしまったのだろう。受け止めてしまったのだろう。最初は信じられなかった、けれど、彼女は動かない、感じるのは死の匂いのみ。彼らが愛していた存在が殺されてしまった時、どうなるのか。

跨《また》っているデレの背から、燃えるような熱を感じる。

（止め、ないと……！！！）

際限なく膨れ上がる熱、怒気を何とかして収め、彼女の意志を、覚悟を無駄にしないため、どうにかしてこの子たちを退《ひ》かせなければいけない。彼らが正気を失った時、各々自由に攻撃を始めてしまうだろう。おそらく、彼らの母の仇《かたき》である獣王に向かっていくのだろうが……。

おそらく、いや絶対に耐えられない。

彼らが暴走すると、文字通り、全滅する。

その事実を理解した瞬間、肌を焼くような強烈な魔力の反応。


獣王だ。


魔力の方へと眼を向ければ、案の定もう一度口内に魔力を集め始めている。連発だ、連発できてしまう。アレを撃った後も、攻撃は飛んでくる。この子たちが暴走してしまえば本当に取り返しがつかない。

（拡散……、いや！　直線！　さっきの巻き直しッ！）

狙いは、レイス！　ダメだ、確実に殺し尽くそうとしている。先ほどと同じレベル。いや、溜《た》めの時間がさっきよりも長い。あの攻撃よりも、より強力な魔力砲。時間が、なさすぎる、早く！

早く動かないと！　せめて彼女以外を退避させなければ！

「デレ！　デレ！」

「…………」

「デレ！　手伝って！　他のみんなを落ち着かせるの！　私一人じゃ全員は無理！　間に合わない！」

「…………」

「デレ！　ねぇデレ！　聞いてッ！！！」


「……ま、マ？」

◇◆◇◆◇

本来、ダチョウとは強い生き物です。

圧倒的な脚力に、スタミナ。

外敵をいち早く発見できる視力に、無限とも呼べるような回復力と免疫力。

地球にいるダチョウ、その個体たちが病気や外傷で死ぬことはほとんどなく、死ぬのはまだ成長途中の子供が多くを占めます。

大人になったダチョウが死ぬことは滅多にないのです。

そんな生物が、ダチョウでした。


その獣人となった彼女たちも、地球のダチョウと同様に強い生き物です。

しかし彼女たちが住む高原は、強い生き物しかいない環境。

いや、ダチョウが何でもない生き物として数えられてしまうような場所。

人の文明圏における『特記戦力』が闊歩《かっぽ》する世界。

辺りを見渡せば必ず国を滅ぼせる化け物がいる世界。それが高原なのです。

獣人化することによってダチョウは知能を手に入れることができるはずでした。

ダチョウとしての身体能力をそのままに、人となることで手に入れられるはずだった知性。

しかし、彼らは生存のためにそれを最初から捨てざるを得ませんでした。

いくらダチョウといえど、理外の存在には敵《かな》いません。

高原には、地球の法則など適用されないような存在が数多くいるのです。

確かに安定した環境さえあれば時間をかけ知能と文明を生み出し、世界を席巻するような存在へとなっていたでしょう。けれど高原が、その時間を奪います。

必要なのはただ単純に、生き残るだけの力でした。

脚力の向上、視力の向上、回復力の向上。

世代を重ねるごとに、より高原に適応するように力を蓄えていく。

少しでも生存確率を上げるために力を伸ばしてきたのがダチョウ獣人という種族。彼女たちはそのように進化してきましたが、知能の獲得は種族にとって常に想定すべき事柄であり続けました。けれど高原は一切その余地を許さず、生存競争を強いてくる。これまで何度もその『きっかけ』と成り得る個体が生まれましたが、知能が確立する前に刈り取られてしまう。そんな日々が、ずっと続いていたのです。


けれど、それも過去に過ぎません。

レイスというイレギュラー、いえ世界が生み出したバグとも呼べる存在が、生まれたのです。

前世の記憶というこの世界、いえ高原にとって完全に『予想外』な存在が齎《もたら》した、『最初から確立された知性』は急速にダチョウたちを変えていきました。それまで言葉すらあやふやだった彼らは彼女によって『言語』を獲得し、世代を経て徐々に失いかけていた知性を取り戻していきます。

彼女の群れが大きくなればなるほどに同種族による『交流』の機会が増え、知能を育むきっかけとなっていく。彼らは群れとしての長《おさ》だけでなく、種族の先導者を手に入れたのです。


そして、整いつつある環境には、その環境に適応した個体が生まれ始めます。

いわゆる、レイス以前にも生まれていた『きっかけ』と成り得る個体たちと同じ存在。環境と時間さえあれば知能へと繋がる種を種族に齎していたかもしれない子たち。

『特異個体』が、生まれ始めるのです。

レイスのように、無理矢理脳を拡張し、自身の体を作り替えるような化け物ではありません。

ただ単純に、ダチョウという『種』が何とか続けてきた生き残るための一手。

『執着』という形でそれを芽吹かせた彼女は、群れでの交流のみならず、その外部と強い繋がりを得ることで、急速に育ち始めました。


特異個体、『デレ』。

彼女は、生まれながらにしてそのきっかけを手にしていたのです。


群れで生きるダチョウたちにとって、仲間は仲間であり、それ以上のものはありません。

みんな同じで、みんなと一緒に生きる。

個々人の違いはあれど、彼女のように何か一つに興味を持ち続ける個体はそうそういないのです。

特異個体といえど、記憶保持能力は同じ。けれど一度興味を惹《ひ》いた存在は、心で覚え続ける。

……そして、彼女が初めて『執着』したものは、何なのか。

本来、ダチョウたちの群れに存在しないはずのもの。

ダチョウたちの中において、一番の異物。

彼女が、一番初めに、『気に入った存在』。


それは、『母親』。

生みの親ではありません。

いつの間にかそこにいて、常に自分たちを愛し、育ててくれる存在。

彼女が初めて何かに興味を持ったのは、『レイス』でした。

デレ自体、その肉体は他のダチョウと何も変わりません。ただ、特異個体としてほんの少しのきっかけ、『執着』へと繋がる小さな種を持っていた。そんな個体がすぐに知能を成熟させることはできません。少しずつ、少しずつ積み上げていくのです。

母親にくっついてみる、褒められる。他の個体が真似《まね》し始める。自分が構ってもらう時間が少なくなる。その間に、新しいものを見つける。母親に見せてみる、褒められる。それが嬉《うれ》しくて、ずっと見続ける。たまに褒められて、もっと嬉しくなる。毎日、毎日、ずっとその繰り返し。

ダチョウに記憶力はありません。故に、繰り返し、繰り返し行うことで脳の力を鍛えていく。彼女が引き起こした行動は少しずつ群れへと伝播《でんぱ》し、他の子たちも少しずつ『きっかけ』を掴《つか》んでいく。デレはその中で一番先を進んでいました。


そして、彼女は大きな転換点を迎えます。

初めて、母親以外の複雑な言葉を操る存在。新しい、『執着』の先。本能で一番自分に色々なものを教えてくれそうな、『愛』を返してくれそうな存在を選んだデレは、エルフのアメリアに母親の次に執着することにしました。

その後は、どんどん新しいものを知っていきました。母親が自分たちが新しく見聞きするものについて教えてくれて、アメリアもそれを補足するように教えてくれる。決してそのすべてを覚えることはできなかったし、記憶として残ってもほんの少しの断片のみ。けれど何度も説明を受けるたびに彼女たちからとても温かいものを感じていた、自分がとても愛されていることを、理解していたのです。

……そんな、存在が。

デレが、瞳《ひとみ》に映したその光景。

何人もの仲間たちが倒れ、今にも死にそうな状態になっています。とても、心が壊れそうなほどに辛《つら》い出来事。けれど、彼女の心はこれを知っていました。高原は、死の世界。仮にレイスという司令塔があったとしても、犠牲を免れない戦いなど数え切れないほどあったのです。仲間の死は、よくあることでした。けれど仲間想《おも》いなせいか、群れの死を強く受け止めすぎると立ち直れなくなってしまいます。脳が意図的に記憶を消去していたとしても、心は、その悲しみを覚えていたのです。

ですが。

（しら、ない）

自分が初めて『執着』した存在で。自分に溢《あふ》れんばかりの愛情を注いでくれた存在が。死んだ？

（しら、ないっ！）

自分たちの母親が、愛してくれた人が、ママが、死んだ？

（しりたく、ないっ！　いやだ！）

深く、強い感情。その大きすぎたモノは、脳に強烈な負荷をかけます。

彼女たちの母親のように、脳そのものが破壊されたとしても回復できるような力は、ダチョウたちにはありません。けれど、強い感情によって焼き切れてしまったものを、戻し、強化し、再生するという回復力は、すべての個体に宿っていました。

悲しみが、彼女に、知性を齎す。

大きなものではありません、けれど、今の彼女たちにとって、一番必要なもの。

母を、母として呼べるだけの、叫べるだけの、力が。

「ママ――！！！！」

その声は、必ず届く。

◇◆◇◆◇

「ママ！！！！！」

声が、聞こえる。

私は、知っている。

これは、デレの、声。


……あぁ、あの時と同じか。

私が、『私』になったあの時。一〇年ほど前に思い出した記憶に脳が耐え切れなかったあの時。

こう、自分が自分じゃないような。定まらないような感覚。

……呼ばれてるんだ、起きないと。

希薄な意思で何とか体を動かそうとする、けれど、ほとんど動かない。

いや、これは。『ない』のか。

足はなぜ今立てているのかわからないほどに砕けていて、片翼は消滅、もう片方は肩の接合部分が抉《えぐ》られているせいで今にも取れそうだ。それに、面白いことにその抉れた肩から上。全部なくなっちゃってる。

眼《め》も、一つしか残ってない。それも、あまり見えていない。

そうか、私。攻撃されたのか。それで、後ろにいる子たちを、庇《かば》って。

無理矢理、体を動かして。後ろを見る。

…………あぁ。

何とか、死んではいない。

けれど一刻を争うような状態。
高原であれば、最後まで横にいてあげるしかできないような状態。
まもれな、かった、の、か？
……いや、まだ大丈夫な、はず。
こっちには、便利な魔法ってのがあった。それで、治せる。
ウチの子たちは、すごいんだから。回復できちゃう、はず。
そう、信じろ。

「ママ！　ママ！！！」
……あぁ、デレ。ずっと呼んでくれてたのかい？
ごめんね、耳がちょっとおかしくなっちゃったみたい。
子供が見てるんだ、不安を感じさせてはいけない。
すぐに、動くよ。
なんてったって、ママだもの。
（そういや、初めてそう、呼ばれたな）
魔力を、回す。
仲間を傷つけられた怒り、それを止められなかった自分への怒り。
あの子に母親と呼ばれたが故の意地。

その全てをもって、無理矢理、動かす。

自身が思っていたよりも感情の力が強かったのか、それともこれほどまでに死にかけたが故に生存本能が働いたのか、それとも強大な魔力に身を焼かれたが故に固まっていた魔力が破損し緩んだのか、理由が何かはわからない。

けれど、確実に、動く。

(多分、こう)

全身に、魔力を巡らせる。多分、ここに注ぎ込めば、体が治る。

潤沢な魔力を注ぐのは、自身の『回復力』。脳が破壊されたとしても元の状態どころか、より強くなって作り直すその力。高原で自分の記憶を取り戻してから何度も何度も脳を爆散させてきたんだ、どこを起点にして再生するか、どこに力を注ぎ込めば再生するのかは、感覚で理解できている。

確かに時間さえかければ全て元通りになるだろう。けれどそれじゃ遅すぎる。

早く、早く、早く。思考速度が遅い、足りない、加速しろ、治れ、治れ、治れ。足りないのならそこに余った魔力を使え。脳と喉《のど》。真っ先に治せ。必要なものは最初から私の体の中にある、早く声を届かせるためにも、治せ。

「ゴホッ！　……あ～、喉に血が溜《た》まってたか」

「……れ、レイス⁉」

「お～、アメリアさん。ちょーっと、待ってね」

うん、思考も元に戻ってきた。ちょっとノイズが入っているがイケないこともない。ウチの子たちの怒りが完全に限界を超えそうになっている。仲間がやられた上に、私もやられたのだ。多分この怒りを限界までチャージして全部解き放つような怒り方。もう撤退とかそういうの何も関係なく、自分たちか相手のどちらかが死ぬまで暴れる最悪のやつだね。

弾《はじ》ける前に声かけられて良かったよ～。

じゃ、声に魔力を乗せて。みんなの耳元に直接届くように。……んぁ、ちょっと負荷が重すぎるな。脳が焼けそう。……まぁいいか。焼けても治せるし。

「落ち着け、私は生きてる。もう一度だ、落ち着け」

「ママ！　ママ！　生きてる！！！」

「あぁ、ありがとう、デレ。おかげで戻ってこれた。……一度しか言わないよ。『仲間を連れて、退《ひ》け』」

子供たちの動きが止まる、私の方を見るがまだ怒りは収まっていないようだ。

まぁ脳と喉を先に治しただけだから、腕というか翼がもうない感じだからね～。超血まみれだし、はいはい。怒るのもわかるけど……、アイツは私の獲物だよ。人のものは取っちゃダメ、って何回も教えたでしょう？

「だいじょう、ぶ？」

「ほんと？　ほんと？」

「にげる？」

「やだ！　やだ！」

「まもる！」

「二度は言わない、って言ったでしょう？　『退きなさい』。返事は？」

私の声で、渋々諦《あきら》めたような表情になり始める子たち。怒りが収まってきた子もいるのか、私に駆け寄って大丈夫かと聞きに来ようとする個体も見えたが、『退け』という言葉をちゃんと覚えてくれていたのだろう。私の後ろで控えている子供たちの方へと向かい始めてくれる。みんな、賢くなったね。

そんな彼らの行動を否定するように、部外者の声が鼓膜を震わせる。

「ッ！　させん！　一撃で殺せぬのなら、もう一度撃つまで！」

少し離れたところ、ちょうど私の前にできた直線の先にいる存在。私を殺しかけ、後ろの子たちを傷つけた存在。

鬱陶《うっとう》しい。


………………こうか？

回復に注いでいた魔力を止め、奴《やつ》がやったように眼前に魔力球を生成する。生成すると言っても体内に宿る魔力を切り取っただけのもの。あとは方向性を定めて、放つだけ。

「ハァァァアアアアア！！！！！」

「撃て」

奴の攻撃は、先ほどよりも太く、きめ細やかで、大きい。多分何もせず受ければ群れごと消滅するだろう一撃。けれど、それを上回る魔力で、ただ押し潰す。体内に宿る魔力の半分をさらに駆り出し、ただがむしゃらに放出する。

敵の生み出した極光を軽く覆い尽くし、視界全てを白へと染め上げる。奴の後方にいた他の敵兵もまとめて消し飛ばせるように。

膨れ上がったソレは周囲を焼き尽くしながら進んでいく、地面は抉れ、赤熱化し、溶けていく。あの敵は一瞬にして光に包まれていき、さっき殺し損ねた敵の獣人たちも全て光によって溶かしていく。

「全部消し……。あぁ、お前はまだか」

あの、私を殺しかけた獅子《しし》の獣人。そいつをメインで焼き払ったはずだが、手ごたえがない。というか未《いま》だ奴の魔力を感じる。奴を殺すついでに、途中から周りを巻き込むように拡散させたのがまずかったのか？

まぁいい、それ以外の全ての敵は焼き殺した。この子たちが逃げる時間はあるはずだ。

「レイス！！！」

「ママぁ！！！」

「あぁ、二人とも」

私の放った光が収まろうとする頃、アメリアを乗せたデレがこっちに駆け寄ってきてくれた。ごめんねデレ、まだちょっと翼が治ってなくてね。いつもみたいにわちゃわちゃしてあげられないや。

ちょっと一〇秒ぐらい頂戴《ちょうだい》？　無理矢理治すからね……。

「あ、貴女《あなた》！　ど、どうやって生きて……ッ！」

「あぁ、もう戻ってくるのか」

アメリアから見れば、未だ私の体がすごいことになっている。脳はちょっと回復中で丸見えだし、翼は変わらず。二人の方を向くためにちょっとだけ足を治したおかげで動けてはいるけど、全身ヤバい感じであることに変わりはない。まぁ普通のダチョウというか、普通の生物だったら死んでるだろうねぇ。

そんなことを思いながら、彼女に何かしらの説明をしようとした時。また大きな魔力を肌で感じる。しかも近づいてる。

……奴だな。さっきの極光である程度重傷を負わせられたかな、と思ったけど全然だったみたい。こっから見る限り全然外傷がないし、距離もびっくりするぐらい離れている。多分魔力防壁を張って、後ろに緊急回避したのだろう。上手《うま》いねぇ……、もしかしてアレが特記戦力ってやつ？　マテイルデから聞いてた『獣王』っての。まぁいい、生物なら殺せるだろ。

「デレ、私の言うこと聞ける？」

「ママ……、うん！　聞ける！」

「あらすごい、もうそんなに話せるようになったの？　じゃあ後でたくさんお話しないとね……。今すぐ他の子たちを連れて町に戻りなさい。そこで傷ついた子たちを治してもらって？　できる？」

「がんばる！　できる！」

「うん、いい子。……アメリアさん、後よろしく」

魔力を扱えるようになったおかげか、アメリアさんがこちらに寄ってこようとした瞬間からウチの子たちの応急処置を魔法で進めてくれているのが見えた。細かいところは彼女に任せればいいだろう。デレもアメリアさんの言うことならちゃんと聞いてくれるはず。

そして、後ろにいる倒れてしまったウチの子たちを見る。いつの間にかマティルデが彼らに近寄って、まだ動けるダチョウたちの背にその子たちを乗せる手伝いをしてくれている。少しだけ目が合ったので、後を頼むように強く頷《うなず》く。あぁほんと、頼りになるなぁ。

……二人と、デレと、みんなに。任せても、大丈夫そうだね。

残った魔力を全て回復へと注ぎ込みながら、こちらに向かって距離を詰めている奴へと向き直る。

……あぁそうだ。言い忘れてた。

今私、とんでもなく怒ってるんだ。

碌《ろく》な死に方、できると思うなよ。

魔力を『回復』のために注ぎ込みながら、体を再生していく。

どういう仕組みで戻っているのかもわからないし、何故《なぜ》自分がコレをできているのかも正直わからない。体に元々備わっていた機能をそのまま使っている、そんな感じだ。まぁこの世界に生まれ落ちてから何度も使用している『力』だからね、そう変なことにはならないでしょうよ。バグっておかしなことになっちゃったら、脳みそを叩《たた》き潰《つぶ》して強制リセットすればいいしね！

魔力をエネルギーに変換し、この身に宿る『回復力』へと注ぎ込む。どこに注ぐかとか意識する必要はない、全力で魔力を体の隅々まで巡らせるだけ。回転速度が上がれば上がるほど体温も上がり、膨大な熱量となる。体が燃えるように熱いが、それでいい。本来の回復効果・速度を大幅に上回り稼働している証拠だ。

（失った部分をより強く新しいものへ、まぁそれだけだと体のバランスがおかしくなっちゃうからね。全部総入れ替えだ）

両足は残ってはいるが、中身が結構やられている。翼は片方ないし、もう片方は千切れかけ。車だったら修理するより新車を買った方が安く済むレベル。それなら最初から全部作り直せば良いじゃない、ってことだ。半分だけ新品になった脳みそくんが全身へと指示を送り、魔力を回していく。焼け焦げた肌が徐々に修復され、体から抜けていた血液が再び生成され始める。なくなってしまった左翼の感覚も、根元からパッと生えてきたら元通り。……うんうん、顔のあたりの感覚も戻ってきたし、後数秒で完全回復かなぁ。

「……再生持ちか」

「お、戻ってきたねぇ」

そんな風に回復をしていると、ようやく相手さんが戻っていらっしゃった。どうやら、さっきの魔力砲……？　でいいのかな？　あれを足裏から射出することで高速ホバー移動を可能としているらしい、なるほどねぇ。軽く見た感じ、バランス感覚と出力の調整が面倒そうだが……、とても便利だろう。ダチョウには不可能な大空の旅ができるかもしれないし、今度練習してみようか。

にしても……、本当に無傷だな。いや、確かにその身に宿す魔力は相応に減っている。けれど微々たるもの。目立った外傷はない。魔力を拡散して放出したのが仇《あだ》となってしまったのだろう。ウチの子たちを逃がす時間を稼ぐことはできたが、逆に言うとソレしかできなかった。

……まぁ、それでいい。あそこで死なれたら色々と興ざめ、だからね。

「それで？　お前が『獣王』ってことでいいのかな？」

「……いかにも」

あはー、やっぱりか。……マティルデが嘘《うそ》つくとは思えないし、ヒード王国側がわざわざ嘘をつく理由が見えない。

私、いや私たちは一時的にヒード王国についているが、より良い条件を提示されたりヒード王国に旨味《うまみ》を感じなくなったりすればすぐに切り捨てることができる状況だ。聞いた感じ『特記戦力』は前世の地球で言う核兵器みたいなもん、抑止力に成り得る存在だ。そんな私たちに嫌われて出ていかれれば国として終わり、デメリットしかない。

それに、話した感じ宰相さんはまともな人だった。幼女王はあの年齢にしては色々達観しすぎているような気がしたけど……、別に騙《だま》そうという意思は見えなかった。まぁ私は高原生活が長いわけだから、策略とかそういうのには疎い。故にあんまり信用できないけど、少なくとも騙すメリットはなさそうに思えるし、騙されたという線はない。……となるとこの獣王さんが一枚上手だった、ってことだ。

「魔力の隠蔽《いんぺい》、だっけ？　よくできてたよねぇ、いい感じに喰《く》らっちゃったもん。びっくりしちゃった」

「……」

「まぁおかげさまで色々見えてきたのだけれど……、一応そこは礼をしておこうかな？」

片翼を軽く広げながら、その上に魔力球を生成してみる。さっき見たコイツのようにまだ上手く練ることはできない。けれど死にかけるまで一切魔力を運用できなかった私が、今じゃ手に取るように動かすことができる。これほどいいオモチャはないだろう。『お返し』をしなければ『ダチョウ』が廃るというものだ。

「あぁ、そうだ。名乗りはいるかい？　このあたりの礼儀作法は全くわからなくてね。一応名乗っとくよ、『レイス』だ。さっきのあの子たち、ダチョウたちの族長をしているよ」

「…………チャーダ獣王国が王、『シー』」

「ふぅん。まぁ覚える気ないけど。じゃ、死のうか」

とりあえず作法は果たした、後は殺すだけ。

そう言った瞬間、翼の上に生成していた魔力球を解放し、獣王に向かって魔力砲を撃ち込む。

正直ね、腸《はらわた》が煮えくり返りそうなほどに怒ってるんだ。

もう治ったけどあんな大怪我《けが》させられたから？　あぁもちろん。それも少しはある。けれどね？

それ以上に。

ウチの子たちを傷つけた落とし前、どう取らしてやろうか。

群れの子たちは私が高原にいた頃からずっと面倒を見てきた子たちだ。全員が自分の家族で、年上もいるけどみんなが私の子供みたいなもの。デレだけじゃない、全員が私にとって大切な存在。それを、それを傷つけた？　今すぐその体を細切れにしてやりたい。仲間を傷つけ、それを見てしまった他の子たちの心を傷つけた。絶対に、生きては帰さない。

同時に、自分への怒りもある。

私がもっと強ければ、こんなこと起きなかった。私が完全に魔力をものにしていれば何とかなったはず。あの攻撃も完全に受け止め、獣王ごと敵軍の全てを葬り去ることができたはずだ。

自分の弱さに、心底腹が立つ。

（だからお前を、糧にさせてもらおう）

どうせ殺すのだ。ただ自身の怒りの発散のために使うのは命に対して少々失礼というものだろう。何より『デレ』から初めて『ママ』と呼ばれたのだ。母親として呼ばれたからには、それ相応の振る舞いが求められる。怒りに任せて破壊し尽くすのは教育に悪い。『族長』として、『ダチョウたちの長《おさ》』として、対応しよう。

高原では、私たちは必要以上の狩りを行わなかった。殺す時は食べる時か、身を守る時だけ。それが自然の摂理ってものだ。流石《さすが》に相手が人な以上、食べる気は正直起きない。故にその体ではなくその身に刻まれた知識、そして技術。余すことなく喰らいきってやろう。それが最低限の礼儀。

「と、撃ってみたけれど……、やっぱダメか」

先ほどと同じように、魔力球をそのまま放出させる。しかし変更点が一つ、さっきの攻撃は獣王の後ろにいた他の獣王国兵を纏《まと》めて焼き尽くすために放った。けれどそれでは獣王を殺すことは不可能。ならば拡散ではなく、集束。

自身、まだそこまでちゃんとした魔力操作は経験不足でできない。精々元々私の体内で圧縮していた魔力を切り取って、丸める。そしてその球体に穴をあけてそこから全力で押し出す。獣王が見せた芸術品のような『魔力砲』とは違い、『なんちゃって魔力砲』だ。魔力消費効率やらなんやら、色々彼のものと比べ劣っているだろうけど……。

感覚的には、さっき獣王がした攻撃よりも威力は上。

けれど、やはり手ごたえはない。

「……あぁ、なるほど。切り裂いているのか」

私が放った魔力砲、それによって生み出された極光。

その光がゆっくりと収まっていくと、見えてきたのはその手を前に突き出した獣王ちゃん。軽く見た感じ、腕に結構な魔力が宿っている。どうやら私が放った魔力砲を切り裂いて安全地帯を確保したようだ。なるほどねぇ……、確かに無傷。けれど肩で息をしていらっしゃる。そう何度もできない技みたいだねぇ。

（私の魔力はまだまだ残っている、このまま近寄らせずに連射し続ければまぁ勝てるだろう。けれ

ど、あっけない勝利だ。面白みに欠ける）
死ぬならば自分の全てを出し切って、何も通用しないと絶望したまま死んでほしい。何もできずに死ぬとなると、どこかに諦《あきら》めが生まれてしまうだろう。『これができる相手に負けたのならしょうがない』、と。私の子供たちを傷つけた奴がそんな心持ちで死ぬ？　んなもん許すわけねぇだろうが。お前は私の糧になって、絶望のまま死んでいくんだ。
「さぁ、私の『糧』として、楽しませてくれよ」

◇◆◇◆◇

獣王さんは息を整えながら、魔力の流れをなんとか元に戻していきます。

（あ、あれは魔法などではないッ！　ただ、魔力を放出しているだけッ！）

魔法を触ったことがある者ならば一目でわかる事実。しかしながらその非常識さ故に、獣王は混乱と恐怖をその心に宿していました。

先ほどレイスが放ったもの、彼女は『なんちゃって魔力砲』と言っていましたが、そんな可愛《かわい》らしいものでは全くありません。

その攻撃は、ただ魔力の塊をぶつけているようなもの。理解できないほどの、高出力で。

（普通、魔法であれば魔力消費一に対し二以上の威力を発揮する……、しかし！）

獣王が操る『魔力砲』、その根本となっている魔法は酷《ひど》く単純です。魔法使いであれば誰でも使用できる初心者向けの魔法で、無色透明で何の効果も生み出さない魔力を圧縮し、打ち出すもの。簡単に扱える故に威力が低いその魔法は、通常一の魔力消費で二の威力を齎《もたら》すものでした。

しかしながら獣王はその卓越した魔力操作によりその効果を飛躍的に高め、その魔法を使い続けることで体になじませ最適化し続けました。最初は周りよりもほんの少しだけ強いといった程度の攻撃力でしたが、今では一の魔力消費によって一〇〇以上の威力を引き出せるようになったのです。多くの者が魔力消費を増やし威力を上げたり、属性を付与し威力向上やその他の効果を付与したりしている間、彼はずっと『魔力砲』を使用し強化し続けた。その結果が最低限度の魔力で、最大限を超えた効果を発揮するという魔法。

確かに特記戦力としては中位の実力しかない彼ですが、その継続戦闘能力や格下の殲滅《せんめつ》能力は非常に高く、また簡単な魔法であるからこそ連続で何度も撃ち続けられるのです。相性次第ではより格上の存在を討ち取れる可能性がある彼は、まさに特記戦力という名に相応《ふさわ》しい力を持っていました。

……そんな彼だからこそ、眼前でレイスと名乗った彼女の異常さが理解できてしまいます。

(奴の『魔力砲』、いやあれはただの『放出』！　一対一の等価交換ッ！)

レイスの放つ『なんちゃって魔力砲』、それは一〇〇〇の魔力を消費し、一〇〇〇の威力を生み出すという魔法使いであれば卒倒しそうなほどの非効率さ。しかも未《いま》だ魔力操作を完全に習熟していないせいか、むしろ損をしている。一〇〇〇の魔力を消費しているのに、及ぼす効果は九〇〇～八〇〇。魔法使い、それも特記戦力となればありえないほどのロスです。

本来、そんなことをし続ければすぐに魔力が底を突き、倒れてしまいそうですが……。

(魔力が、魔力が一切減っていない！　いや、総量が大きすぎるのかッ！)

獣王は知らぬことですが、レイスの体は世界のバグのような存在です。

確かにダチョウという種族は体が一部破損しても回復できるほどの力はあります。しかしながら、それはレイスに比べれば微々たるもの。脳が弾《はじ》け飛んだとしても修復し、魔力によるブーストがありながらも欠損した部位を一から作り直すことができるのは彼女だけです。

さらに、レイスの肉体はただ治すだけでは飽き足りません。ご存じの通り、彼女の脳みそは破壊と共に大きく強く成長してきました。それは二度と同じ方法で破壊されないように、より強固なものとして作り直してしまう性質。そしてそこに、死に近づいた時に魔力総量が大幅に上昇するという性質。

死にかければ死にかけるほど強くなる彼女は、幼少期に幾度となく脳を破壊し、生き返ってきたのです。その回数は知性を持つレイスですら数えるのを諦めるほどで、さらについ先ほどまた彼女は死の淵《ふち》から舞い戻ってきてしまいました。

魔力総量はさらに跳ね上がり、彼女自身自覚できないほどに膨れ上がっています。最初は魔王一人分だけでしたが、今ではもう一人増えて肩を組みながらタップダンスを踊っているような状況です。そもそも魔王レベルの魔力で、特記戦力中位たる獣王が恐怖を覚えてしまうような状態。倍増、それほどまでに相手の魔力が増えていることに気が付いた時。彼は何を思うのでしょうか。

……そして。これだけでも獣王にとって絶望的な状況ですが、まだ彼女の異常さは止まりません。

彼女は見て、実践し、覚えるタイプ。それも常人とは比べ物にならぬ速度で理解することができました。元々そういった資質を兼ね備えていたのでしょう。彼女は一〇年間のダチョウたちとの生活の間に、とある技能を手に入れていました。それは、『情報を噛《か》み砕《くだ》く』力。

過酷な高原という地では、上位層であればあるほどに摩訶不思議《まかふしぎ》な能力、それこそ時や空間を意のままに操るような存在もいたのです。だからこそレイスは、生き残るために『未知の強敵の習性や能力を即座に把握し理解する観察力』と、『その理解した敵能力を瞬時に群れに共有する』ことを求められていたのです。もっと言えば、それができなければ彼女はこの場にいなかったでしょう。

ダチョウたちはすぐに忘れてしまうおバカではありますが、決して何もわからぬバカではないのです。彼らの理解できるレベルに噛み砕き、教えることができれば彼らはなんとか理解することができます。その理解したこともすぐに忘却されてしまいますが、断片として脳に残り続けるのです。

故に、眼《め》に見えるもの、耳に聞こえるもの、そのすべてが彼女の糧。即座に把握と分析を終え言語化することで自身に当てはめていく。彼女の子供たちにもわかるように翻訳し直す手間がない分、また魔力によって思考速度の上昇までなしたレイスからすれば、見て盗むなど容易《たやす》いことです。

(魔力効率が、先ほどよりも向上している……!)

魔力操作、そして「魔力砲」のお手本である『獣王』が目の前におり、好き放題に実験できるこの環境がある限り、彼女は際限なく成長していきます。時間をかければかけるほど魔力消費は少なくなっていき、いずれ獣王と同じ一対一〇〇を創り出すことも可能となってしまうでしょう。そうなれば、獣王の死は確実です。

（時間を与えてはいけないッ！　短期決戦のみが活路！）

獣王は、そう判断しました。

短期決戦は、どれだけ自身の強みを素早く押し付けることができるか、相手が動かなくなるまでどれだけ連続的に押し付けられるかの勝負です。確かに獣王さんはその魔法から遠距離戦が可能ですが、彼はダチョウの素早い動きを知っています。距離が離れれば離れるほどに回避される可能性が高くなり、同時に攻撃を放ってから相手に着弾するまでのタイムラグが生じてしまうでしょう。

つまり、選択するのは近接戦。彼の持つもう一つの強みである『頑強』を使い、自身のできる攻撃をほぼ零《ゼロ》距離で撃ち続ける。相手が何もできぬほどの速度で攻撃し続け、勝利するしかありません。

レイスもレイスでかなりの激情を抱えていますが、獣王もその点は同じです。自身が守るべき民である兵士たちは皆、殺されてしまいました。彼が友として認めていた将たちも皆、消し飛ばされてしまっています。ただ激情のままに拳《こぶし》を振り抜いてしまいそうになりますが……。

彼は王です。

タダの人としての自身が何を叫ぼうとも、国家のため、残った民のために何が最適なのかを考え、行動する。いえ、しなければなりません。

彼自身が信頼する軍が消滅した以上、国家としての戦力はガタ落ちです。即応できる優秀な兵を全て失い、同時に優秀な将すら失ってしまいました。国家としての戦闘能力は民を徴兵することで急場しのぎにはなりますが、そもそも指揮する人間が足りなくなるでしょう。王として国を存続させるためには、何としても眼前のレイスを打ち倒さなければなりません。

なにせヒードの国王、あの幼女王は獣王国に深い恨みを抱いているのです。ここで止めなければ獣王国自体がどうなるか、特記戦力レイスによってどうなってしまうのか。彼の脳が弾き出した結末は破滅のみ。獣王国のためにも、彼は相手が成長しきる前に仕留めるために短期決戦を選ばざるを得なかったのです。

「参るッ！」

◇◆◇◆◇

「へぇ、近距離戦か。いいね」

何度か『なんちゃって魔力砲』を撃ちながら、どうすれば彼が私にとってより良い糧になってくれるかを考えていると、先にあっちが動いてくれた。とてもありがたい。何となくであるが魔力砲の仕組みってのは掴《つか》めてきている。今の私はただ魔力をぶつけているだけだが、コレはどうやら魔力をより圧縮してから、解放する方が威力が上がるようだ。

まだちょっと魔力操作がおぼつかないところはあるけれど……、もう数時間あれば納得ができるものにはなるでしょう。ということでこの分野の『糧』は御馳走様《ごちそうさま》。今度は別の戦い方を見せてくれない？

（おぉ、やっぱ速いな）

そんな私のささやかな願いが届いたのだろう。彼が距離を詰めてくれる。獣人としての脚力、そして足裏からの高密度の魔力砲。それによって弾丸のように打ち出された彼の速度は十二分に速い。うん、高原でも通用する速度だろう。……あ〜、もしかして特記戦力って『高原レベル』とかそういうの？　あ、なんかそんな感じしてきた。

それにしてもいいね、接近戦。実は私もそっちの方が得意なんだよ。そう思いながら普段通り体を動かそうとすると。

「ん？　なんだ？」

違和感を覚える。なんというか、左右の感覚が違うというか、反応速度に違いが出ているというか。……あ、わかった。脳か。

さっき私の脳みそは半分吹き飛ばされてしまった。それ故に片側だけ作り直した。そのせいで新しくて反応速度が速い脳と、古くて反応速度が遅い脳が私の頭にあるって感じなのだろう。ほら右脳と左脳ってあるじゃん？　アレのスペック差が出ちゃってる感じ。

「これで近接戦は無理だな。……しゃあない」

距離を詰める獣王に見せつけるように、頭に翼を当てる。え、何やるかって？　わかんない？

脳を破壊するの。

魔力によって全力で強化した翼で、脳に強烈な振動を与える。いわゆる「発勁《はっけい》」みたいなやつ。自身の想定以上の威力が出たソレは、頭蓋《ずがい》を粉砕し完全に脳を破壊する。消えゆく視界の端で獣王の驚愕《きょうがく》に満ちた顔が見えた気がするが、んなもんどうでもいい。

予《あらかじ》め用意してあった魔力を『回復』へと叩《たた》き込《こ》み、脳を再構築する。

「…………アハッ！　いいねぇ、コレ！」

クッソ痛いが、めちゃくちゃ思考がクリアになった。う～ん、新品で高性能な脳みそはいいですなァ！　あはー！　テンション上がってきちゃったァ！　お、どうした獣王さんや！　何その化け物を見るような顔！　ホレホレ！　レイスちゃんが遊んでやるって言ってんだよ！　はよ来いや！　あ、もしかして私が回復するまで待ってくれてたってコト⁉　アハー！　いっけめーん！　殺すのは最後にしてやる！　まぁお前以外いないんだけどなぁ！

「たっのしー！」

というかその獅子《しし》のムキムキな肉体！　お前さんもしかして近接戦得意タイプやった⁉　全身に駆け巡る繊細な魔力、そして掌《てのひら》に集まる高密度の魔力！　私が立ち直った瞬間に纏《まと》い直すその精神！　いいね！　いいね！　そういうの好きよ！　殴《なぐ》る蹴《け》るの隙間に魔力砲を挟んだ戦闘スタイルがユーの十八番《おはこ》なんじゃないの！　あはー！　それも私に『喰《く》わせろ』！

「⁉」

全身に魔力を巡らせ、彼と同じように身体強化を施す。それと同時に、全力で地面を踏み抜く、あぁ、いいなコレ！　正直これだけで高原でてっぺん……、は取れないか。でもそうそう負けることなさそ！

爆発的な速度で距離を詰め、相手の懐に潜り込む。それを防ごうと獣王から魔力砲が飛んできたが、そんなもの関係ない。体で受け止めながら、そのまま前へ。殺されかけた一撃よりは確かに弱いけど、それでもウチの子たちを一瞬にして消し飛ばしてしまいそうな威力。けれど今の私にはもう意味がない。

極光が視界を埋め尽くすが、感じた痛みは少々肌が焼かれた程度。いや焼かれた瞬間に自身の『回復』が作動し、元に戻していく。しかもさっきよりも効率が段違い！　回復速度も魔力効率もお得に増加中でーす！　あはー！　身体強化だけじゃなくてそっちにも魔力流してるからね！　常時最大回復レイスちゃん！　あはは！　というか！　やっっっぱこれ！　私魔力量また上がってんな！

「おかえ、しッ！」

「させんッ！」

そのまま距離を詰め、懐へと潜り込む。瞬時に思いっきり蹴り上げるが、獣王の腕にガードされてしまう。あれ？　これぐらいならそのまま蹴り抜いちゃうかなって思ったんだけど……、なんで防がれた？

「……あぁ、魔力防壁！」

「ハァァ！！！」

「ッとぉ！　もう、危ないじゃんかァ！」

せっかく答え合わせしてあげようとしたのに！　両手とお口から『魔力砲』撃って消し飛ばそうとするなんて酷《ひど》いじゃんか！　ぷんすこ！　っていうか、その魔力防壁、めっちゃいいじゃん！

常に魔力を足とか腕とかに集めておいて！　魔力砲や魔力防壁を即座に展開できるようにしてる！　攻防一体の構えっていうのそれ！　たーしかに面倒！　真似《まね》しちゃう！

「こんな……、感じか！」

「なッ！！！」

「あはー！　魔力消費すっごーい！　けど全然きつくも何ともないね！　んじゃ、教えてもらったお礼に、試してやるッ！」

魔力の練り方、圧縮率、技術面。すべてが獣王に軍配が上がる。けれど私との絶対的な魔力量の差は、そんなもんじゃ埋まらない。私を殺すためには何かしら新しい技術を出さないといけないけど、出した瞬間私が喰《た》べる。というかこの技術！　かなり面倒で外に魔力垂れ流しちゃうけどめっちゃ便利じゃん！

すごーい！　ノータイムで攻撃と防御ができるー！

「ほら見てよォ！」

「ヌォォォォッ！！！！」

彼が先ほどしたように、魔力防壁と魔力砲を合わせながら攻撃していく。あっちの魔力砲は生身で受けて、魔力で強化された物理攻撃は魔力防壁で防いでいく。あはは！　すぐに殺さないように手加減してるけど！　こいつ普通に強いや！　お前武術かなんかやってるでしょ！　攻撃がうまーい！

流れるように連続して拳を叩き込んでくる獣王。その全てを翼で受け流したり、魔力防壁で受け止めていく。合間合間にただの突きかと思わせて魔力砲とかぶち込んできてくれるけど全然痛くなーい！　いや肌焼かれてるから痛いけどダメージにはなってないよ！　ほらほら！　他の技術見せて！　私をもっと満足させて！　それで何もできない絶望のまま死んで！　お願い！

「つぎつぎ！　まだあるでしょ！　早く私を殺してみなさーい、って⁉　あはははは！！！！！」

◇◆◇◆◇

（……想定よりも学習のスピードが速いッ！）

脳内でそう叫ぶ獣王さん。魔力によって強化された全身、そこから繰り出される攻撃には一切陰りがありません。常に平静を保ちながらも、同時に熱き闘志を燃やし続ける彼。しかし世界のバグとも呼べるような化け物を目の前にして、叫ばずにいられるほど彼の心は死んでいませんでした。

一度見せた技が、劣化コピーとはいえほぼ真似されてしまう。魔力を四肢に予め多く集めておくことで即座に攻撃、もしくは防御に移せる技術も。それを前提に組み上げた武術も、そしてその術たちをどのように構成し攻撃へと繋《つな》げていくかという思考も。少しずつ、確実に盗まれているのです。恐怖を覚えない方がおかしいというものでしょう。

確かに、彼女の魔力操作はお粗末なもの。時間経過によって少しずつ向上しているといえども、そのロスは非常に多いです。本来魔力による身体能力の強化は体内で完結するので、外に魔力が漏れることはありえません。外部に漏れた魔力はそのまま霧散し、ロスになってしまうのです。けれどレイスは、その身に宿る圧倒的な魔力によって全ての浪費を無視できます。

（常人であれば一秒と経《た》たぬうちに干からびてしまいそうなほどの魔力を浪費しているというのに！　未《いま》だその魔力に限りがないッ！）

「あははははは！　まぁ～だまだ！　やれるよねぇ！」

「ッ！」

彼女の攻撃の起こりを見た獣王は、即座に最大出力で防御に移ります。両腕をクロスさせ同時に腕に溜《た》めてあった魔力を全て吐き出すことで生成される幾重にも連なる魔力防壁。まるで神話の不壊城壁のようなソレ。けれど大きく振り上げ、全力で落とされるレイスの踵《かかと》。

それを目の前にした彼は一枚では確実に破壊され、脳天まで貫かれてしまうと直感で理解。故に三枚の防壁を生成し、それを受け止めようとしました。

けれど一枚目が瞬く間に粉々にされ、二枚目が一瞬受け止めたのちに霧散する。そして三枚目で何とか受け止めることができましたが、獣王の眼前にいる化け物は『ダチョウ』。その脚力は素の状態で重装歩兵を蹴り飛ばせるレベル、それが魔力によって強化されているのです。防壁だけで受け止め切れるわけがありませんでした。

レイスの足を受け止めた衝撃により、獣王の両足に接していた地面が割れ、一瞬にして陥没します。彼を中心にした巨大なクレーターの出来上がり。

元々のどかな草原であったこの場所は二人の戦闘によって破壊し尽くされており、幼子が走り回り自然を謳歌《おうか》できるような場所は一かけらも残っていません。

（そこッ！）

地面が陥没するほどに押し込まれる、一見して獣王が不利に追い込まれたと思うような状況ではありますが、すでに獣王はこの事態を想定済み。レイスが飛び上がり、踵を落とすということは彼女の体は獣王の上に存在します。そして、地面が陥没するほど押し込まれるということは、彼の口。魔力砲を至近距離で撃ち込むことができるということ。

「くら……、ッ！！！」

口内に集めた魔力を解き放とうとし、上を見上げた獣王。

そこには、彼と同じように、口に魔力砲をチャージしたレイスの姿が。

「お・ん・な・じ！」

「ッ！！！」

即座に口に溜めた魔力砲をキャンセルし、足裏から全力で魔力を放出させます。

同じ技の打ち合いになった時、獣王は圧倒的な不利。

未だ技術や経験の差は歴然ですが、相手の魔力量はそれを全て無に帰してしまうでしょう。

故に、選ぶのは逃走。

足裏から魔力砲を発射し、即座に退避。そして彼が先ほどまでいた場所に、放たれる極光。全てを焼き尽くし、破壊し尽くす魔力による単純な暴力。自身が積み上げ、使用してきたからこそ理解できる脅威。獣王の額に、何度目かわからぬ冷や汗が流れます。

「あ〜あ、避《よ》けられちゃった。ざんね〜ん」

「…………ッ！」

「ん～？　あ、もしかして魔力量の話？　あはー！　私全然減ってないどころか、増えてるもんねぇ？　なんかね、そういう体質ってのがあるんだってー！　ふっしぎぃー！」

獣王の視点から見ても、今のレイスはかなりおかしくなっています。

自身の手で脳を破壊し、再生するという荒業。急激に脳へと叩き込まれる魔力の流れから、獣王は彼女の体内で何が起きていたのかを理解していました。脳が新しくなったことで、脳の破壊と再生時に生じる痛みを誤魔化《ごまか》すために脳内麻薬が大量に放出されているのでしょう。

本来ならば痛みが治まる程度、ここまでハイな状態にはなりません。けれど生物の設計上ありえないこと、脳が全損した後に再生するという理解できぬ事象が起こったため、脳の機能がおかしくなっていると考えられます。つまり必要以上に脳内麻薬が分泌されていることに他なりません。

そして、本来生物が死に至るような状況からの生還。それにより生じる魔力の爆増。

「…………化け物かッ！」

「あはは！　ある意味そうかも！　かわいいバケモノちゃんでぇーすっ！」

つまり、眼前のダチョウを名乗る女を殺すには、それこそ全身を消し飛ばすようなものでなければならないのです。中途半端な威力では利敵行為になってしまうことでしょう。

そしてレイスは、すでに方針を『殺し』、から『学び』に切り替えています。彼女は自身の置かれた状況と、獣王の焦りから最適な道をすでに見つけてしまったのです。

つまり獣王の持つすべてをラーニングし終わるまでこの戦いは続き、彼女が満足した瞬間この戦いは終わりを告げるということ。獣王が望んでいた短期決戦はすでに失敗し、今彼はレイスによって生かされている状態に陥っていました。

それでも、獣王は諦《あきら》めることはできません。

まだ見せていない攻撃でレイスの意表を突くことでしか勝機はないと考え、体内の魔力構成を変化。単純な魔力の放出である『魔力砲』に属性を付与し、多種多様な攻撃を繰り出そうと考えた獣王でしたが……。

「次はァ……、属性付与とかかなァ⁉　なに見せてくれるのかなァ！」

すぐにその手を止めます。

先ほどなんとか避けることができた攻撃の着地点、そこにはこちらを楽しそうに見つめながら、この世界全体が自身のおもちゃ箱だという風に笑うレイスの姿が。完全にキマっています。それだけを見ればただのクスリをやっている人間にしか見えませんが、彼女の脳は歓喜と憎悪で踊りながらも確実に正解を弾《はじ》き出していたのです。

学ぶ速度が速いということは、停滞した状況の間に予習、もしくは予想する時間を生んでしまうということに他なりません。獣王にとって不利な状況ということをレイスも理解していたが故の回答でした。

「…………」

魔力構成を元の状態に戻しながら、もう一度構え直す獣王。

彼は相手の成長速度やスペック差などを前にし、功を焦りすぎたと自戒します。

中途半端な攻撃は相手にとって利でしかありません。本当は限界などないのですが……、獣王さんは体質による魔力回復もいずれ限界が訪れると考えます。けれどそれがどのタイミングで訪れるかは不明。ならばそもそも賭《か》けが成立しそうにない『相手の息切れ待ち』を想定するのは避けるべきでしょう。つまり、やはり残されたのは最大出力による攻撃。

自身が持つ全て、文字通り全てを使用した攻撃で相手を消し飛ばすのみ、でした。

（これが失敗すれば終わる。……だが、やるしかないッ！）

◇◆◇◆◇

「あれ、やめちゃうの？　ざんねーん！」

獣王が行っていた特殊な魔力操作、おそらくだけど属性の付与ってのをやめてしまう。

え～！　せっかく面白そうな技術だったのに！　先っぽだけ見せてしまっちゃうとかいじらしい奴《やつ》め！　ちゃんと全容を把握する前に元に戻しちゃったせいでどんなのかわかんなかったじゃん！　けちんぼ！　きりゃい！　レイスちゃんを怒らせたから獣王くんには高原で木を数える仕事をしてもらいまーす！　大丈夫だよ！　身の危険しかないから！

そんなことを考えながら、より深く思考を回す。

さっき口にしたけれど、おそらく属性系の魔法を使おうとしていたのだろう。それこそ『魔力砲』に属性を乗せる、って感じ。今はただの極光が発射されているだけだけど、多分火の柱みたいなビームが出せるようになるって感じなんじゃない？　それこそちゃんと見て、自分の身で受けてみればすぐに再現できるとは思うんだけど……、やってくれないのなら無理だね。後で時間作って習得できるか試してみよう。

（と、集中集中！　次は何をしてくるのかな！）

あの獣王ちゃんと結構やり合って、ハイな状態も少しは落ち着いてきた。思考の表層や口調は未だ継続中ではあるが根っこの思考はちょっとずつ冷静になり始めている。

相手、獣王の置かれた状況ってのはかなりヤバいはずだ。私は今も技術向上の真っただ中であるし、同時に魔力も潤沢に残っている。体を作り替えたおかげかすべての動きが、とてもキレている。ゲームで例えると常時クリティカル状態っていったところだろうか。実際は違うかもしれないが、気分は本当にそんな感じ。

対して相手はかなり消耗している、目立った外傷はないに等しいけれど所々煤《すす》けている。それに技のキレは衰えてないが、少しだけ体がついていってない。疲労によるスペックの低下だろう。そして何よりも彼の戦いを支えている魔力の消費、未だアメリアさんの最大魔力よりも多そうに感じるが、戦い始めた時よりもだいぶ少なくなっている。

「ハァッ！」

「アハ！　きたきた来たァ！」

脚部から魔力を発し、距離を詰めてくる獣王。接近戦をお望みのようだ。

ただ少し、速度が遅い。出力の低下？　いや、魔力の温存か。

（自分が相手ならばどうする？）

突き出された拳《こぶし》を翼で受け流しながら思考を深めていく、その代わりお口が脊髄《せきずい》反射で動いちゃうから多分ヤバいこと喋《しゃべ》ってるんだろうがそのあたりは気にしない。突き出される拳や足、先ほど獣王が見せてくれた経験に基づいた武術。そこに魔力による身体能力へのバフが乗った強烈な一撃。普通に貰《もら》えば今の私でも結構痛い攻撃だ。

だが、先ほどまでならそこに『魔力砲』を合わせていたはずだ。私も現在真似《まね》しているけれど、この組み合わせがかなり厄介。なんだろ、ガンカタ？　ほら二丁拳銃《けんじゅう》での近接格闘術みたいな感じ？　まぁあっちは拳銃でこっちは破壊光線なワケだけどさ。普通のパンチかと思ったらお手々からビームが出てくるから面倒なんだよねぇ。だから私と『普通』に戦うならば、使わないと逆に不利な攻撃だ。

（……こっちの攻撃は、魔力防壁で防御される）

そんなことを考えながら、攻撃を組み立てていく。

うん、やっぱ魔力温存して何か企《たくら》んでるよね。かといって奴の体内に流れる魔力の変化は見えない。あ～！　多分アメリアさんとかだったらわかるんだろうけどなぁ～！　コレ、絶対経験不足なやつ！　となったらもうライフで受けるしかないじゃない！　俺は魔法カード！【魔力による肉体硬度の増強】を発動するぜ！　もう自分でも最大量の把握ができない魔力を生贄《いけにえ》に、自身のDefense力を三〇〇〇ポイントアップするゼ！

強靭《きょうじん》！　無敵！　レイスちゃん最強ーッ！

「ッ！」

うんうん、やーっぱバレるよね！　私たち魔法が扱える人間は目に魔力を通して物事を見ることができる！　故に私が体に回す魔力を上げて防御力の向上に取り組んだのはモロバレ！　でもそれぐらい想定済みでしょ？　でしょ？　これまで通りの身体強化に！　常時回し続ける回復！　そして足や翼に溜めた『魔力砲』用の魔力！　ここに追加で防御力向上もぶち込めば流石《さすが》に頭の容量がカツカツだけど、問題はなし！

なんてったって私の脳みそは新品！　もちろん魔法使用の容量も向上中！　ちょっとしんどくて裏で思考を回せないぐらいの影響のみ！

「さぁさぁさぁ！　何を見せてくれるつもりだったのかな！　早く教えてぇー！」

そう言いながら、全力で蹴《け》りを繰り出す。

ここで終わるのならばそれまでの存在、起死回生の一手を見せられないままに終わるってのも乙なものなんじゃない⁉

片足を地面につけたまま、もう片方で狙うのは相手の頭部。ハイキックだ。

前世での世界、私たちの元になったダチョウですら蹴りを直撃させればライオンを殺すことができる。そもそもライオン自体百獣の王なんて呼ばれているが、それは人間が勝手につけた称号だ。ライオンより強い生物なんてもっと大量にいる。故にダチョウの脚力、そして魔力強化によって底上げされたこの力で蹴られれば、確実に殺せる。

それは相手も理解しているのだろう。腕を上げ、これまでと同じように魔力防壁をはら……。

（……張らない？）

そのまま、何もしない獣王。

何かある。

そう思ったがすでに振り抜いた足は止まらない、その無防備な獣王の腕に触れた瞬間。


爆発する。


「ッ！」

爆風に吹き飛ばされ、地面を転がる。

結構な威力ではあったけれど、そもそも防御態勢を整えていたおかげか、こちらにダメージはない。だが、かなり距離を取られてしまった。

（一体何を……、ッ！）

足爪を地面へと突き立て、速度を急速に落としていく。その後は爆発によって舞い上がった土《つち》埃《ぼこり》、視界を遮る邪魔なソレを全力で翼を振るうことによって吹き飛ばす。これで視界の確保ができたわけだが……。

（奴の腕が、ない）

先ほどの爆発のせいか、獣王がガードしたはずの腕が根元からなくなっている。確かにかなり規模のデカい爆発であったが、奴であれば防御できたはずだ、何故《なぜ》わざわざ腕を捨てた？　まぁ何となくだがどうやって腕を爆発させたのか原理はわかる。腕の中で魔力を限界まで高速回転させ、外部からの衝撃を受けた瞬間に外方向へと爆散するような設定をしていたのだろう。

いわば体内で引き起こす魔力砲、多分この威力的に何かしらの属性を付与していたっぽいが、そこまではわからない。

魔力爆発のせいで獣王の魔力が散らばっているせいか、そこまで詳しく見えないん……。

「……あぁ、なるほど」

つい、感心の声を上げてしまう。

土煙による通常の目隠しと、腕を魔力によって爆散させることで引き起こした魔術的なジャミング。目に魔力を通したとしても見えなかったであろうソレ。彼にとっては十二分なチャージ時間だったのだろう。

獣王の口内に、これまで見た中で一番大きな魔力球が浮かんでいる。

彼の体の中にはほとんど魔力が残っていない、つまり、アレで決めるつもりだ。

「ガァァァアアアアア！！！！」

それを視認できた時にはもう遅い、魔力球が解放される。

瞬間、視界いっぱいに広がる魔力砲の極光。

「わぁ」

あ、これ、痛い。肌が焼かれるね……、うん。この威力じゃ回復が追いつかないや。うんうん、確かに決死の一撃だね。これを生身で受けちゃったら死んでたと思う、流石の私も全部吹き飛ばされたら死んじゃうだろうしね～！　あと首ちょんぱされた後に一定時間そのままにされたら死ぬと思う。

……、え？　なんで死にそうなのに慌ててないのかって？

「だって切り抜け方、もう教えてもらってるし」

私が繰り出した『なんちゃって魔力砲』、獣王がそれを体で受けた時、極光、魔力の奔流を切り裂いて安全圏を確保していた。今からそれをすればいいわけだ、けどまぁ……。ちょっと情報不足。魔力に呑《の》まれてた、ってことは外側から魔力視しても見えないわけで。ほら、めちゃくちゃ明るい部屋で懐中電灯つけても『まぶし！』とはならないでしょ？　そういう感じ。

だから自己流でやる必要がある。

「ま、つまり安全圏を確保できればいいわけでしょ？」

極光の中で、体内の魔力を回す。両翼を胸の前に合わせ、魔力を練っていく。まだ完全とは言えないが、獣王という良いお手本がいたおかげで魔力操作の技術はかなり向上できた。いわばこれは、生徒から先生への贈り物。今日の授業に対するレポート提出だ。

想像するのは、あの獣王の芸術品とも呼べる魔力球。

魔力の線を一本一本撚《よ》り合わせ、塊を形成していく。

そして。

「放つ」

私の体内と同じように魔力で満たされた魔力球、そこに開かれる針一本分の小さな穴。

その瞬間、世界が切り替わる。

極光の中に生まれたのは、黒い光。単純な魔力の放出ではなく、練り込まれたドス黒い魔力の集合体。私の体がちょうど収まるほどになった黒の光は確実に白い光を押し返していく。

獣王も私が光の中で何かしているのに気が付いたのだろう、即座に威力を押し上げる。もう魔力なんてほとんど残っていないだろうに。……けれど、こっちの方が威力が高い。少しずつ、確実に獣王の魔力を押し返していく。

……この一撃に彼は文字通り全てを懸けていたのだろう。確かに、この攻撃は私を殺し得る一撃ではあった。もしここに私と彼以外の要因、私の子供たちだったり、彼の臣下たちがいればあっちに軍配が上がっていてもおかしくはなかったかもね。

うん、いい先生であり、いい相手だった。

終わらせよう。

編み上げた魔力球にさらに魔力を押し込み、より圧力を高める。

より威力を増した黒い光は、白い極光を貫き。

確実に、破壊した。

ゆっくりと、歩を進める。

「……あぁ、やっぱ生きてるか」

「…………おまえ、か」

すでに魔力はカラで、下半身は消し飛んでいる。全身傷だらけで所々焦げているが、上半身だけでも残ったのは流石『特記戦力』と言うべきか。結構、本気で消し飛ばす気でいたんだけどね？

「無傷、か」

「いーや？　結構削られたよ？　無防備で喰《く》らったら多分消し飛ばされてただろうね。ま、私の成長の方が速かった、ってことで。ありがとね、せんせ？」

「…………はッ」

軽く笑い飛ばす獣王、すでに死が近いせいかあまり上手《うま》く笑えていない。少しだけ、いやかなり悔しいことにコイツはちょっと清々《すがすが》しい顔をしている。それ以外に多くの感情もあるだろうが、これだけやって無理ならば仕方ない。みたいな感情が見えてくる。あーあ、絶望させて殺そうとしてたのに。失敗しちゃったじゃんか。

「……貴殿は、獣王の地位に、興味は、ある、か？」

「獣王？　……もしかして戦って一番強い奴《やつ》が王様になるってシステムなの？　ないない、これでも保育園のママさんでね。子守りで手一杯さ。これ以上抱え込むのはご勘弁」

「そう、か」

ま、王様ならそれ相応の苦労があるんだろうし、コイツにもコイツの人生があったはずだ。

獣王の話を持ち掛けるコイツの眼《め》は、芯《しん》のある眼をしていた。自分の後ろにいる人を守る者の眼、個人的に好みな眼だ。ただ殺戮《さつりく》を楽しむような愚者のものではない、守護者、と言うべきか。……ちょっと似てるのかな。

私が殺し尽くした兵士や指揮官の中にも友人とか戦友とかたくさんいたんだろう。けどまぁ、コレが戦争で、今のこの大陸が戦乱の時代ならどうしようもないことだ。今回私たちが生き残って、コイツが死ぬのも、ね？　色々踏ん切りをつけていくしかない。

もし戦争などなくて、コイツが私の子供たちを傷つけていなければ、また違った未来があったのかもしれない。

「……まぁ、気が向いたら気に掛けるぐらいはしてあげるよ。どうせ私らは『雇われ』、最後は自分たちで決めるんだ。攻撃されない限り、こっちから何かする気はないよ」

「…………そう、か。すこしだけ、あんし、ん。し……」

光を失なった獣王の眼を、閉じてやる。

当初の予定通りとはいかなかったが、恨みは晴らした。学べるものも学んだしね。

……獣王、『シー』。覚えておくとしますか。あ、でも私ダチョウだからさ、記憶力には期待しないでよ？

「さって、アメリアさんやマティルデに任せてるから大丈夫だとは思うけど……、さっさと帰ってウチの子たちの面倒を見に行くとしますか！　急がなきゃねッ！」

◇◆◇◆◇

「これが、獣王ですかぁ」

黒いローブに身を包んだ女が、死体を覗《のぞ》き込みます。

「上半身しかないし、それに損傷も激しいねぇ……。しかも下半身消し飛んじゃってますし」

焼け焦げていますが、死してからそれほど時間の経《た》っていない死体。そんな未《いま》だ温かいモノを素手で触れていく彼女。特に切断面をよりじっくり眺め、内部へと手を突っ込むことで状態を調べていきます。邪魔な焼け焦げた部分を引きちぎり、より内部へ。いつの間にか彼女の腕は血で真っ赤に染まっていましたが、それを気にする様子は一切見られません。

「あ、でも。心臓は残ってますねぇ。あと、頭も結構綺麗《きれい》ですし、脳も無事そう、お得ぅ〜！」

引きちぎった傷口を覗き込むと、その視線の先にはすでに動かなくなった獣王の心臓が。彼女にとって非常に良い成果だったのでしょう。その口角が、醜いほどに上がります。

「【頑強】の異能持ちでぇ、しかも卓越した魔力操作。こんなお誂《あつら》え向《む》きの『特記戦力』の素材が手に入るなんて、神様に感謝しないとぉ。……あ、でも。下半身どうしよ、流石《さすが》にそこらの雑兵と合わせるには勿体《もったい》なさすぎるしぃ。かといって他の特記戦力を手に入れようとしても、そもそもあいつらあんま死にませんしぃ……」

そう言いながら、獣王の体を持ち上げようとする彼女。しかし筋骨隆々の大男とも呼べる獣王の体は女にとって重すぎたようで、ほんの少し腕が上がるだけで終わります。何度か挑戦して諦《あきら》めたのか、苛立《いらだ》ちを露《あら》わにしながら持ち上げていた腕をそのまま地面へと叩《たた》きつける姿は少し愚か。ですが少し気が収まったのか、息を整えた彼女はあたりを見渡しました。

「『――――』」

かなり遠くに見える死体。ダチョウによって殺された獣人たちを見た女は、何かを呟《つぶや》きます。

その瞬間、物言わぬ死体となっていたはずの獣人たちが起き上がり、女の方に向かって動き始めました。上半身だけの死体は地面を這《は》い、下半身は起き上がり歩いてくる。腕だけとなったものは指を使って動き始め、動かすことができない部位のものは転がりながら寄ってきています。

視界を血の赤で埋めた死体たちは、獣王の下へと潜り込み、その大きな死体を運び出します。

「んぉ？　あれ、もしかしてコレ獣王国の将軍？　わぁ、とってもいい素材じゃんかぁ！　特記戦力の素材も嬉《うれ》しいけど、こういうまぁまぁ強めの素材もいいよねぇ、ちょうどいい消耗品。これなら繋《つな》ぎ合わせて良いものにできそぉ～」

そんなおぞましいことを口にしながら、来た道を引き返し獣王国にある隠れ家の一つへと戻ろうとする彼女。その脳内は獣王の死体の保存と、新しく手に入った獣王国将軍たちの体をどのように組み合わせるかで一杯のご様子。

「あぁ、それと。『レイス』、だっけ？　……機会があれば、いいよなぁ」

（あんなにいい素材、絶対欲しいもん）

第三章・ダチョウとむずかち

「ぶぇぇっくしょぃぃぃッ！！　……………風邪か？　いや、ないか。ダチョウだし」

何故《なぜ》か急に寒気がして、大きなくしゃみをかます。一瞬、獣王にぶち抜かれた体を再生した時に変な菌でも入り込んだかと思ったが、そんなものダチョウの免疫力でどうにかなってしまう。というか私自身生まれてこの方風邪をひいたことはないし、風邪をひいたダチョウも見たこともない。そもそも前世の地球ですらダチョウの免疫力がヤバすぎて新型感染症関連でも活躍してる、って話があったぐらいだ。

くしゃみはたぶん別の理由だろう。

「というかダチョウが風邪ひくレベルのウイルスとかいれば、確実にこの世界パンデミックで滅びるでしょうに」

そうなると、風邪以外のくしゃみの理由としたら……噂話《うわさばなし》かな？　あ、わかった！　ウチの子たちが私のことを話してるのね！　待っててねおチビちゃんたち（年上もいる）！　すぐにお母さん、そっちにたどり着くからね！

「っと、思ったよりすぐだったね」

そんなことを考えていたら、城壁が見えてきた。ここまで来ればもうすぐだ。

……あ、そうだ。ちょっと深呼吸しながら行こう。

冷静になって考えてみればすごくアレなんだけどさ……。さっきの戦闘してた時の私ってさ、ヤバくない？『早く私を殺してみなさーいッ！』みたいなこと言ってたよね……、うわぁ。わ、あぁ……。どうしよ。え、誰にも聞かれてないよね？ 結構な黒歴史なんだけど……、どうしよう。滅茶苦茶恥ずかしい。顔とか耳とかめっちゃ熱くなってきた。

そこに追い打ちをかけるように、一瞬、ウチの子供たちが私の真似《まね》をする光景が脳裏をよぎる。……あかん、教育に悪すぎる。デレのこともあるし、多分ウチの子たちはこれからどんどん賢くなっていくだろう。記憶力のあたりは脳の大きさの関係性もあるだろうからあまり変わらないだろうけど、知性のレベル。理解力とかそういうのはどんどん向上していくはず。つまり私が言ったことをそのままオウム返しするだけではなく、言葉の意味やその背景をも理解する子が出てきてもおかしくはない。

私の色々アウトな発言をオウム返しするだけでもかなり羞恥心《しゅうちしん》がヤバいのに、もし意味を理解して『えぇ……』ってあの子たちに引かれでもしたら……。ゴホォッ！ や、やばい、吐血した……。こ、心が痛いですたい……。もしそんなことになったらお母さん首吊《つ》っちゃう……、いや首吊る程度じゃ死ねないな私。

（と、とりあえず。げ、言動にはとっても、とっても気を付けなきゃ……）

「あっ！ ママ！ ママー！！！」

そんなことを考えていると、デレの声が聞こえてくる。どうやら私のことを見つけてくれたみたいだ。

「まま？」

「まま？」

「まま！」

「ママ！　ママ来た！　あっち！」

「あっち？」

「あっち！」

「ママ！　ママ！」

「え〜〜ッ！！！　も、もしかしてこの一瞬でみんな私のことママって覚えてくれたの⁉　わっ！　わぁ！　え、どうしよ。ママです、ママですよ〜！　みんなただいま〜！　ちゃんといる？全員いる？　うわ、みんなちゃんといる！」

デレが教えたのか、それとも彼らがここで学んだのか、もしくはただ繰り返しているだけなのかはわからない。けれど、これまで面倒見てきた子たちにママと、母親と呼ばれる。……あぁ、ヤバい。収まったはずの脳内麻薬がまたドカドカ分泌されてる気がする。ママとっても嬉しい〜！

というかみんなデレの言うこと聞いてちゃんと町まで戻れたのね！　しかも誰も逸《はぐ》れずに！　こんなに素晴らしいことはない！　だってダチョウだよ！　初めて指示した場所に到着できたんだよ！

誰か！　早くお赤飯炊いてきて！　あと今日は国民の祝日にしますッ！

「ママー！」

「褒めてー！」

「ママ！　頑張った！　すごい？　すごい？」

「うんうん！　みんなすごいよ！　デレもありがとうね、もうキスしちゃう！」

集まり始めたダチョウたちを上手《うま》くさばきながら、一番頑張ったのであろうデレをより長く構ってやる。もうね、おでこにちゅっちゅしちゃう。嬉しい？　あら～！

……っと、あんまりはしゃぎすぎてもいけないね。

私の下にはほぼ大半のダチョウが集まっているが、ここに走ってこられていないダチョウもいる。そう、獣王にやられちゃったダチョウたちだ。もし誰かが天に召されていた場合、多分この子たちはもっと酷《ひど》く落ち込んでいるはず。けれど見た感じそこまで悲しみは大きくないようだ。私が無事帰ってきたことで喜びを爆発させている個体が多い。

つまり最悪の事態は回避できたということ、回復に徹してくれたであろう人たちに感謝しながら、心を強く持つ。ウチの子たちが怪我《けが》を負ってしまうと、心配だし心が痛いが弱気な姿を見せるわけにはいかない。私が元気に振る舞い、みんなを励ます。そうすれば彼らの心の内に残る不安も解消されるはずだ。

（……あれか）

「マティルデ」

「っ！　レイス殿！　旗下の方々の声が聞こえたと思えば、やはりか！　よかった、無事だったのだな……っ！」

「当然！　でも私はどうでもいい。ウチの子たちは？」

「全員一命を取り留めた、だが……」

彼女の言葉を聞きながら、ウチの子たちが寝かされている場所まで案内してもらう。

そこには、四〇名近いダチョウたちが寝かされていた。皆、『いちゃい……！』『ちくちくする！』みたいなことを言っている。……あら、なんか思ってたより元気だね。声を上げられないくらいに痛めつけられていたから、もっと酷いことになっているんじゃないかとちょっと覚悟していたのだけど……。

(回復してくれた人のおかげ、かな)

私の姿を見たせいで、喜びの感情が爆発し、全員無理矢理立ち上がろうとする子供たち。けれど、やはりまだ体が痛むみたいで、みんなイタイイタイと言いながら泣き始めてしまった。あぁ、もう、じっとしてなきゃダメでしょう……？　ほら、ゆっくり寝てたらすぐ治るんだから、じっとしときなさいな。怪我してる間はずっと横についてるからね？　寂しくないよ。わかった？　わかったの、うんうん偉い偉い～。ナデナデしちゃう。いたいのいたいのとんでけ～、ってね？

「旗下の方々の回復力が高く、そのおかげで皆何とかなったようだ。しかし教会の方やアメリア殿の魔力が底を突いたらしい。これ以上の回復は難しいと聞いた。……敵の後続のことも考えると三〇〇の内の四〇、一割強の損害は非常に大きい……、レイス殿。ここは一旦《いったん》退《ひ》くべきだ」

「え、なんで？」

「な、なんでって……」

「来ても倒せるよ？　ほら」

そう言いながら頭上に向かって『魔力砲』を撃ち上げてみる。あ、もちろん安全確認はしてるよ？　流石に周りに被害出るようなこと私がするわけないじゃん。

私のそれを見て、驚愕《きょうがく》に染まったとんでもない顔をするマティルデ、そして何事かと奥の方から飛び出してきたアメリアさん。……あ、やっぱごめん。何か一言口にしてからやるべきだったね。

まだちょっと戦闘の余韻が残ってるのかも……。気を付けよう。

とまぁそういうわけで、魔力を使えるようになった私がいる限り、何が来ようとも安心安全。子供の安全は母親が守るってのが道理でしょう？　まぁ獣王ちゃんと約束しちゃったから殺し尽くすことは流石にしないけどさ。威圧して帰らせるぐらいならいくらでもお任せあれ、よ。

「れ、れれれ、レイス殿？　い、今のは……!?」

「うん、『魔力砲』。獣王から、教えてもらった？　そんな感じ。……あ、ちゃんと殺してきたよ。そこはご安心」

「お、教えて？　い、いや撤退時に確かに見たが……、って殺した!?」

え、なんでそんなびっくりしてんのさ。というか殺してなかったら私この場所にいないでしょうに。

「い、いや、確かにそうなのだが、あまりにも無傷というか……。あ、あれ？　レイス殿。確か我らが撤退する時、あ、頭がこう、半分……!?」

「あぁ、それ。なんか魔法で頑張ったら治せた。見る？　やろうと思えば中見せられるけど」

「い、いやいやいやいや！　そそそ、そういうものじゃないだろうに！　と、というか治せるもんなの⁉　え、何⁉　こわい！！！」

半ば素を出しながら顔が驚愕に染まる彼女。

えっと、つまり？　私が魔力砲使うところも撤退時にちゃんと見てたけど、あまりにも私が無傷で元気一杯な状態で帰ってきたもんだから、いつも通り受け入れてしまって、それで、よくよく考えてみれば『そういえばコイツ頭半分損失して片翼なくなってたはずなのに！　無傷！　怖い！』ってなってているわけか。

あ、もしかしてそれだけじゃない？　私たち群れ全体で特記戦力扱いだったけど、私単体で獣王に勝っちゃったせいで、私一人でも特記戦力として数えられてもおかしくない存在――さらに少なくとも獣王と同じかそれ以上と示せたわけで……。つまり、この場には二つの特記戦力がいることになる。

あ～、確かに高原でヤバい奴《やつ》二体に挟み撃ちされるのは死ぬほど怖いし、その気持ちわかるかも。

「違う違う違う！　え、も、もしかして。あの半分になっちゃった脳、治っちゃってる、の？？？」

「え、うん。そうだけど。……あ、戦闘中に一回自分で全損させて再起動したよ」

「なんで自分で壊しちゃうの⁉　というかなんで生きてるのッ！！！！」

え、なんでって言われても正直自分でも理由わからない……。レイスちゃんだから？　ほらほら、無限の族長パワーってやつ。あ、後たぶん脳みそ全部破壊されても生きてるの私だけだからね、他のダチョウたちは無理だろうし……。私だけの特権？　みたいな。ほら、私を除いたダチョウの中で大天才のデレちゃんも『ママすごい！』って言ってるし、そういうもんよ。

「領主様、多分気にしたら負けよ。そもそも特記戦力とはそういうものだし。あとレイス、町の近くでアレを放つのはやめなさい、危ないわ」

「それはそう、ごめんちゃい♡」

「わかってるのならいいわ、色々言いたいことがあるのだけど……。先にやるべきことをやりましょう。あなた、まだ魔力は残っている？」

魔力？　うん、そりゃたくさんありますよ？　なんか戦闘中湯水のように使ってたけど、全然足りない感じはしなかったし、使えば使うほどに補充されていくような感じがした。だから魔力自体は全然残ってる、それこそもう一回獣王と戦っても勝てるぐらいには。というかそれぐらいアメリアさんだったら、わざわざ聞かなくても目に魔力通して……。あぁそういやさっきウチの子たちの回復のために使い切ってしまったって聞いたんだった。

教会の人にもお礼を言おうと思ってたのだけど……。アメリアさん、ウチの子たちを助けてくれて本当にありがとう。

「いいのよ、それぐらい。それよりも、残っているのなら話が早いわ。ちょっと私に魔力を流し込んでくれる？　その魔力でこの子たちの怪我、全治させるわ」

「え、ほんと⁉　是非、是非お願い！」

この子たちが生き残ってくれただけで、重圧から解き放たれたような安心感があった。けれど、やはり必ず治ると理解していたとしても、痛がるウチの子たちの姿を見るのは辛《つら》い。私が魔力を渡すぐらいでなんとかなるのであれば、いくらでも渡しますとも！　ほら！　全部持っていって！

「やりすぎないでね、本当に。失敗すると私が耐え切れずに破裂するから。今できるギリギリ、最小の魔力を送り続けて頂戴《ちょうだい》」

「あ、はい」

そう言いながら差し出された手の上に自身の翼を乗せる。そして言われた通り、自分にできる最小の魔力を送り続ける。アメリアさんや獣王が見せた絹の糸のような魔力と比べると、私はフランスパン並みの太さだ。ちょ、ちょっとまだ練習不足でして……。

苦しそうな顔をしながらアメリアさんがそれを受け取り、体内で変換させながら魔力を紡いでいく。

「本来、魔力の譲渡ってとても非効率だからやらないの。人それぞれに魔力の形があって、貰《もら》ったものを自分用に作り替えなければ何もできない。そして作り替えようとしても、そもそも求められる技術がかなり高い上に消費魔力が多すぎて全然割に合わない。普通は魔法型の特記戦力から全魔力を受け取ったとしても、常人程度の魔力にしか変換できないの」

寝込んでいるウチの子たちに対し、優しい緑の光を放ちながら師匠として私に教えを説いてくれる彼女。

受け取る側の技量や、送り込む側の技量によって生み出せる魔力量は変わってくるそうだが、どれだけ技量の高い者を呼んできたとしても無駄にしかならないのが普通のようだ。両替しようと思ってやってみたら手数料として九割以上取られた、とかそういうレベルらしい。

けれど、私の場合は別。お伽噺《ときばなし》の魔王並み、しかも前より増えている魔力があれば文字通りどれほどロスしようが構わない、水の代わりに金貨をお風呂《ふろ》に張った金貨風呂に一か月毎日入るレベルで無駄遣いしても平気とのこと。……改めて言葉にするとヤバいですな。

「えぇ、ヤバいのよ。高原のイメージが強いせいか、あまり自分のこととして捉《とら》えられないのかもしれないけど、自覚しなさいな。……っと、これで終わりね」

彼女がそう言いながら、私の魔力を使って行っていた回復を止める。

そして私たちの視線の先には、完全に回復したダチョウたちの姿が！

「いた……、ない！　ない！」

「なおった？」

「なおった！」

「げんき！」

「わー！」

「あら～！　よかったねぇ！　……本当に、よかった。……あ、お前ら！　アメリアさんにお礼言いなさいな。ほら、お礼、わかる？」

「おれい？」

「わかる？」

「わかんない！」

「むずかちい！！！」

ん〜、まだわかんないか。というかいつの間にか他の子も集まってきたねぇ、うん？　みんなイタイイタイのなくなったからお祝いしに来たのかい？　偉いねぇ、みんな元気になってほんとよかった。……うん？　どうしたのデレ。あ、もしかして！　なんて言うのかわかっちゃった⁉　デレは群れで一番の大天才だもんねぇ、ほらほら、みんなに教えてあげて？

「うんっ！　『おれい〜！』」

そう言いながら、どこで覚えたのか頭を下げる彼女。そして、何となく自分たちが何をすればいいのか察し始めた他の子たちも、デレの動きを真似《まね》しながら動き始める。

「「「おれい〜！！！」」」

「あらら、ありがとう。デレもよく言えたわね、でも貴女《あなた》たちのお母さんのおかげよ？　ほら、レイスにもしてあげ……、レイス？」

「……ゴフォッ！」

あまりの尊みに、吐血する私。

うちの子が　可愛《かわい》すぎて　死にました（辞世の句）。

我が生涯に一片の悔いなし！

◇◆◇◆◇

「あ、ここに滞在する感じなのね」

「あぁ、この町の領主殿からの要請もあるし、私もその方が良いと考えている。もちろん最終決定権はレイス殿にあるがな」

ウチの子たちの回復が終わった後、元気いっぱいになったダチョウたちにもみくちゃにされながら、マティルデと言葉を交わす。

エルフのアメリアさんは魔力の変換と子供たちの回復で精神を擦り減らしてしまったらしく、現在休養中。ちょうど彼女のために用意された天幕へと入っていくのを見送り、アメリアさんについていきたそうにしていたデレを送り出してあげたところだ。私とアメリアさんを交互に見た後、そっと私の方に近づいてきてそのウルウルしたお目々でじーっと見てくるんだもん。許可しないわけにいかないじゃない！

（あんな目で見られたら、ねぇ？　というかデレちゃん滅茶苦茶賢くなってない？　私の親バカか？）

「まぁ別に残ることはいいんだけど……、やっぱり後続の懸念とかそんな感じ？」

マティルデと今後について意見交換していく。

私が獣王ちゃんを討ったことでとりあえず獣王国からの攻撃はもうないだろうという話だ。だがそれは国家規模の話であり、どこかの部隊とかが勝手に出撃しないとは言い切れないそうだ。それに、私が殲滅《せんめつ》した三〇〇〇〇の兵の後ろに、後続の兵が用意されていてもおかしくはない。獣王を殺されたとして、一旦《いったん》国に引き返すか、それとも仇討《あだう》ちのためにこっちに突撃してくるかは未知数だという。

今滞在させてもらってる町の領主さんからすれば『自分たちだけじゃ対応できないから、たちゅけて～！』という感じらしいし、マティルデとしても『まだ停戦結ばれてないし、帰る途中でもう一回侵攻受けちゃったらヤバいよぉ！』とのことらしい。

「なるほど、ねぇ。私たちとしてはここに残る意味はないけれど、正直離れる意味もない。獣王より強い特記戦力とか出てくるのなら流石《さすが》に逃げることも視野に入れるけど……」

「可能性があるといえば獣王国の同盟国、そこの『特記戦力』が当てはまるが……。あの国は海の向こうに本土を持つ帝国の飛び地と接している故な、常に彼女はその国境線についているはずだ。おそらく来ることはないだろう」

私が世話になっているヒード王国とナガン王国のように、チャーダ獣王国もどうやら不可侵を結んでいる国があったようで。北東にあるその国にも、滅茶苦茶強い特記戦力がいるそうだ。けれど、マティルデが言うにはその国は帝国と滅茶苦茶仲が悪いらしくて、常に国境紛争が起きてるんだって。帝国側も複数特記戦力を張り付けているのが常らしいから、その滅茶苦茶強いらしい彼女が動くことはまぁないそうだ。

「といっても、このたびの戦いで『獣王がこの場にいる』ことを見抜けなかった我らの情報がどこまで頼りになるか……」

「あはは……」

そういえばそうだよねぇ、事前情報じゃ獣王いない！　って話だったのに普通にいたし。面倒だけど全部の可能性を想定して、ことに臨んだ方が良さそうだ。マティルデが仕入れてきてくれる情報も彼女自身がちょっと信用できないかも、って不安になってるし。参考程度にしておく方が無難そうだねぇ。

「と、なると。とりあえず獣王国側から停戦の話が出ない限り、ここにいた方が良さそうだね」

「そうなるな、申し訳ないがよろしく頼む」

「いいって、私とマティルデの仲でしょ？　……あ、そうだ。なら獣王の死体とかも、勝手に埋めずに化粧して保管しておいた方がいい感じ？」

彼には悪いが、獣王の死体をあの場に放置してしまっている。というかウチの子たちが殺した他の兵士たちもそのままだ。可能であればその場で埋葬とかしてやった方が良かったんだろうけど、あの時の私の頭の中にはその考えは浮かばなかった。

だってさ、結果論だけ見ればこちら側には誰も犠牲者は出なかったけどね？　あの時の私は、『ウチの子たちがやられちゃった！　助かるかどうかわかんない！　街の人にお願いして治してもらわなきゃ！』っていう状態だったもんでね……。ある程度納得したとはいえ子供を傷つけた相手の死体と、未《いま》だ生死がわからない子供たちとだったら……、流石に後者を選ぶでしょ、って話で。

(周りに死体漁《あさ》りとか、変な魔物とかいたら流石に獣王だけ担いでいくか、ってなったかもしれんけど、何もいなかったしねぇ……）

まぁ一旦放置して後で埋めてやればいいか、どうせ残ってるやろ、って感じで放置しちゃったんだよね。

「こっちの価値観はまだよくわからんけどさ、流石に王の死体そのままは……。あかんよね？」

「あぁ、獣王国の機嫌を損ねるだろう。そうだな……、獣王の死体だけでもこちらで回収し、状態保持の魔法をかけ保管しておくことにしよう。他の兵士の死体は……」

ただその場に埋めるだけでは最悪アンデッドが自然発生する可能性がある、故に教会にお願いして埋めた場所を清めたり鎮魂？　聖別？　まぁそういう儀式的な魔法をしなきゃならないらしい。けれど現在彼らはダチョウちゃんの治療で魔力を使い果たしている。また後日にお願いした方がいいみたいだ。

魔力譲渡してあげてもいいけど、どっちかがミスって聖職者の人が人間爆弾にでもなったら大問題だしね……。

「感染症などの問題もある故、とりあえず埋めるだけ埋めて簡易な墓標と祈りを捧《ささ》げるぐらいはしておいた方が良いだろう。気休め程度かもしれんが、何もしないよりましだ」

「ＯＫ、じゃあウチの子たちも連れていこうか。結構な数蹴《け》り飛ばしちゃったし、穴掘るだけでもかなりの重労働でしょう？　手伝うよ」

どうせ私たちはこの後ずっと待機、暇みたいなものだ。さっきまで戦ってたというのにウチの子たちは早速遊び始めてるし、ごはんの時間ももう少し後。町の人たちが色々用意してくれる、って話だったけどまだ準備は始まったばっかりみたいだしねぇ。

後で感染症から町の人たちがダウンしてしまってもめんどいし、穴掘りぐらいならウチの子たちが遊びとして楽しんでお手伝いできるはずだ。

「助かる、感謝するぞレイス殿。といっても兵たちの用意もあるゆえ……、用意できればこちらから知らせに行く。もうしばらく待っていてくれ」

「りょーかい。んじゃウチの子たちを『わちゃわちゃ』撫《な》でたりしながら待ってるよ」

「わちゃわちゃ⁉」

「わちゃわちゃ！　すき！」

「やってー！」

「ママすきー！」

◇◆◇◆◇

ヒード王国の王宮、ナガンの『軍師』である彼はその一室で報告を受けていました。

彼の母国であるナガン王国と、ヒード王国が軍事同盟を結んだことは周知の事実。先日まではただの敵同士であった彼らではありますが、今では背中を合わせる味方同士。そんなナガンの新しい友達であるヒードが獣王国に攻められていれば、救援を出すのが同盟国としてあるべき姿です。

そのため『軍師』は計画通りヒードへと援軍を連れて向かい、王都へと到着。

そして彼は即座に行動を開始しました。まずは『ダチョウが獣王に敗北した』時のために、王都にひそかに設置しておいた対獣王のトラップの最終確認。そして同時に幼女王の真意、特に彼女が死した後についての伺いを立てながら、ヒードをより良い形で彼の戦略に組み込めるように動いていたのです。

その結果は、もちろん成功。

トラップは確実に獣王を仕留められる、と確信できるものでありましたし、また幼女王から『後は好きにせよ』という言葉を引き出すことに成功しています。確かに幼女王は統治能力こそ高いが、王としては未成熟。同時に強い希死念慮を持っていました。幼子がそこまで追い込まれていることに心を痛めた彼でしたが、軍師さんはナガン王国の軍師です。自国の利益を最大化するために素早く、そして的確な行動を起こしたのです。

つまり、彼女が獣王に殺されたとしても、逆上したダチョウに殺されたとしても、復讐《ふくしゅう》をやり遂げたとしても。『今後彼女がなんか急に元気になって希死念慮をポイしちゃう』ことがない限り、確実にヒード王国を併合する手立てを整えたのです。流石に即座に併合するのは難しいでしょうが、実質的な属国化への障害はゼロ、数か月もすれば完全にヒード王国をナガンの配下にすることを可能にしました。

ヒード国内や重臣たちへの根回しは完璧《かんぺき》。先日軍師が同盟締結の折りに訪れた時に得た人脈、それをフル活用。確かにダチョウという特記戦力を初めて見たことで心変わりしていた貴族も多くいましたが、すでに全て軍師の『お友達』になっています。これまで通りのヒード王国の在り方を望む者がいたとしても、全て軍師さんの意のまま。何が起きたとしても彼にとって良い方向へと進むことでしょう。

そう、『軍師』の作戦は、全て順調に進んでいたのです。

ある、一点。しかも彼の策を根本から破壊するかもしれないという、一点を除いて。

「もう一度、もう一度お願いします」

『……はッ！　獣王及び、獣王国侵攻軍三〇〇〇〇、文字通り全滅！　生存者ゼロです！　またダチョウたちに被害なし！　負傷者が四〇ほど出たそうですが、すでに完治済み！　また、「獣王」及び獣王国軍の四割、一二〇〇〇はダチョウのリーダーである「レイス」が単身で殲滅したとのこと！』

ヒードの王宮の一室。人払いがされた上に、魔道具による防音などの間諜《かんちょう》対策が万全になされた部屋。そこで、現在ダチョウたちが滞在している町に潜んでいたナガンの諜報《ちょうほう》員からの報告を受ける軍師さん。

『また、前線の町の中からですが獣王よりも強大な魔力反応を検知！　タイミングから「レイス」のものかと思われます！　魔力量は測定不能なレベルの多さ！　しかも戦闘中にさらに増大した模様！　また町の防壁の近くで本人が「獣王」の技であった「魔力砲」を使用しているのを目視いたしました！』

「ほ、ほうこ、く、は？」

『以上に、なります。今後も調査の方続け、情報を集めてまいります……』

「了解、です。報告、ありがとうございました。下がっていただいて、結構、です」

諜報員からの、連絡が途絶えます。

その、数秒後。

全身から力が抜け、思わずその場に倒れ伏す軍師さん。

そのまま息絶えたかのようなお顔をしていらっしゃいますが……、その脳では高速で思考を始めていました。

確かに想定外の事態であり、思わず泣き喚《わめ》きたいような事柄であったのは事実です。ですがそれよりも先に彼の生存本能、そして『軍師』であるという責任が脳の回転を加速させます。

(あの獣王に無傷で勝利？　ありえない……、いや報告として上がった以上事実！　あの獣王は近接戦に優位な異能を持つ特記戦力ではあるが、その魔力操作だけで下位の特記戦力程度捻《ひね》ってしまうレベルの猛者《もさ》！　それを単独で倒す……!?)

軍師の脳内に浮かぶ、最悪の『答え』。

ダチョウたちの長《おさ》、『レイス』は、個人で特記戦力。それも中位以上の実力を持っているのではないか、ということ。相性の問題もあるため一概には言えませんが、下位と中位、中位と上位には隔絶した差が存在します。レイスが獣王に対し、無傷で勝利するということは、その実力には超えられないほどの差があったと考えられるのです。

つまり彼女は特記戦力の中でも卓越した実力を持つ存在、『上位』に当てはまるのではないか、と。

（……いや待て、その情報だけに踊らされるな。先ほどの報告では、『レイス』が単身で一二〇〇〇と獣王を殲滅したとあった。つまり残りの一八〇〇〇、獣王軍の六割は？）

戦場にレイスしかいなければ、彼女が倒したと考えるべきでしょう。しかしながらあの場にはレイス率いる三〇〇の兵たちがいたはずです。そしてその中から四〇の負傷者がいて、すでに全快済み？　彼女たちと獣王との接敵が報告された数時間後に完治？　いくら教会などで回復を受けられるといえど、その速度はおかしすぎます。

獣王の攻撃力が半端ではないことは軍師さんも知る事実です。下手《へた》な特記戦力でも消し飛ばされる威力の攻撃が一切途切れずに飛んでくるという相手。もし彼女の部下たちがまともに喰《く》らえばそれこそ死者として数えられたはずなのです。つまり、つまり……。

そう、考えを深めていく軍師さん。

未だ正確な報告は届いていません。そのため手元にある情報は口頭による緊急の連絡のもの、時間経過とともに新しい情報が増えてくるかもしれない。そんなまだ確証を得られるレベルではないが、一つだけ、軍師が確実に言えてしまうことがありました。

「特記戦力が……、二つ？」

『ダチョウ』という集団と、『レイス』本人。当初はこの二つを合わせて特記戦力かと彼は考えていましたが、もしかすると二つの特記戦力が集まっているのではないかと思い至ります。

これは、非常にまずい状況です。

現在この大陸に存在する国家は特記戦力を保有していたとしても、一つが限度でした。どの国家

も他国と比べ抜きんでた力を持っていないおかげで戦国時代のような状態といえど、その情勢は比較的落ち着いていたのです。一国が攻めたとしても、攻められた側の特記戦力が追い返す。戦争によって多くの被害が出たとしても、国という体制が崩れるほどではない。それが、これまでの大陸情勢だったのです。

「それが、崩れる」

特記戦力とは単体で戦局をひっくり返すことができる存在、そして戦局どころか政治にまで影響を及ぼす最強の存在です。それぞれの個性や得意分野、その異能によって多種多様な能力・思想を持つ彼らではありますが、その強さには誰も疑問を覚えません。

それが、二つ。

現在、ヒード王国と敵対していたはずのナガンとの軍事同盟、そしてヒード王国による獣王の撃破。一瞬にしてこの三国のパワーバランスが崩れました。獣王という三国の中で最強の個を持っていた獣王国は、すぐに新しい王を欲するでしょう。文化的に彼らは強者に強く惹《ひ》かれる。そして、『ダチョウ』たちは、獣人です。

強きリーダーを失った獣王国が新しい長、『レイス』を求めることは想像に難くありません。もしそうなった場合、どうなるか。

最悪という他ありません。

先ほど『ダチョウたち』とヒード王国の間に交わされた契約を軍師さんは見ましたが、その中に食料と居住地に関する条件が含まれていました。プラークにいる御用商人という形で潜入中のアランからの情報を合わせると、ダチョウちゃんたちが真に求めているのはこの二つ。ですがレイスが獣王になってしまえば独力で簡単にソレが手に入ってしまうものです。

すなわち獣王国という居場所と、そこにある巨大な穀倉地帯。

そして、ヒード王国の幼女王に騙《だま》されたことをダチョウたちが知るのも時間の問題です。激昂《げきこう》したレイスたちが契約を守る理由はすでになく、怒りのままに王都へと飛び込んでくるのは想像に難くありません。そうなればもう、誰も止めることはできないでしょう。なにせ今のヒードにも、ナガンにも、特記戦力二つを止める力はないのですから。

確かに王都に存在する対獣王用のトラップが『レイス』に対し使えるかもしれませんが、確実にもう一つの特記戦力、『ダチョウたち』によって破壊されるのは目に見えています。

「どうあがいても、止めることは不可能……！」

ここから今すぐ逃げ出したとしても、軍師さんたちナガンがヒードと同盟を結びこの場所に来ていた事実は変わりません。つまり、ヒード王国という国家と、ナガン王国という国家が結託しているように思われても仕方がないわけです。上手《うま》く誤魔化《ごまか》すことも不可能ではないでしょうが、逆鱗《げきりん》に触れられた特記戦力相手に言葉が通じるなどという甘い考えは持てません。

そして何より、『ナガンはすでにダチョウたちに喧嘩《けんか》を売ってしまっている』のです。プラークでの一戦、あれのせいで軍師さんたちは確実にダチョウに目を付けられてしまっています。現在はヒードとの同盟のおかげで何とかなっていましたが、ヒードへの信頼までなくなればもう遮るものはありません。

ダチョウが獣王である以上、ナガンへと攻め込む理由はいくらでも作れてしまいます。獣人で構成された獣王国と、人間至上主義を掲げているナガンとでは圧倒的に相性が悪いのですから。……つまり、レイスが獣王になった瞬間。軍師さんたちナガン王国は、終わりです。かわいそう。

「マズいマズいマズい……ッッッ！！！　誰か！　誰かいないか！　すぐに！　すぐに獣王国との国境へ！　ダチョウたちの下へ！！！」

内臓を握り締められるような重圧に耐えながら、軍師さんは叫びます。

失敗すれば、国が終わる。そして、今それに気づき動けるのは彼だけ。

手勢を引き連れ、救援の名目で、阻止するために行かねばなりません。

獣王国が動き、彼女を獣王にしてしまう前に。たどり着く。

軍師さん一世一代の大勝負が、始まります。

◇◆◇◆◇

「……なぁ、レイス殿」

「うん」

「なくないか？」

「ないねぇ？」

……うん、ほんとにない。

獣王ちゃんの死体の回収とか、ウチの子たちが殺しちゃった獣人さんたちの埋葬とかを済ませようとさっきまでいた戦場に戻ってきたんだけど……。肝心の獣王ちゃんの死体がどこにも見当たらない。流石《さすが》に私がダチョウといえど、アイツとガチで殺し合った場所ぐらい覚えてる。というか地面の破壊跡を見れば誰でもわかりそうなものだけど……。

というか『お前んちの王様の死体？　あ、ごめん！　なくしちゃった！』とか確実に国際問題やろがい！　やばいって……、こっちもう別に戦う気ないのに、ムカ着火ファイヤーさんたちが集団で物理的制裁しに来るやつじゃん。やだよ私、獣王との約束を反故《ほご》にしちゃうのは。

「おっかしいなぁ……、ここに置いておいたというか、放置してたはずなんだけど……。ねぇマティルデ、獣王って私みたいに体半分になっても復活する能力とか持ってた？」

「何度も言うがそれもう人間ではない気がするのだが……。かの獣王がそんな能力を隠していた可能性は否定しきれないが、そのような話は聞いたことがない。故にその可能性は低いだろう。レイス殿も確実に殺したが故に町へと帰還したのだろう？」

「まぁそうなんだけどねぇ……」

獣王は、確実にこの手で殺したと言える。いくらハイになっていたといえど『獲物』の生死がわからなくなるほど私は鈍っていない。むしろあの瞬間が一番研ぎ澄まされていた。ゆっくりと死を迎えながら自分の国、残された民のことを思う彼の顔は脳裏に残っている。アレが演技だとは思えない、死を受け入れる者の顔だった。

それに戦っている時、彼の体が再生し始めるってことは一度も起きなかった。だからいつの間にか復活して逃げ出したって選択肢は真っ先に消したいところなんだけど……、私自身がそれに当てはまっちゃってるからなぁ。自分にできて、他人ができないってのは否定しにくいよね、って話。一応まだ前世の感覚が残ってるから、下半身吹き飛ばされても復活できるってのがおかしいのは理解できるんだけどねぇ。

え、私？　まぁ時間貰《もら》えればできると思うよ。上下両断されても足ぐらい生やせる生やせる！

……自分で言っといてなんだけどヤバいな。

「そうなると、誰かが持っていっちゃった感じ？」

「だろうな、といっても……」

「うん、私たちの視界には何も映ってないね。というか私が帰る時には生きてそうな存在は見当たらなかった」

一番考えられるのは、獣王の配下の人間が獣王国へと持って帰った、っていう可能性。というかソレが一番ありがたい。

自分たちの王様が殺されちゃったから、せめて国を挙げてお葬式しなきゃ、ってことで持ち帰る。そこになんの疑問も湧かない、というかこっちとしては『獣王の死体なくしちゃった！』ってことにならないわけだし、とても安心できる。まぁ上の人からすれば『獣王の死体を交渉のカードに使えるかもしれない』なんて思ってるだろうから、そこはマイナスだろうけど。

「まぁレイス殿たちからすれば政治など、どうでもいい話だろうからな」

「だねぇ、ごはんと住む場所と適度に運動できるスペースがあれば私ら満足だし」

魔力をある程度扱えるようになった今、私の実力ってのは格段に上昇している。そのため相手が私より強い特記戦力でない限り、『キミが言うことを聞くまで殴るのをやめないッ！』ってのもできるようになったわけだ。まぁそういうの嫌いだし、今後どうなるかわからんから必要がない限りやらないけどさ。

「でもこれ、実際ない話ではないと思うんだよね」

「獣王国の者が持って帰った、という話か？」

「そうそう、確かあっちの獣人さんって空飛べる奴《やつ》もいるんでしょ？　そいつらが運よく見つけて運んで帰った、ありそうじゃない？」

確かに、と言うマティルデ。私たちダチョウのお目々で探しても発見できず、また周囲を見渡しても死体を荒らすような生物は見当たらない。ここを離れていた時間もそれほど長いわけではないし、お空を飛んで逃げたってのが一番ありそうな気がする。

「う〜む」

「……やっぱりまだ引っかかる感じ？」

「あぁ、それもあり得るとは思うのだが、戦場に残る死体の数が少なすぎる気もする故な。少々疑問が残る」

そう言いながら現在火葬を行っている方を眺める彼女。

私が消し飛ばした敵兵士は一二〇〇〇、全体の四割だった。つまりそのまま綺麗《きれい》、まぁ比較的綺麗に残っている死体が六割ここに残っていることになる。一八〇〇〇人分ね？　けれど火葬しながら数えてみた結果大体二〇〇〇人分ぐらいしか残っていなかったそうだ。道理で戻ってきた時違和感があったわけだ。……つまり大量の死体が勝手に姿を消していることになる。

「私と獣王の戦闘中、二人とも結構『魔力砲』を連発してたわけだからその流れ弾に当たって消し飛んでしまった分は多くあるだろうけど……。確かにそれを踏まえても少ないよねぇ」

「アンデッド化した、と考えてもあまりにも時間が早すぎる。かといって誰かが持ち帰ったのも考えにくい。この開けた場所でレイス殿たちの視界から離れるのは至難の業であろう」

だよねぇ。というかそんなに多くの死体を何に使うのさ、って話にもなるし。

……まぁそこら辺の難しいことは後々考えるとしますか。どうせ何も手がかりが見つからない以上、私たちにできることはないんだし、とりあえず火葬して埋めて、お祈りしてあげるのをメインで考えればいいんじゃない？

「…………そうだな、とりあえず付近の町の領主からも兵を借り、このあたりの警邏《けいら》を頼むことにする。情報が不足しているのは確かであるし、後続の敵軍への警戒にもなるだろう」

「うん、それで大丈夫だと思う」

「ママ〜ッ！」

そんな会話をしていると、遠くからデレの声が。……あら、ちょっと何かあったような感じの声だね。はいはい、ママがすぐに行きますからね。

マティルデに軽く会釈をし、声のする方へと走り始める。デレにはウチの子たちを引き連れて、穴掘りをお願いしていた。最初は私が全部指示しながらやろうとしていたんだけど、デレがね？

『できる！　ママ、できる！　やらせて！』って言ってきたもんだからつい任せちゃったのよ。『こっちー！』って言いながら他の子たちを引き連れて目的の場所まで走っていっちゃったし。

……うん？　他の子たち？　デレの近くにいた子たちはそのままついていっちゃったけど、大半は『あれー？』って顔しながらデレたちと、私の顔を交互に見てたね。不思議そうな顔してたから『デレの言うことを聞いてあげてね？』って言ったの。そしたらみんな『はーい！』って言いながら走り出したからさ……、もうね。もっかい死にそうになっちゃった。尊みで悶《もだ》え死んじゃう！

「どうしたの？　なんかあった？」

「ママー！」

「まま？」

「まま！」

「ままだー！」

「たすけてー！」

あぁ、はいはいみんな元気……、って今誰か助け求めてなかった？　遊びも兼ねてここら辺に大きな穴をみんなで掘っておいてね～、って話をしたんだけど、また穴の中に落ちて出られなくなっちゃった？　それにしては『助けて』の声が小さかったような……、もしかして滅茶苦茶深く掘っちゃった感じ？

「ママー、あのねー？」

「うん、どうしたのデレ」

「埋まっちゃった」

「たすけてー！」

「くらーい！」

「こわーい！」

「ごはん！」

「…………ちょッ！！！」

ようやく状況を把握し、穴の中へ飛び込む。あ〜、もう何してんの！　というか埋まっちゃったって何！　何してたの⁉

『危ない遊びはしちゃダメでしょ！』と叫びながら声のする方を掘り進める、すると出てきたのは土塗《まみ》れのダチョウちゃんたち。あぁ、よかった、そんな深いとこにいなくて……、え、他に埋まってる子はいないよね？　これで全員だよね？　はい、埋まってた子もさっさと穴から出なさい、あと助けようとして逆に出られなくなっちゃった子も！

ハイ整列ー！　お母さんに一人ずつ顔見せてください！　いるね、いるね……、よかった、全員いる。

「おいしい」

「なにそれー！」

「むしー？」

「うにょうにょしてる！」

「はいそこ、ミミズ食べないの。ぺっ、しなさいぺっ」

◇◆◇◆◇

とりあえずの火葬も終わり、近くの町に帰ってきた私たち。獣王国の侵攻を退けた、ってことで現在歓待を受けている真っ最中。プラークでよく見た食事風景が眼前に広がっている。……まぁ今日のダチョウたちは久しぶりにたくさん運動したせいか私も含めてとってもハラペコ。すでに何人かの料理人さんがノックアウトされてしまっている。

いつの間にか歓待を受けるはずであったマティルデ旗下の兵士さんたちも料理番として加わってるし……。これ大丈夫かな？

「ふぅ……」

普段通り、樽《たる》のワインで腹を満たしながら、ため息を一つ。一応予定してたことは全部終わったんだけど想像以上に疲れてしまった……、埋めるための穴はちゃんと掘ることができたが、知能が上がったせいか穴掘りだけでなく泥んこ遊びを始める子供たち。泥だらけになりながら走り回ったり、転げ回ったり、おひるねしたり……。あれ、前とあんま変わらないな。

まぁそんな感じで火葬自体は上手《うま》くいったんだけど、その後にこの子たちの体を洗ってやる必要が出てきたわけで。

「変に楽するのはできないからねぇ」

町に帰ったらご飯を用意してくれている、ってことだからみんなを連れて付近の川へ。そこで全身丸洗い×三〇〇をしたせいでもうヘトヘトだ。私たちの免疫力を考えると食事の前にどれだけ体が汚れていても大丈夫そうではあるのだが、ウチの子たちに変なイメージが付かないように全力で洗わせていただきましたとも。

(まぁ前よりも暴れなくなった分、ラクチンではあったけどねぇ)

デレを始めとして、全体的にウチの子たちの聞き分けが非常によくなったと感じる。原因は……、まぁ私と獣王との戦いだろう。私があそこまで追い込まれたのは高原でもそうそうなかった。そもそもあそこは危険すぎる故に毎日ずっと警戒してなきゃダメだったし、危ないものには決して近づかなかった。運が良かった、ってのもあっただろうけど『脳みそ半分消し飛ばされちゃった!』ってのは初めてだったからねぇ。

(まぁビクビク、雷竜に全身丸焼きにされたことはあるけど)

そんな死にかけの私を見たせいで、彼らの心、脳に強い刺激が入ってしまったのだろう。私が前世の記憶を思い出し、脳がそれに適応できるように進化したのと同じように、強い感情を制御するためにこの子たちは賢くなった。……それが良いのか悪いのかは、ちょっとよくわからないけどね? 単に賢くなっただけなら喜べるんだけど、誰かが傷つくことでしかそうなれないのなら……、ちょっと嫌じゃない?

「ママー? いたいのー?」

「ん、ぁあデレか。大丈夫だよ、ほら元気」

よっぽど酷《ひど》い顔をしていたのか、デレたちが寄ってきてくれる。ごめんね、ママは考え事してただけなの。全然痛くないよ。

というかみんなちゃんとご飯食べてる？　今日はみんなたくさん頑張ったからお腹《なか》いっぱいになるまで食べていいのよ？　倒れた料理人さんたちには明日ママがちゃんと謝っておくし、食事代は国が持ってくれるみたいだから。

「食べてるー！」

「おいしぃ！」

「ごはん！」

「あらそう？　ならいいのだけど、デレもちゃんと食べてる？」

「うん！　でもママの方が食べてる！！」

……あ～、うん。そうだね。ちょっと後ろを見てみれば、積み上がる酒樽《さかだる》の山。そして目の前に重ねられた料理が入っていたであろう皿の塔たち。あはは……、恥ずかしながら私が一番食べてます……、はい……。

「も、申し訳ありませんレイス様ァ！　そ、そちらが最後の酒樽になってしまいますゥ！」

「あぁ、ここの領主さんだっけ、気にしないでいいですよ。空樽《あきだる》、お手数おかけしますが下げていただけますか？」

「はいぃぃ！！！」

吹き飛ばされた半身の回復や、脳の再起動。それに無理矢理魔力で体を回復させ続けたせいか、多分この世に生まれ落ちてから最高レベルでお腹が空《す》いている。実は獣王との戦闘終わりからずっとお腹鳴ってたんだけど、無理矢理腹に力を入れて押しとどめてたのよ。なんかこの町に保管してあったお酒はこれで全部飲み干しちゃった♡

料理も多分普通のダチョウちゃんの一〇倍ぐらい食べてるし……、もしかしたら私のせいで料理人さん倒れちゃった？

（あとで重ねて謝っとかないと……）

「ママー？」

「ん～？　まだ何かあるの、デレ？」

「ママ、ママね？　……デレ、ってなあに？」

あら、もしかしてずっと気になってたの？　顔を縦に振ってる感じそうみたいね……。『デレ』っていうのは、貴女《あなた》の名前よ、デレ。そもそもだけど……、『名前』ってわかるかな？

「……わかんない」

うんうん、別にわからなくていいのよ。怒ってないし、むしろ羨《うらや》ましさもある。知らないってコトは今からいくらでも知れる、ってコトだからね～。名前っていうのは、その人を表すものなの。例えばこれ、このごはんが載ってる丸い木の板。これには『お皿』ってお名前が付いてる。この世にあるすべてのものに、大体『名前』ってのは付いているのよ。

ママも『レイス』っていう名前があって、デレも『デレ』っていう名前がある。

実はデレ以外の他の子にも名前があるのよ？　だいぶ昔にはなるんだけど、ママがみんなの名前を考えてあげたことがあったの。その時はみんな忘れちゃったけど……、今ならどうだろ、覚えられるかな？

「んむ～？」

「ふふ、まぁゆっくりいきましょうね。私がいつまでも覚えておいてあげるから、さ。『デレ』っていうのが何となく自分を表す言葉、っていうのはわかってるんでしょう？」

「うん！」

「ならよし！」

私を除き群れで一番賢くなったデレでも、ダチョウの記憶力の悪さはそのまま。前に比べて格段に記憶力は上がっているみたいだけど、急にポンと何しようとしてたのか忘れちゃうこともあるみたいだ。この子の行動を見てたら何となくそこら辺はわかってしまう。

ま、わからなくなったらいつでも聞きに来なさいね。なんでもママが教えてあげるから。ママがわからないことがあっても、仲良しのアメリアさんもいるでしょう？　あの人とっても物知りだからね。色々教えてもらいなさいな。

「お返事は？」

「はーい！」

「おへんじ？」

「わかる？」

「わかんない？」

「はーい？」

「はーい！」

「「「はーい！！！」」」

「あはは、そっちも良いお返事ね」

◇◆◇◆◇

「軍師様、積み込みの方完了いたしました」

「ありがとうございます、では参りましょうか。時間は有限ですからね」

開けていた馬車の窓から報告を受け取り、出発の指示を出す軍師さん。

現在彼らはヒード王国の東側、国境線に向けて移動を続けています。かの獣王がレイスによって討たれたという報によって急遽《きゅうきょ》軍を再編成し出発したナガン一行でしたが、そもそも対獣王のために用意され、訓練されてきた兵であるため練度は非常に高いのです。速度を求める軍師の要求に、十全に応えうる能力が彼らにはあったのです。

「……ふぅ、何とか目標の分の食料は用意できましたか」

先ほどまで開けていた窓を閉め、防音の魔道具を作動させた後。一人馬車の中でため息をつく彼。

普段の自信に満《み》ち溢《あふ》れ、この世のすべてが自身の掌《てのひら》の上、という顔はどこへ行ってしまったのか。

顔だけでなくその声も覇気を失っていました。

それもそのはず、ヒード王国との同盟によって何とか亡国の危機を脱したかと思えば、自分の想定しない方向からおかわりが飛んできたのです。しかも早急に対処しなければ手が付けられなくなるという時限爆弾仕様。気も擦り減るというものでしょう。

（獣王が死亡してからまだそれほど時間が経過していない、流石《さすが》にかの王が戦死したという報はすでに獣王国に届いているようだが……。我がナガンが人間主体の国家のせいで、獣人の国である獣王国へ忍ばせている諜報《ちょうほう》員の数が少ないこと。これが最悪の形で表面化してしまいましたね……）

現在ナガン王国、この軍師が一番気にしていること。それはダチョウの長《おさ》である『レイス』が新たな獣王になってしまうということです。ダチョウたちはヒード王国との契約によって食事と居留地の保証がなされていますが、その程度であれば獣王国でも用意できます。そして何よりも獣王国は強者を称《たた》える文化を持つため、強者にとって住みやすい国であり、またこの大陸で有数の穀倉地帯を保有しています。

つまり獣王国は、ヒード王国よりもより良い条件を提示することが可能なのです。

（故に、あちらが動く前に先手を打たねばならない）

もしレイスが獣王国の王になった瞬間、ヒードのみならずナガンも滅亡します。ヒード王国は幼女王が『獣王と戦わせさらに自身を殺してもらうために罠《わな》にかけて』いますし、ナガン王国、軍師も『プラーク侵攻の折にダチョウと敵対』しています。つまりダチョウが敵に回った場合、許してもらえる可能性が〇《ゼロ》に等しいのです。

そして獣王国側も、軍師がダチョウからの侵攻を防ぐためとはいえヒード王国と軍事同盟を結んでしまった以上、将来の障害となる二国を滅ぼさない理由はありません。王が率い、民が支援する。最悪の状態に陥るわけですね。

故に、軍師は、速攻でダチョウたちへと会いに行き、その人柄を実際に会って精査しながら、なんとか獣王になるのを防ぎ、同時に好感度を上げるということをしなければならないのでした。

「それにしても本当にアランさんをプラークに配置しておいて良かった……、おかげさまで何とか用意することができたのですから」

相手に気に入られる時に、一番手っ取り早いのは『相手の喜ぶものをプレゼントすること』です。そのため軍師は王都を発《た》つために準備するナガン王国兵たちを待ちながら、急遽アランさん、あの『ダチョウごはん（係）予備軍』として名高い彼に連絡を飛ばしました。ナガンの諜報員として『御用商人』という地位を得て、ダチョウたちとより長く交流していた彼ならば、何かいい贈り物を知っているという期待を込めての行動です。

『……かしこまりました。でしたらまず、「レイス」対策にはなりますが、大衆用に用意されたワイン。大量生産されたソレを限界まで持ち込むのがよろしいかと。先日軍師様から頂いた高級酒の方はあまりお気に召さなかったようでして……、おそらく大量に飲むのが好みなのかと考えます』

「なるほどなるほど……、では王都であるだけ買ってまいりましょう。他には？」

『やはり食料かと、彼らは非常に大喰《おおぐ》いです。おそらくですが、滞在先で備蓄されていた食料が一週間経《た》たずに食い尽くされているはずです。実際プラークに溜《た》め込んでいたものも瞬く間に消えていきました。そのため各地に潜入させている諜報員に輸送の指示を行いながら、軍師様も大量の食料を持ち込むのがよろしいかと』

そう続けるごはんさん……、いえアランさん。大量の食料を持ち込めばダチョウたちはもちろん、町の中の食べ物が確実に減っていき食糧難に怯《おび》えるその町の領民からも喜ばれるだろう、そう彼は続けました。

アランさんの意見を聞いた軍師は大変納得し、彼の献策を元に食料の輸送計画を立て、実行に移しました。『同盟国のナガンからの支援物資』という名目で食料品を買い集め、適宜諜報員に輸送を頼みながら自身も大量に持っての出発です。

また幼女王や宰相などのヒード王国重臣から得た、『幼女王との謁見の際、レイスはアクセサリーを身に着けていた』という情報から、獣人の女性用装飾品、それも高貴な者が身に着けるべき豪華な品を多数仕入れ、持っていくことにいたしました。

「必要に応じて着飾ることができる、と。アランさんの過去の報告を聞く限り、あまり反応は良くなかったとのことですが……。気に入らなくても贈り物は受け取り、保管しておくという性格の把握に繋《つな》がりました」

贈り物として非常にわかりやすい品物でもありますし、持っていくことは間違いではないだろうという考えのようですね。

「……とりあえず、今できることは全てやりました。後は……、運ですね。ふふ、『ご安心を、全て我が術中です』なんて言っていた私が神頼みなんて、人生どうなるかわからないものですねぇ」

そんなことを言いながら、外を眺める軍師さん。

変に焦って周囲を不安にさせたり、度重なるストレスのあまり体を壊したりということは彼の本意ではありません。もう打つ手は全て打ったからこそ、全てを忘れ溜まったストレスを解消していく必要がありました。……まぁ実際は『胃痛が酷すぎてお腹に穴が開く一歩手前なので休憩させてください』というのが本音でしょうが。

獣王国、それも中枢の情報が届きにくい以上、レイスが獣王になるまでのタイムリミットは軍師にはわかりません。故に彼は急いでいるのですが……、実際は全然急がなくても大丈夫なんですよね。軍師がどうあがこうとも知れぬ情報ではありますが、レイス本人の意思は『賢くなったとはいえ保育園児三〇〇人の面倒見ながら王様とか過労死します、無理です、やりたくないです』のため、獣王にはなるはずがありません。

軍師くん、やっぱりかわいそうな人でした。

「……とりあえず間に合わなければ、みんなで『ゆるちて』と言いながら懇願することしかできないでしょうし……。上手《うま》くいった時のことを考えましょうか」

ほんの少しだけ休憩した軍師は、もう一度思考を回し始めます。

これまで軍師はダチョウちゃんたちのせいで外政をメインに行っていましたが、『軍師』という役職の手前、内政も行わなければなりません。つまり国内に存在する敵の排除や、兵士たちの育成です。

実は軍師にとって厄介な敵である『人間至上主義の熱心で排他的な信奉者』の排除はある程度準備を進めていいます、故に彼が現在気にしているのは『育成』でした。

「虎の子の魔法兵団は壊滅してしまいましたが……、かなり少数ですが後続の育成を始めています。それと、もう一つ」

軍師が脳裏に浮かべるのは、彼が率いる軍に編成された一人の女騎士。

この世界には圧倒的な武力を持つ存在として、『特記戦力』というものが存在しています。彼らは文字通り最強とも呼べる存在ではありますが、もちろんそう呼ばれるまでに至ることができなかった人間というものも数多く存在していました。

それが、エルフのアメリアのような『準特記戦力』と呼ばれる存在です。特記戦力には全く歯が立ちませんが、一般兵相手であれば一騎当千の活躍ができるという中途半端な存在。特記戦力という存在の大きさ故に、かなり影の薄い存在ではあるものの戦線を支える重要な人物でした。

ちなみに、現在ダチョウ被害者の会でナガンの将軍たちと焼き芋を食べていらっしゃる獣王の配下、その将の中にも結構な数の準特記戦力が配備されていたのですが……、全員ダチョウに轢《ひ》き殺《ころ》されるか、レイスに消し飛ばされています。かわいそう。

（我が国では『赤騎士』なんて呼ばれている彼女、真っ赤な鎧《よろい》にナガンのカラーである黄色いマントを肩に掛ける女性。この方の意識改革も、一つの目標ですね）

軍師の言う通り、赤騎士と呼ばれる女騎士は人間至上主義の熱心な信奉者です。しかしながら彼が排除しなければいけないほど妄信している、というわけでもありません。当初の予定では対獣王のために連れてきた要員でしたが、その予定が崩れた今、ダチョウという獣人と触れ合うことでその価値観を破壊してもらおうと軍師さんは考えているみたいですね。

「狙うのは、彼女と一般の『ダチョウ』との模擬戦でしょうか。厄介な思想から解き放つきっかけとしながら、私はダチョウが持つ正確な力量を把握する」

朧《おぼろ》げではありますが、軍師さんは獣王に勝利したということからレイスの力量はある程度予測できます。しかしながら未《いま》だそれ以外のダチョウについての実力ははっきりしていません。そのため自身が直接見て把握するための試金石として、彼女をここまで連れてきたみたいです。赤騎士の実力は一般兵約五〇〇〇程度、準特記戦力としてようやく数えられるレベル。実力の把握として、これほどちょうどいい実力者はいませんでした。

「……『ダチョウ』関連は負け越していますし。上手くいくと良いのですが」

◇◆◇◆◇

「え、ナガン？　来るの？」

「あぁ、救援のために兵を送ってくれたそうだ」

伝令さんが持ってきてくれたらしい書状を開けながら、マティルデがそう教えてくれる。

えっと、確かナガン王国ってプラークを襲いに来た兵士さんたちの国だったけど、気が付いたらなんかヒード王国、今いるこの国と仲良し国家になってたやつだよね？　軍事同盟結んで、お友達になりましたー！　って国。

「その認識で大丈夫だ。なんでもあの一件は過激派貴族の暴走だったようでな……、実態はわからぬがまぁそのように処理されたらしい。先日まで争っていた相手だが今では大事な友好国、ということだろう」

「へぇ～」

そんな新しいお友達は獣王国に攻められちゃった！　大変大変！　お助けの軍を送らなきゃ！ってことでナガン王国は即座に救援の部隊を送り出してくれたらしいんだけど……、向かっている途中で私が獣王をブチ殺しちゃったもんだから『え、どうしよ』という感じになってしまったらしい。まぁ普通相手の王様倒したら戦い終わるしね。『え、これ帰った方がいいやつ？』となるのも仕方がない。

「ナガンの者たちもそう思ったようでな、流石に何もせずに帰るのは忍びないということで物資の輸送をしてくれるそうだ。大量の酒と食料を持って近日……、というか日付的に今日だな。来るらしい」

「えらい急だねぇ」

「まぁ伝令が魔物や自然災害で足止めを喰《く》らうこともあるからな。たまに伝令が本隊の後に到着することもある故、そうおかしいことではない」

そういうもんなんですねぇ。まぁ確かに前世の地球みたいに電話やメールでご連絡、じゃなくて人が手で運んでるからそんなことも起きる感じなのか。山道とか通るのならそれこそ馬とかに乗って移動、みたいなのも難しいだろうし。魔法っていう不思議ちゃんパワーがあるのにわざわざ人力で運ぶってことは、長距離通信の手段とかはまだないんだろうねぇ。

……というか今お酒って言った⁉　わ、楽しみ！　レイスちゃん初日にこの町にあるお酒全部飲み干しちゃったせいでずっと断食ならぬ断酒してたんよ！　テンション上がっちゃうねぇ！　どれだけ持ってきてくれるのかなぁ？　一回だけでいいから酔《よ》い潰《つぶ》れるまで飲んでみたいんだよねぇ〜。子供たちのことを考えるとできないけど、それぐらい持ってきてほしいです！　はい！

「……あっ。そういえばマティルデ？」

「うん？　どうした？」

「ナガン王国の人ってさ、確か『人間至上主義』だっけ？　私たちみたいな獣人が無理な人が多いんだよね？」

プラークで彼らと戦った時、そんなことを彼女の口から聞いた気がする。まぁそういう思想的なものについて私から特に言うことはないんだけど、変なトラブルに繋がるのならば、何かしらの対策をしておいた方がいいだろう。私らダチョウって獣人に分類されるらしいしね〜。ナガンの人たちが来る間は町から離れて野宿するとか、した方がいいのかな？

(全体的に成長中とはいえ、誰かが襲ってきたら集団で攻撃し始めるのは変わってないだろうしねぇ。プラークでの一件もあるし、あんまり申し訳ないことはしたくないのよ)

「あぁ、その件だが……『比較的マシな人間を連れてきております故ご安心を』とのことらしい。まぁ確かにかの国で有名な思想ではあるが、最近の風潮的にそういった種族的な差別は年々少なくなっているしな……。ナガンも変わってきているのだろう」

「へぇ〜」

「……それと、あの『軍師』もここに来るようだ」

「？　軍師？　誰それ」

なんでも、ナガンが誇る特記戦力。滅茶苦茶賢い『軍師』っていうのが来るみたい。

なんか頭の良さだけで『特記戦力』に数えられてるってコトらしいから滅茶苦茶賢いんだろうねぇ。ＩＱとか五〇〇〇兆くらいありそう。私が知ってる特記戦力は獣王だけだし、ちょっとだけ楽しみかも。同盟国ってことだから私たちと敵対するようなことはもうないだろうし、個人的にそんな頭の良い人がどんな人間なのかちょっと気になる。

「おそらくだが、その軍師。貴殿に興味があるのだと思うぞ？」

「……え、私？」

「あぁ、何せ隣国に生まれた新たな特記戦力だ。それに、かの獣王を単騎で打ち倒すほどの実力者。気にならないわけがないだろう」

「あ～、まぁ～、確かに」

マティルデが話す感じ、軍師本人がそんなに強いわけではないんだろう。だから私が『こんにち死ねぇ！』とかしたら多分ほんとに死んじゃう相手なんだろうね。けどただ頭が良いだけで高原レベルである特記戦力と同じくらいの扱いをされるってことは、滅茶苦茶すごそう。多分頭の良さじゃ絶対敵《かな》わないだろうし……。多分ただ挨拶《あいさつ》して終わり、ってこともないだろう。

なんか変な策略を仕掛けられる可能性もあるが、それだけの差があるのなら気にするだけで術中に嵌《は》まっちゃいそうだ。だったらもう何も気にせず自然体でいった方が良さそうだね～。

「それか脳破壊して一時的に頭ダチョウになるか」

「……絶対にやるなよ？」

「やらんて、レイスちゃんジョーク」

多分知能レベルが普通のダチョウレベルになるまで脳を破壊したとしてもすぐに回復しちゃうだろうし、変に固定しちゃって元に戻れなくなってしまうかもしれない。そういうの怖いし、絶対やらんよ？　ほんとだって、だからそんな訝《いぶか》しげな眼《め》でこっち見ないでよ～！　え、戦闘中に自分で脳みそ破壊したんだろ？　それはそう。アレは弄《いじ》るんじゃなくて全破壊からの再起動だから……。

「マティルデ様！　レイス様！」

「ん？」

マティルデとそんな他愛《たわい》ない雑談をしていると、私たちの下へと走ってくる兵士さん。確かマティルデの部下の人だね。

「西にナガンの黄色い旗を掲げた騎兵を発見しました！　おそらく先ほど届いた伝令の本隊かと」

「あら、噂《うわさ》をすれば、だね」

「了解した、報告感謝する。……それで？　レイス殿はどうする？」

お迎えに行くかどうか？　あ～、どうしよ。私に会いに来てくれてるんだったらやっぱちゃんとお迎えした方がいいよね。……どうしよ、素で行くか『族長モード』で行くか。やっぱ最初はインパクト重視で族長で行った方がいいかなぁ？　舐《な》められるの嫌だし。まぁ賢い人らしいし、私の思惑もちゃんと酌んでくれるんじゃないかな？　知らんけど。

「アメリアさんに頼んで着替えてから行くよ。あ、それと前みたいに『族長モード』で行くからみんなに気を付けるように言っておいて～」

「了解した」

◇◆◇◆◇

そもそも、私は未だ魔力のことについて理解が浅いし、十全にも扱えていない。

アメリアさんにアクセサリーの用意を手伝ってもらいながら、思考を回す。

私の『族長モード』、いわゆる気合を入れて周囲を威圧するという方法。高原じゃ主に格下相手へのスタン効果ぐらいしか見込めなかったソレは、この人間社会において私が取れる唯一の交渉手段ともいえる。この世界の交渉事とかについて学ぶ機会があればいいな、なんて思ってはいるんだけど正直子供たちのお世話をしながら何かするって余裕は今の自分にはない。

アメリアさんに片手間で魔力操作を教えてもらうだけでも結構ギリギリなレベル。特記戦力として数えられ、一国の王であり特記戦力でもあった獣王を倒しちゃった以上、今後そういう交渉事の場面にダチョウの代表として立たないといけなくなるんだろうけど……、この手札だけで大丈夫なのかな、なんて思ってみたり。

暴力第一主義みたいなこの世界において、この手札が結構強力であることは理解できたんだけど、それを何とも思わない相手とか自分よりも強い相手に対しては絶対に通用しないことも理解している。昔高原で喧嘩《けんか》売って死にかけたし。だから結構不安なんだよねぇ……。

（っと、思考がズレた）

んで、この族長モード。魔力操作を覚えた私はこの威圧の方向性をある程度操作できるようになった。

これまでは魔力をただ垂れ流すだけの無差別範囲攻撃だったのが、ある程度方向性を決めた範囲攻撃にまで進化している。効果範囲を減らして威力とか密度をいい感じに調節できるようになったってわけ。獣王との戦いのおかげで魔力総量も増えたし、多分だいぶ強化されているんじゃないかなぁ、って感じ。

（まぁアメリアさんからの評価は『赤ちゃんレベル』らしいけどねぇ）

それを聞いた時はかなりダメージを受けたものだけど、実際に実例を出されて比べられればもう納得するしかない。アメリアさんが半ば拉致《らち》してきたこの町の魔法使いの人の魔力操作を見せてもらったんだけど、その人でも魔力の線がうどんレベルだった。一般的な実力らしい彼でうどんレベル、対して私は成人男性でも食べるのが難しい太さのフランスパンレベル。

確かに赤ちゃんレベルかも……、って感じですよねぇ。いやね？　魔力を扱うこと自体はすぐできたんですけどね？　なんかこう、魔力総量がデカくなっちゃったせいで扱いが難しいんですよ。

普通の人の魔力がコップ一杯とすれば、私は巨大な湖レベル。全体の何％を使って～って同じことしようとすれば扱う魔力量もやっぱり変わってくるわけで……。

（こ、これでも頑張ってるんですからね！）

アメリアさんに色々相談した結果、あと数年単位で魔力操作の練習を続ければ、この『威圧』も全体攻撃から単体攻撃にできるまで圧力を高められるみたいなんだけどねぇ……。道は長く険しそうだ。

え、属性魔法の使用はどうなったのかって？

その魔力操作についての説明を受ける前日に、ちょっとそういう魔法が気になって、戯れに『小火球《ミニファイアボール》』って叫びながら腕を天に掲げたことがあったんですけどね？　魔力がガコンッと減った感覚と同時に、今滞在させてもらってる町の直径と同じくらいの大火球が頭の上に浮かびましてね。慌てて何もない方角、獣王ちゃんと殺し合った方へ投げ飛ばしちゃったんですよ。

（綺麗《きれい》な雲が上がりましたよねぇ……）

一瞬にして視界が赤へと染まり、とてつもない爆風が巻き起こる。私含め数多くのダチョウちゃんたちが「わぁ！」と言いながらアイキャンフライ状態になるというアクシデントが発生。魔法が撃ち込まれた大地の大半がガラス化するっていうとんでもない被害を巻き起こしちゃいました、はい。そのせいでガチギレしたアメリアさんから魔力操作を習熟するまで属性魔法の使用を禁止されちゃったけど……、まぁ仕方ないというか当たり前だよね。

まぁ、ダチョウちゃん的には大興奮のアトラクションに見えたみたいなんだけどね。

「すごい！　ますますごい！」

「かっこいいー！」

「きれいー！」

「とんだ！　とんだ！」

「もっとー！」

「もっかい！　もっかい！」

「「「もっかい！　もっかい！」」」

とまぁこんな感じでした。キミらがとっても可愛《かわい》いことは理解したけど、ごめんね。多分コレ連発してたらほんとに魔王認定されて討伐されちゃうやつだから……、やるなら高原でやろうねぇ。これぐらいなら日常茶飯事とは言わないけど、ないわけではなかったし。あそこならどれだけ地面を破壊しても地面の中にいる魔物たちが整地してくれるから安心なんだよねぇ。

「……うん、完成ね。できたわよレイス」

「ありがと、アメリアさん。急にごめんね？」

「気にしないでいいわ」

彼女の声を聞いて、思考を現実へと戻していく。アメリアさんがこちらに向けてくれる鏡を覗《のぞ》き込みながら最後のチェックを完了。うん、とりあえず族長として相応《ふさわ》しい恰好《かっこう》になったかな？　よしよし、じゃあモードを切り替えまして……。

「ッ！　……あ、相変わらずというか、慣れたはずなのにまた魔力が上がったせいで意識が飛びかけたわ」

「あ、ごめん！　大丈夫？」

「ええ、気にしないで。……というかソレで、方向性を与えていないのよね？」

「うん、今は無差別かな？　軍師さんと話す時は範囲狭めてみるよ」

「…………かわいそ」

アメリアの声を聞き流しながら、礼を言って天幕から出る。そこにはすでに私の覇気を感じ寄ってきたウチの子たち。ちょっと頭が良くなったせいか、前よりもキリリとしたいい顔になっているねぇ。うんうん、その顔もとってもキュート。ママ写真撮りたくなっちゃった、誰か白レンズ持ってない？　言い値で買いますよ～！

「ママ？　敵？」

「ううん、違うよデレ。『おはなし』しに行くの。一緒においで」

「うん！」

デレを横に控えさせ、先頭をゆっくりと歩きながら目的地へと向かう。マティルデから軍師さんたち一行がどの方向からやってくるのか、どのあたりに駐屯する予定なのかは聞いている。私がこういうことをする、っていうのはマティルデを通じて町の人たちには伝えてもらったし、際限なくやってしまおう。変に舐められて不利益を被るのはごめんだからね。

（頭脳のみをもって、『特記戦力』。つまり頭の良さだけで高原を生き残れるような存在。……威圧が効けばいいけど、ね）

◇◆◇◆◇

とまぁレイスが結構不安になりながらも、覇気をあたりにぶちまけ子供たちと行進し始めたわけですが……。

逆に聞きます、効かないと思いますか？

そうですね、効かないわけないどころか、クリティカルヒットですね。

元々魔王二人がタップダンスをしているような魔力の持ち主であるレイス、そんな彼女が魔力を一方向に向かって制御し、威圧した場合どうなるか。

さてさて、かわいそうですがお話を進めなければなりません。ちょっとだけ時間を巻き戻して、軍師さんたちの様子を見ていきましょう。

レイスちゃんがお着替えを開始した頃、この町の西側の入り口では代表者同士のご挨拶が行われておりました。

ヒード側、ダチョウ陣営からはプラーク守護にしてダチョウのお手伝い部隊隊長の『騎士』マティルデさんと、完全にダチョウさんの恐ろしさを心で理解してしまったかわいそうなこの町の領主さんが。

ナガン側、軍師さん陣営からは代表である軍師さんと、同行してきた軍の中で一番強い『赤騎士』ちゃんがついてきました。

現在同盟国とはいえ、つい先日までライバル状態であった二国間の関係はあまりよろしくありません。ナガン側は軍師さんの教育が行き届いているのでまさに清流が如《ごと》き心持ちで対応に当たっていますが、ヒード側はちょっと警戒気味です。それもそのはずで、マティルデさんはナガン王国から自分の町が攻められたばっかり、この町の領主さんも先日同盟のお話を聞いたばっかりです。

町の防壁の上にいる兵士さんたちも結構ピリピリしております。

ま、そんな状態を軍師さんが見抜けないはずもなく。安心させるような声を発しながらゆっくりと頭を下げました。

「この救援部隊の指揮を任されている『軍師』でございます。この度は戦に間に合わず、大変申し訳ございません。非公式にはなりますが、謝罪を」

頭を深く下げ、言葉を紡ぐ彼。その声色からは誰が聞いても『謝罪』や『申し訳なさ』などの感情が入り交じっているように感じられました。ナガンの政《まつりごと》を任されている人間としてそう易々《やすやす》と頭を下げることは許されないが、獣王国からの停戦交渉がない限り今はまだ戦時であり、非公式の場。故に自身の想《おも》いを伝えることができる、そのようなパフォーマンスの一環でした。

高原であれば頭を下げた瞬間に『いただきます！』されるのが世の常ではございますが、ここは文明社会。ダチョウたちのおかげで町に被害が出なかったということもあり、救援が遅くなったことに対するナガンへの怒りというものは一切ありません。むしろ大量の補給物資を持ってきてくれているというのは先触れで伝達済み。むしろヒード側がお礼をしなければならない状況でした。

そのため、急いで顔を上げてもらわねばなりません。ヒード側の代表として、ダチョウたちに一番近い存在であるマティルデが声を上げます。

「軍師殿、頭をお上げください。幸い我らに被害は一切出ておりません。むしろ来ていただいたことに対し我らが礼をしなければならぬ側、お気になさらず」

このようなやり取りが何回か続き、ヒード側が謝罪を、ナガン側が礼を受け入れることでようやく収まりがつき、姿勢を元に戻す軍師さん。

顔を上げる時に少しだけ防壁の上にいる兵士さんや、マティルデの後ろにいる兵士さんたちの表情を見ましたが、ナガン王国に対する警戒心というのは少し収まったようです。まだ彼の求めるレベルには達していないようでしたが、布石としては十分だったのでしょう。脳内で手順を確認しながら、もう一度彼が口を開きました。

「それで、可能でしたらかの『ダチョウ』の方々にも直接お会いして謝罪の方を……」

その言葉が出た瞬間、マティルデの体が少し強張《こわば》ります。この者をダチョウたちに直接引き合わせてよいものか、と。ナガン側が持ってきた救援物資の内訳は先触れの人が持ってきた資料で把握済みです。ざっとマティルデが見た感じ普通の物資であり、量が異様に多いこと以外おかしな点はありませんでした。しかしながら彼女には、軍師が『別にこれぐらいなら情報開示しても大丈夫ですよ～』と言っているようにしか思えません。

何せ相手は頭脳だけで特記戦力になった相手。そして通常の特記戦力とは違い、戦場だけではなくこういった日常の一場面でもその能力を遺憾なく発揮してくる相手です。自分がこのように疑心を抱いていることすら利用してきそうな相手。正直何も信用できません。しかしながら相手の言い分は真っ当、そして同盟国の要請となれば断るわけにはいきませんでした。

「伝令を頂いたのが先触れが到着するほんの少し前でな、現在レイス殿は準備中だ。この場にいらっしゃるとお聞きしているし、少々待たれ……ッ！！！」

この場で待っていてくれ、そんな言葉が紡がれようとした瞬間。空気が、変わります。

瞬時に世界から色が消え、感じるのは純粋な恐怖。死という存在が、すぐ近くにいる。この一帯にいた人間は、それを理解しました、いえ、してしまいました。『特記戦力』と呼ばれる存在が、覇気をもってこちらに近づいてくる、と。

「ッ！」

色が消え硬直した世界の中で、一番早く動き出したのは軍師くんでした。『特記戦力』として自身以外の存在にも会ったことがあったからか、それとも事前に覚悟ができていたからか。すぐさま自身の身だしなみを確認し、背後に控える部下たちにも指示を出します。自分たちはすでに恨みを買っている身、しかしながら国としてあの攻撃は『一貴族の暴走』として処理してしまった以上、国としての正式な謝罪は不可。別の謝り方を考える必要があります。

軍師くんの下に集まった情報を見る限り、レイスという存在は案外話が通じる相手であり、その価値観も比較的一般のものに近い。そのため『ウチの部下が暴走してしまい、本当に申し訳ない！』ならばまだ同情して許してもらえる可能性がありました。しかし『私のせいですごめんなさい！』と言ってしまうと、なら責任を取れということで国ごと壊される、という可能性もあるのです。

（気を、強く持たなければッ！）

おそらくその場にいた全員がそう思い、気を引き締めた瞬間。

彼女たちの姿が、視界に入ります。


鳥の獣人たち、総勢三〇〇が。

たった一人の長《おさ》によって、率いられる光景。

全員が長の命に従い、ゆっくりと歩を進め。

そして、ダチョウたちの女王である『レイス』と。

ナガンが誇る特記戦力である『軍師』の眼《め》が合った瞬間。

レイスがそれまで振りまいていた覇気が、一方向。ナガンの兵たちがいた方向へと固定され。

その瞬間、覇気が、倍増した。


すでにナガンの一般兵のみならず、事前に通達していたはずのヒードの兵士たちまで失神。聞いていたけど覚悟できていなかったこの町の領主さんは色々まき散らしながら夢の世界へ、マティルデさえもそのまま立っていることが難しく、思わず膝《ひざ》を突いてしまいます。

そして、肝心の軍師くんは……。

（マズいマズいマズいマズい……ッ！！！）

盛大に、勘違いしておられました。

レイスちゃんが現在絶賛『うわ、やらかしたかも』と滅茶苦茶後悔しながら、ぶっ倒れた人大丈夫かな？ 怪我《けが》してないかな？ とすごく心配しているのですが、軍師くんから見た場合、全然違います。

一度喧嘩《けんか》を売ったのに卑怯《ひきょう》な手を使って逃げてきたナガンという敵を消し飛ばすために、値踏みしながらゆっくりと歩いているようにしか見えないのです。それがダチョウの習性ということを知らない軍師からすれば、彼女がこちらと眼が合った瞬間に威圧を高めたことで、他の部下たちと一緒にこの場に来ていることの説明ができませんでした。

(何が、何が正解だッ！)

その頭脳を回し続ける軍師、何の覚悟もなくこの場に立っていれば一般人に毛の生えた程度の力量しかない彼は即座に意識を手放していたでしょう。しかし、背後に控えていた赤騎士の様子、体を震わせその全身鎧《よろい》をうるさいほどに鳴らし口から意味のないうわごとを漏らしてしまうという醜態のおかげか、何とか正気を保つことができました。

そして、過去に同格とまではいかないが同じような特記戦力と戦い抜いてきた経験が活《い》きます。重圧に押し潰されそうになりながらも、彼の思考は回り続けます。

先ほど述べたように、国の責任として認めてしまえば終わりです。謝罪にも謝罪のタイミングがあり、即座に謝ってしまえば不信感を募らせてしまうだけ。謝り方も自身が悪いのではなく、自身の部下が暴走してしまい申し訳ない、その意図を伝えられるような謝り方をしなければなりません。だが、相手の怒りが暴発するタイミングがわからないのです。

思考は巡れど時間は進み、彼女がゆっくりと距離を詰めるほどに脱落者が増えていきます。背後に詰めていた赤騎士も落ち、何とか確実にナガンの存続へと繋《つな》げることのできる策を構築し終わった瞬間。

彼女が、目の前に。

「やぁ、キミが軍師、かい？」

「はい。初めまして、レイス殿」

その身に振りかかる純粋な暴力、死の恐怖に意思の力のみで耐えながら。震えを抑えながら彼はそう、答えました。

そして……。

「こちらこそ初めまして、軍師殿。それで……、ちょっとやりすぎちゃった、てへぺろ☆」

「…………は？」

最後に残ったのは、今世紀で一番状況を把握できていない軍師さんと、色々漏らして大変なことになってる兵士さんたち、あと狩りの予定がなくなり暇になったので、勝手に遊び始めたダチョウさんたちでした。

◇◆◇◆◇

「でねー！　ウチの子がねー！」

「なるほどなるほど、それは大変可愛《かわい》らしい情景ですな」

「でしょー！」

軍師くんが持ってきてくれた酒を片手に、会話を弾ませる。

あの後。私がやらかしちゃったせいで、色々『処理』が大変なことになっちゃった兵士さんたちを町の中に運ばないといけなくなった。放置し続けるのは色々と酷だし、臭いしばっちい。私のせいでそうなったわけだから別にそれぐらいはいいんだけど、もうちょっと頑張れない？　とも思ってしまう。高原じゃこんなのジャブ程度だよ？　……まぁウチらの基準がおかしいのは理解してるけどさ。

軍師さんに舐《な》められないために頑張ってはみたけれど、両軍ともに被害甚大のため作戦中止。一旦《いったん》お話はやめにして、『お掃除』の方を開始したわけだ。色々と汚いから子供たちは自由に遊ばせて、最初は私と軍師さんで。その後は比較的マシな人を叩《たた》き起《お》こして頑張ってもらって、ちょうどさっき搬入作業が終わった感じだ。

にしても『みんなで同じことをする』ってのは連帯感が生まれるんですかね？　ヒードの兵士さんもナガンの兵士さんもみんな肩を叩いたり、慰め合いながらお洗濯してて……、とっても仲良くなってましたよね！　うんうん、仲良きことは美しきかな！（やけくそ）

（ま。それでみんなが洗い物する羽目になったから、私たちはお外で時間潰《つぶ》すことになったんだけど……）

唯一の生き残りである軍師さんがね、『少しお付き合いいただけませんか？』って言いながらお酒を持ち出してくれたもんだから乗っちゃったのよ。

昨日の夜にお外から帰ってきた獣王国方面の索敵してくれてる兵士さんに聞いたんだけど、未《いま》だ獣王国からやってくる後続は影も形もない。多分あの獣王の連れてきた兵でお終《しま》いだったのだろうという話になっている。つまり戦う予定もないし、ウチの子たちも自由気ままに遊ぶだけ。最低限の警戒はしないといけないけど、私たちに求められているのは純粋な武力。なので別に昼間から酒盛りしても大丈夫ってわけだ。

多分今の私なら獣王クラスが来ない限り何とかなるし、そもそもこの後の予定はウチの子たちが遊ぶのを眺めながら、アメリアさんに課された魔力操作の練習のみ。別に急いでやることでもないし、わざわざあっちから誘ってくれるのなら拒否する理由もなかった。単純にお酒が飲みたかったってのもあるしね～。

それに……。

『この荷馬車にある荷物は全て酒樽《さかだる》です。ヒード王都で購入した葡萄《ぶどう》酒がメインですが、道すがら良さそうな果実酒も複数載せています。同じような馬車がいくつもございます。是非お好きなだけ』

なんて言うんだもん！　真っ昼間だけど誘われて断ればそりゃ『ダチョウ』が廃るってもんでしょう？　というわけで、酒樽の馬車三つぐらい引っ張ってきて今飲んでるの！　まだ一時間も経《た》ってないけど、馬車二台分を空にしちゃった！　あはー！　今はもう慣れたみたいだけど、私の飲むスピードを見た軍師さんの顔！　まぁ～ったく理解できないものを見るような顔になっててとっても面白かった！

「それに、軍師さんのお話が面白いから酒が進んじゃうよねぇ！」

「いえいえ、私も楽しく飲ませていただいていますから」

そう口では言うが……、正直全然楽しくない。正確に言うと楽しかったのは最初だけ。

それもそのはずで、相手は頭の良さだけで『特記戦力』。まぁ高原レベルと称される人間だ。そして、まだ全力ではなかったとはいえ、私の『威圧』を涼しい顔して受け流す相手。彼の隣にいた真っ赤な鎧の人はまぁまぁ強そうだったけど、その人もダウンしてた。なのに軍師だけ最後まで立っていた。魔力も肉体的な強さも全然感じられないけど、その頭と意志の強さってのはそれ相応に強いらしい。

（実力的には確実に格下、それなのに耐えられるのは……。思うところがないと言えば嘘《うそ》になる）

これだけで十二分に警戒対象なのに、急にそんな人間から『酒盛りしません？』って誘いが来るわけですぜ？　警戒しないわけがないでしょうに。……まぁ相手側もそれは理解しているだろうし、会話内容も場末の居酒屋で繰り広げられる意味のない話や愚痴ばっかりだ。けれど単純に話術が上手《うま》すぎる。

前世で『引き込む話術』とか『気に入られる話術』みたいな本が売ってたような記憶があるけど、そんな内容に書かれていることを軽く超えた技術を駆使しているのだろうな、と感じる。かといってだんまりを決め込んだり、あえて雰囲気を壊したりということは避けないといけない。私がヒード陣営に属している以上、この人は同盟国のお偉いさんだ。

それに、あんまり雰囲気を悪くするとウチの子たちが勝手に勘違いして、軍師さんを『てき！』判定する可能性もある。嬉《うれ》しいことに、あの子たちにとって私の存在はかなり大きいらしく、まだ獣王戦のことを引きずっている子もいるのかやたらと私のことを心配そうにじーっと見つめている子がいるのだ。

（私が変な顔したら飛んでくるだろうし、そうなれば一瞬のうちにカニバリズム大会だ。色んな意味でそれは避けたい）

元々お酒にはかなり強い方だけど、飲んでも飲んでも高揚感を得られないのはコレが初めてだよ……。

比較的意味のない話、酒飲みがよくするような何でもない会話をずっと続けてはいるが、その『何でもない』っていう情報の判断基準は私にある。つまりただ会話するだけでも、この軍師さんに私についての情報や判断基準のレベル、そしてウチの子たちの情報をプレゼントしてしまっていることになってしまう。流石《さすが》に伏せるべき情報は避けてはいるけれど……。

（厄介だよなぁ）

「あ、そうだ！　軍師さんもなんか話してよ～！」

「私ですか？　そうですね……、ではちょっと愚痴になってしまうのですが」

そう言いながら彼が話すのは、国の『人間至上主義』についての愚痴。ただの愚痴のはずなのに普通に話が上手いせいでちょっとムカつく、あと今の私には彼の話を精査できるほどの情報がない。話半分に聞くのすら危ういだろう。確実にこの人私が全然酔ってないのわかってるっぽいし……。

最初は面白かったけど、ずっとこう頭の良い人と話してると疲れるよパトラッシュ……。掌《てのひら》の上で踊らされているような感じするしさぁ……、いくら前世の記憶があってもダチョウがおつむで勝負なんかできるわけ……、あ！　そうだ！　頭破壊して軍師くんと同じレベルになるまで無理矢理進化させればいいんだ！

（まぁやってもそこまでレベルアップできるかわからんし、クソ痛いからやらないけど……）

「やはり根付いた思想をどうにかするのは難しく、少しずつ時間をかけて行わねばならないことは理解しているのですがね」

「なるほどねぇ……、まぁそんな辛気臭い話には酒だよ！　ほら飲め飲め！」

そう言いながら彼のグラスに酒を注ぐ。

なんでもこの人はこの人で思想云々《うんぬん》で色々苦労しているらしく、他種族に偏見を持たない人間も増えてきたそうだが依然として国を代表する思想、ってレベルでナガンでは人間至上主義がのさばっているんだと。一部の貴族のみならず平民にまで思想が広まっているせいで、それに反することをすれば革命にまで発展してしまいそうでヒヤヒヤしてるらしい。

「『おはなし』すれば理解してくださる方もいるのですが、やはりこう、洗脳みたいになってしまいますし……」

「ふーん。……あ、これ美味《おい》しい」

「おっと失礼、しょうもない話でしたな。そちらは道すがら購入した蜂蜜酒《はちみつ》ですね。地方の地酒として著名なものだったかと」

お～、道理で美味しいわけだ。私甘めなの好きなんだよね～。

……そういえば用意された酒、全体的に甘いのが多いな。私辛いのとか苦いのそんなに好きじゃないから嬉しいんだけど、もしかしてそこら辺もバレてる感じ？　ナガンの応援が運んできてくれた食事の量も明らかにダチョウ向けの大量輸送になっていた。そういや王都にいる時もちょっと飲んだし、ウチの子たちもいつも通り食事をしていた。……あ～、人の噂《うわさ》とか、市場の流れとかを見ればバレるのかな。

（う～ん、思ったより面倒そう）

おそらく私が『どういったところに落とし込むのが群れにとって最善かなぁ』と思っているのも軍師には筒抜けだろう、そう考えながら酒を呷《あお》っていると、こちらに向かって結構な速度で歩いてくる赤髪の女性の姿が見えた。軍師さんや、あれ知り合い？　……え、あの赤い甲冑《かっちゅう》の中身があの人？　はえー、ガチガチに鎧で固めてたから性別わかんなかったや。

ずかずか、という歩き方でいいのだろうか。おそらく胸中には色んな思いが渦巻いているのだろう女性が、私たちの前まで来て、膝《ひざ》を突く。

「ご歓談中失礼いたしますッ！」

◇◆◇◆◇

『赤騎士』と呼ばれる女性、本名『ドロテア・イクエス』はもう一杯一杯でした。それも仕方のない話。彼女自身、『人間至上主義』を信じていて、人以外の種族など劣等種族だと考えていたのですから。

けれど自身が敬愛する『軍師』からお言葉を頂いたため、今回の任務では常に平静でいられるような心構えを作ってきたのです。ナガンの軍の人間、それも位が高い者ほどそうなのですが、皆『軍師』の異常さと、愛国心の強さを理解しています。彼が国にいれば安泰であり、彼の言うことを聞いていれば間違いはない。しかしながら彼が求めているのはただの操り人形ではなく、意見をしっかりと述べられる仲間。彼女も、それを理解していました。

（けれど、自身には高尚な意見を述べられるほどの頭はない）

彼女は、建国時から続く騎士の家系で生まれ育った人間でした。元々ナガン王国の成立が他種族による攻撃から身を守るためということもあり、先代たちの活躍に恥じぬ行いを家訓としていた彼女の家は、皆が『思想』の信奉者。故に幼少期の大半をそんな環境で過ごした彼女が、思想に染まるのは仕方なかったといえるでしょう。

厳格ながらも愛のある家庭で育った彼女は、次第に『騎士』への道を歩み始めます。一族のすべての人間が軍人であり、その適性を持たぬ者以外は全員が騎士として、国の盾として活躍しているのです。先祖の活躍、両親の勝利、兄弟たちの輝かしい戦績を聞いて育った彼女が、同じ道を選ぶのは何もおかしいことではありません。

そんな、家族の活躍に憧《あこが》れる少女に、ほんの少しだけ女神は微笑《ほほえ》んだのです。

魔法の才能もなく、不可能を可能にする異能も持たぬ彼女。しかしながら齢《よわい》五つにして、成人し騎士として活躍してきた完全装備の兄を片手で振り回せるほどの膂力《りょりょく》を、彼女は天から授かりました。彼女の家族は驚き、同時に喜び、期待しました。『この子ならば、ナガンの「特記戦力」になれるかもしれない』、と。

当時はまだ『軍師』が軍師として活動していなかった時代です、特記戦力を持たぬナガンは非常に苦しい状況に追い込まれていたのは想像に難くないでしょう。そんな中で、才能を持った子供の誕生。国に仕える騎士として、親として、これほど喜ばしいことはありません。彼女自身も、両親や家族が喜ぶ姿を見て、より一層鍛錬に励もうと考えるようになりました。

そうして、時が流れ。彼女が一般兵一〇〇〇を簡単に屠《ほふ》れる程度の実力を身に付け、士官しようとした矢先。ナガンに『特記戦力』が誕生します。

周辺国の圧力に耐えかねていたナガンが行った反攻作戦、その戦いで『軍師』が頭角を現したのです。策をもって敵軍を瞬く間に殲滅《せんめつ》し、味方の被害はゼロ。まさに圧倒的な知略。

彼女は、その武功に強く憧れました。家族の期待を胸に士官した瞬間、自身が目指すべき存在を知ったのです。その力の方向性は違えど、自身が目指す存在には変わりないのですから。

彼女は当時、こう考えていました。

『もし自身が特記戦力になることができれば、ナガンは二人の特記戦力を抱えることになる』

軍師という存在が策を練り、それに合わせて自身が全てを破壊する。未《いま》だ顔に幼さが残る彼女は、恋する乙女《おとめ》のようにそんなことを考え、鍛錬に励みます。上を見ればキリがありませんが、どの国においてもたった一人で一〇〇〇を相手することができる人間は数少ない。即座に重要なポストが彼女に用意され、すぐさま戦線へと送られ、全ての経験を糧にしていきます。

戦えば戦うほどに自身の成長が感じられ、周囲からいくつもの期待の声が寄せられる。軍師が台頭し始めたこともあったのか、『次のナガンの特記戦力』として大いに持《も》て囃《はや》された彼女。決してその声で増長するようなことはありませんでしたが、その声を否定することもありませんでした。なにせ自身もそうなることを信じていたからです。

（……しかし、何事にも限界がある）

彼女が五〇〇〇、準特記戦力へと到達した頃。違和感を覚え始めます。それまで感じていた成長する感覚が、一切なくなってしまったのです。そう、成長限界への到達。一部の特記戦力、というかレイスは限界などありえないという風に成長していますが、生物である限り上限は存在するのです。彼女は、齢一八でそれに到達。あまりにも早い限界だったのです。

準特記戦力となったことで、国王陛下から自身の髪色である『赤』が入った称号『赤騎士』を頂き、深紅に燃えるような真っ赤なミスリル鎧《よろい》まで頂いた彼女。人々の期待の声も、昔よりずっと大きくなってしまいました。皆が彼女に期待し、より強くなることを求めています。

けれど、限界を超えることはできません。

求められるものになれないという事実と、周囲の声、そして彼女自身の無力さに打ちひしがれ、壊れそうになった時。声を掛けてくれたのが、軍師さん、彼でした。

（あの方のおかげで立ち直ることができた、特記戦力として隣に立つことはできないが、駒として動くことはまだできる）

彼女はそれ以降、自身を軍師の駒として再定義したのです。

それが壊れそうになった精神を立て直すのに一番早い方法でありましたし、何より彼がそう望んでいるように思えてしまったから。準特記戦力といえども、戦場での働きは非常に大きい。一般兵のみならず熟練兵であっても簡単に屠れてしまうのです。最強の矛にはなり得ませんが、ここぞという時に使える使い勝手のいい矛にはなれます。

自分程度であれば代わりがいる、故に使い潰せる駒になろう、と彼女は考えたのです。

軍師さんは彼女の決断を褒めることはありませんでしたが、それを受け入れることにしました。当時の彼女にとって否定は命取り。そして、国へその心を捧《ささ》げていた『軍師』には、ただ一人の人間を救うために動くことは許されません。国益を第一に考えれば、それが最善でした。

けれど軍師さんといえど人間、というか軍師の役職を考えると無駄に人のよい方。彼女が戦勝の報告を持ってくるたびに、過去の選択は本当に正しかったのかと、少し顔を歪《ゆが》ませてしまっていました。もちろん赤騎士も、その表情の変化に気が付いてはいたのです。

ですが彼女は、そのほんの少しだけ苦し気な軍師の顔を、自身の実力不足が原因だと判断します。

事実、使い勝手のいい駒になることはできましたが、未だ彼女の実力は五〇〇〇程度。装備などで上乗せしても六〇〇〇には届きません。戦場において全てを安心して任せられる『駒』ではないのです。

（……もっと、もっと）

故に彼女はこれまで以上に力を求め、同時により駒になることを選びます。

多くの戦場に赴き、自身を高める方法を模索しながら最適化していく日々。彼女の変調に気が付いた軍師が彼女の姿を見て一瞬だけ表情を曇らせてしまったこともありましたが、その勢いが収まることはありませんでした。

そして、今に至ります。

軍師さんは、彼女を対獣王のために連れてきていました。彼が彼女に必要だと感じていたのは、圧倒的な成功体験。獣王の討伐です。その手で特記戦力を倒したという経験は必ず彼女に何かよい影響を与えると感じた彼は、獣王へのトラップが成立し確実に殺せるという状況に到達した瞬間。彼女を投入する予定でした。

しかしながらソレはダチョウによって崩されてしまいました。

故に、軍師は策を立て直すことになります。成功体験がダメならば、むしろ吹っ切れさせるのはどうだろうか、ということですね。ダチョウは獣王を超える特記戦力。それを間近で見ることで彼女の中に眠る根本の願い、『特記戦力になりたい』という思いが少し変容するのではないか、という考えから赤騎士に同行を命じた軍師さん。かなりの荒療治になることを彼も理解していましたが、そこから必ず立ち直ってくれると確信したが故の行動でした。

さらに、彼女の持つ思想の矯正や、ダチョウという群れの構成員の力量の調査、様々な目的を同時に果たすため、彼はこの地までやってきたのです。

……その結果が、まぁアレですね。はい。

レイスの『こんにち威圧』によって赤騎士ちゃんを含め色々まき散らしながらの失神。

ナガンもヒードも関係なく全てを呑《の》み込んでしまったダチョウたちは、赤騎士ちゃんの心も確実に踏み抜いていました。

明らかに自分では勝てないという圧力、眼前に迫る濃厚な死。準特記戦力として何とか踏ん張っていた彼女ではあったが、だんだんと近づいてくるレイスの圧力に負け、その場に倒れ込んでしまう。それと同時に、色々と漏らしてしまう。詳細に述べてしまうと彼女の尊厳に関わるので詳しくは述べませんが、『色々』です。

そうして、下半身の異様な気持ち悪さで目を覚ました彼女は……。

・

（わぁぁぁぁああああああああああ！！！！！！！！！）


もう、とっても、とっても一杯一杯でした。

まず、騎士として。自身の上司であり、ナガンにおいて王に次ぐレベルでその身を守らなければならない軍師よりも先に気を失ってしまうという失態。

さらに国王陛下から頂いた大事な大事な深紅の全身ミスリル鎧に、あろうことか小さい方と大きい方の両方をぶちまけてしまうという失態。こんな最悪なやらかしなど家族に知られた瞬間、一族郎党セルフ根絶やしです。もちろん彼女が真っ先に自分で首を落とすやらかしです。

加えて、駒としてもヤバいです。実は軍師から『到着したらこんな感じで進むから、赤騎士ちゃんはこんな感じで動いてね～』という指示を彼女は受けていました。複数の状況に合わせて作られた詳細な指示です。その全てを頭に叩《たた》き込《こ》み、軍師の駒として動くはずだったのに……、気絶しちゃったのです。自分のせいで軍師の計画は丸潰れ。駒、失格。生きる価値なしです。

最後に乙女として、これはもうダメです。未だ彼女は齢二〇にならぬ未婚の女性。これまでずっと騎士として働き続けてきたが故に恋なんてしたことなんか全然ありません。でも人並みの羞恥心《しゅうちしん》ぐらいはあります。そんな乙女が、憧れの上司として慕っている『軍師』に色々漏らしているところを見られる？？？　もう、終わりです。お終《しま》いです。羞恥心で爆発しそうです。いや、彼女の心情的に肉体ごと爆発した方が楽になるのかもしれませんが。

死の危険を強く感じたせいか、騎士としての想《おも》いよりも最後の乙女の想いの方が強く出てきた彼女は、もう羞恥に悶《もだ》え苦しんでいました。国に士官している手前、勝手に死ぬことは許されません。そして何よりも自分で鎧を、色々まき散らしてしまった鎧を真っ先に洗わないといけません。というか恥ずかしくて他人に任せられるわけがありません。

そんな彼女に、さらに追い打ちをかける事実。この世界においても、軍における男女比は男性に寄ってしまっています。多少配慮はありますが、全体行動が基本です。つまり彼女は、大勢の異性に見られながら、顔を真っ赤にして鎧を洗わなければなりませんでした。

さらに運の悪いことに、彼女が着ていた鎧、その『運』が付いている鎧は、全身鎧です。他の兵士に比べ、格段にパーツが多く。洗う手間が、かかります。

（あぁぁぁぁああああああああああああ！！！！！！！！！）

もう、脳内で叫ぶしかありません。騎士だから泣き叫べないのなら、もう頭で叫ぶしか……。

そうして、色々見かねたマティルデやヒード及びナガンの女兵士たちに手伝ってもらい、乾かすためにお日様の下に鎧を置いた彼女。赤騎士のことを哀れに思った町の人間から貸してもらった町娘風の衣服に身を包み、自身の愛剣を片手に大股《おおまた》で歩く彼女。色々と限界で顔を押さえて喚《わめ》き散らしたい現状ではありますが、彼女は『騎士』です。与えられた最低限度の任務はこなさなければいけませんし、速攻で名誉回復のために動き出さねば心がやられてしまいます。

つまり、『ダチョウ』構成員との模擬戦です。

心の中で荒れ狂う感情を何とか歩きながら発散しようとしますが、際限なく溢《あふ》れ出てくる。しかも視界に自身の上司である軍師が入った瞬間、さらに増加。まだレイスもその場にいるという事実によって、そこに恐怖もぶち込まれてしまいます。もう自分が何を考えているのかすら理解できなくなった彼女は、もうヤケになって叫ぶしかありませんでした。

「ご歓談中失礼いたしますッ！」

◇◆◇◆◇

「ご歓談中失礼いたしますッ！」

ＯＨ、びっくり。おっきな声ねぇ。

えっと、赤騎士ちゃんでいいのかな？　もしかしてこのレイスちゃんに何か用ある感じ？　いいよぉ、お姉さん横の軍師さんとお話するの疲れてたから、そういうの大歓迎。なんか、こう、頭を使わなくていい話題が良いんだけど。……というかなんかお顔ちょっち真っ赤になってる、大丈夫？　しんどいのなら後でも……。あッ！　もしかして……、恋ッ⁉

いいよ、ママさんそういうの大好きよ！　なにせ一〇年間碌《ろく》な娯楽のない高原で過ごしてたからね！　他人の恋バナとかどんとこいですわ！

「模擬戦をッ！　していただきたいのですッ！」

……え、模擬戦？　恋のお話ではなく？　性別・世代、そして世界を越えてもみんな大好きゴシップネタである恋バナではない？　あらそう、残念……。じゃあ代わりにウチの子たちの中で誰と誰がくっつくかの話でもする？　基本自由恋愛というか、自由繁殖させてるから色々とすごいよ。特に繁殖期の私の作業量が。あはは、人って疲労が溜《た》まりすぎると逆に眠れなくなっちゃうんだよね。あはは。辛《つら》い。

脳内の思考が変な方向に飛び散っていると、軍師さんが口元に手を添えながらひそひそと話しかけてくる。

「この赤騎士、ドロテア殿は我が国の『準特記戦力』なのですが……」

軍師さんからこそこそとお話を聞く。なんでもこのドロテアっていう赤騎士ちゃん、滅茶苦茶伸び悩んでいるらしい。元々厳格な騎士のお家《うち》で生まれて、才能もあったおかげでいい感じに成長してたんだけど、急に壁にぶつかっちゃって現在四苦八苦してるみたい。周囲からは『次の特記戦力！』みたいに言われながら育ったせいで、今成長できてないことがすごくストレスになっちゃってるらしいね～。

このまま放置したら壊れちゃいそうなほどに思い悩んでいるっぽいので、今回私たちダチョウに会うことでその壁を乗り越えるきっかけになってくれないかなぁ、とのことらしい。

「あと、この子。実家も周囲も『人間至上主義』でしたものですから、その矯正も兼ねてます」

「……それ、私に任せるの？」

「借り一つ、いや二つで如何《いかが》でしょう？」

人好きしそうな笑みを浮かべながら、そう私に言ってくる彼。

……あ～、これ断っても断らなくても面倒なやつか。はぁ、しゃーない。それで我慢してあげますとも。

さっきからずっと軍師の掌《てのひら》の上にいる感覚があるが、こっちはその掌どころか全身を消し飛ばせる力がある。魔力をチョイっとちぎってそのままパーンすれば全部綺麗《きれい》にお終いだ。今は国のしがらみってやつのせいで手は出していないけれど、必要となれば私は迷わず行動する。ま、敵対した時は覚悟しておきなよ、ってこと。

「………………りょーかい。いいよ、それで」

「それはそれは！　ありがとうございます」

「んで？　私が相手するの？」

「あ、いえ。流石《さすが》に彼女の心が折れてしまうと言いますか、先ほど『あんな』ことがあったわけですし……」

こそこそ話をやめ軍師がそう言った瞬間、赤騎士ちゃんのお顔が茹《ゆ》で蛸《だこ》になる。もう真っ赤っか、耳の先までリンゴちゃんだ。あ〜ね、私が威圧しちゃって色々漏らしちゃった感じね？　うんうん、見た感じかなり若いお嬢さんだし、そのあたりすごく気にするよね……。というかよくその後すぐにこっち来れたね、うん、頑張った。褒めてあげよう、ほらこっちおいで、ママがナデナデしてあげる。

私がそう言いながら翼を迎え入れられるように開いた瞬間、ちょっと遠くにいたウチの子たちが一斉にこっちの方を向き、走り出す。目的地は当然私の膝《ひざ》だ。

「よんだ？」

「よんだ！」

「わーい！」

「なでてー！」

「ままー！」

「…………え、えっと」

「あ〜うん、ごめんね？　定員オーバー」

瞬く間に私の膝に収まるダチョウたち。あのね、今ママこの赤い髪の人を慰めてあげようとしたんだけど……？　まぁ言ってもわかんないよなぁ。しゃぁない。ほれ、好きなだけ撫《な》でてやるから静かにしとくんやで。あとお酒はママのだから飲まないこと。わかった？

「「「わかった！！！」」」

「はい、いいお返事。……っと、ごめんねウチの子が」

「い、いえ！　お気になさらず！」

それで、何だったか……。私が相手しない方がいいんだっけ、軍師さんや？　あぁはいはい、ついでに実力が比較的近い子の方がありがたいと。切磋琢磨《せっさたくま》して上を目指せちゃうような子が望ましい感じね。ＯＫ、把握した。やると決めれば、引かない媚《こ》びない顧みないのがレイスちゃんよ、まぁお母さんに任せときなって。

一〇年も母親してますとね、若人《わこうど》の成長ってのを後押ししたくなるもんなんですよ。転生した身でもあるから、精神年齢は結構あるしねぇ。

……え、赤騎士さん年齢一九？　あと何か月かで二〇に？　あ〜、肉体年齢だけで言えば年上か、私体は一五くらいだし。

「まぁいいや、とりあえず軽く実力見せてくれる？　剣の型とかそういうのでいいから」

ウチの子の一人、わきの下を触られるのが好きというちょっと変な子を撫でてやりながら、赤騎士ちゃんにそう促してみる。大丈夫大丈夫、私お目々が良いからね、ヤバい環境で育ったし、ある程度の目利きはできるよ？　剣速とかである程度の把握はできるしねぇ。ほら、やってみて？

「は、はい……」

ウチののほほんとした雰囲気に驚いているのか、ちょっと語尾に元気がない彼女。数歩後ろへ下がり、持っていた鞘《さや》から剣を抜く。

（片刃か）

鞘から判別できたことだが、かなり刃の幅が広い両手剣……、いや持ち方的に片手剣か。この子の背丈と膂力《りょりょく》ならば両手剣のように長く重い物でも十二分に扱えるのだろう。

現代の知識で分類するとなれば、柳葉刀。中国刀の一種で、青龍《せいりゅう》刀と言った方がわかりやすいやつ。広い刃幅に何かしらの装飾がなされている結構お高めの装備のようだ。人間社会に来てから色々と兵士さんと関わる機会ができたおかげで、この世界の軍の装備に対しての知識は結構仕入れられたと思ってたんだけど……、初めて見るね。

「……では、参ります」

彼女がそう言った瞬間、弾《はじ》かれたように動き出す。おぉ、確かに速くて重そうな斬撃。

マティルデさんよりも大分強いな……。前世含めて剣術ってものに対して何かしらの理解があるわけではないが、こと『戦闘』に関しては高原で一〇年間のブートキャンプを送った私。なんとなくにはなるが、その型がどのような状況を想定しているのかぐらい理解できる。そして、それを振るう持ち主の力量も。

（流石準特記戦力って言われるだけあるな……、ウチの子でも一人だったら危ないかも）

彼女の演武を見ながら、少し考えてみる。軍師側のオーダーとしては、赤騎士ちゃんと実力が同じくらいの相手と戦って、そこから上に行くための経験をさせてあげたいってところ。そこから考えるとして、まず実力が同じくらいの子といえば……。

あっちを勝たせてやるのなら比較的体格が小さい子。こちらが勝つのならば体格が大きい子を当ててやればまぁなるようにはなるだろう。

しかし、元々ダチョウは群れで行動する（高原では比較的）弱き生き物だ。一人っきりで戦うとなると、ダチョウのスペックは大きく落ちる。運が悪けりゃ一番体が大きくてむっちりしてる子でも負けちゃいそうだ。

（まぁ模擬戦だからとりあえずは勝ち負けはいいとして……、問題は本当にウチの子を出していいのか、ってこと）

結果は見えているようなものだが、ちょっと考えてみよう。

脳内の空間に赤騎士ちゃんを設置し、とりあえずダチョウ代表としてデレちゃんに相手してもらう。頑張れー。

『頑張るー！』

んで、デレちゃんを赤騎士ちゃんの前に置いて模擬戦が始まろうとした瞬間、他のダチョウたちが集まってくる。

『なにー？』

『かり？』

『ごはん？』

それで、戦闘開始。その光景はデレ以外のダチョウからすれば、仲間が襲われているように見えるわけで……。

『てき！』

『やっつける！』

『たすける！』

『わー！』

そうなるともう、赤騎士ちゃんが動かなくなるまで集団リンチ……。

『かったー！』

『すごーい！』

『えらーい！』

『ほめてー！』

（ダメじゃん）

脳内で何回か繰り返してみたが、確実に赤騎士ちゃんが死んでしまう。私が常に声を掛け続ければギリギリ行けるかもしれないが、そもそも私たちはつい先日獣王との戦闘を終えたばかり、三〇〇のうち一人ぐらいはまだほんのりとあの時の戦いが頭に残っているだろう。私や仲間が死にかけた情景がフラッシュバックし、全力で排除しに行ってもおかしくない。というか覚えてなくても排除しに行くと思う。

あ～、どうしよ。多分隣の軍師くん、さっきの赤騎士さんを心配するような声は嘘《うそ》じゃないんだろうけど、実質ウチの子たちの戦闘能力とかを知りたかったとかそういう感じだよね？　多分それには応えられそうにないよなぁ。

そんなことを考えていると、いつの間にか赤騎士ちゃんの演武が終わっていた。ちょっとだけ上がった息を軽く整えながら礼をする彼女。とりあえず拍手をして褒めておく、実際すごい練り上げられた技術だったしね。ほらお前らも拍手、できる？　ほら翼をこう前に出して、軽く何度も叩《たた》くの。ぱちぱち～、ってね。

「はくしゅ？」

「ぱちぱち～！」

「ぺちぺち～？」

そうそう、そんな感じ。あとぺちぺちはちょっと違うかな？　ぱちぱち、ね？

「っと、遅くなってごめんね。私には剣とか全然わからないんだけど、すごく努力が見える剣だった。すごいね。それと、キミの対戦相手なんだけどさ……、ちょ～っとウチの子じゃ色々難しそうでね？　違う人にお願いしてもいい？」

そう言いながら、軍師さんの方を見て小声で話す。

「『人間至上主義』の矯正なんだったらさ、人間以外なら誰でもいいんだよね？」

「はい、大丈夫ですよ」

「なら良かった」

軍師の返答を確認してから、あたりを見渡しデレがどこにいるかを探す。……あぁ、いたいた。おーいデレ！　見えてる？　あぁ見えてるね。うんうん、デレのこと探してたのよ。うん、ちょっと悪いんだけど、アメリアさん呼んできてくれる？　アメリアさん。わかる？　あの耳の長くてデレが好きな人。……あ、わかった。うんうん、あの人連れてきて～！

◇◆◇◆◇

「……それで、私を呼んだと？」

「うん、そゆこと。お願いできる？」

一〇分ぐらいかけてアメリアさんを見つけ出してくれたデレを膝の上に乗せながら、アメリアさんと話す。途中デレがなんで自分が走り回っているのかを忘れるというアクシデントが二〇回ぐらい起きたが、その様子をアメリアさんに見つけてもらえたおかげで無事彼女は任務を達成することができた。ほら見てこの顔、なんで褒められてるのかよくわかんないけど、とりあえず嬉《うれ》しいから『えへへ～！』してるデレちゃん。

んぎゃわだねぇ！

「まぁ貴方《あなた》達の習性？　でいいのかしら。それも理解してきたからわかるけれど……、まぁいいわ。今度何かの形で返して頂戴《ちょうだい》。それと、しっかりと見ておくこと」

言外に自分の動きや戦術の構築を見て学びなさい、と言いながらアメリアさんが了承してくれる。いや～、ほんとありがたい。断られたら最悪私が出なきゃな、って思ってたところだったから助かるよ。もし今後デレが繁殖期に入って子供ができたら一緒に名前を考える権利をあげるね！　あとついでに助産師さんもお願いしちゃうね！　ワンオペ地獄だから！　たしゅけて！

「あの、レイス殿。彼女は……」

「ん～、エルフのアメリアさん。私の魔法の先生で、この子。デレのお友達？　世話役？　保育園の先生？　まぁそんな感じ」

「は、はぁ……」

私の勢いに押されたのか、ちょっとだけ気圧《けお》されたような反応を返す軍師さん。けれど『アメリア』、と言った瞬間ちょっとだけ纏《まと》う雰囲気というか、表情が変わったように思える。多分常人じゃ気が付かないし、気にかけないような変化。お前、アメリアさん知ってるな？　へへーん、ダチヨウちゃんはお目々が良いんですよ！　……まぁこいつのことだから多分わざとそんな行動したんだろうけど。

とりあえず、軍師は『知らない』っていう体《てい》で行くのね。りょーかい。付き合ってあげるよ。

それに、さっきのやり取りだけで結構な情報吐き出してあげたでしょう？　もうそれで満足して帰ってくれない？　レイスちゃんもう頭使うの疲れた、今から子供たちをわちゃわちゃしてストレス発散&回復するから話しかけてこないでね！

「ま、アメリアさんも準特記戦力らしいし、ちょうどいいんじゃない？」

「そうでしたか！　では是非お願いいたします。赤騎士ドロテア、勝敗は問いません。必ず何か掴《つか》んで帰ってきてください」

「……ッ！　はッ！」

赤騎士ちゃんの気合の入った声が響く。うんうん、演武とかしたおかげか来た時に見せていた真っ赤なお顔はどこへやら、きりりとしたお顔を見せてくれている。うんうん、いい試合になりそうね！　私他人がちゃんと戦ってるの見せてもらうの初めてカモ！　面白いことになりそう！

……あ、アメリアさんに睨《にら》まれちった。も、もちろん楽しむだけじゃなくてお勉強もしますよ！　なにせアメリアさんがちゃんとした戦闘をするのも初めて見るんですから！　未《いま》だ魔力操作の練習から抜け出せてない私だけど、魔力を目に通してぜ〜んぶラーニングしちゃうからご安心を！

私の様子を少し見てから、小さいため息を一つつき、ゆっくりと赤騎士さんの方へ向かっていく彼女。今回の件も含めてかなり彼女には世話になっている。いつになるのかわからないが、必ず受けた恩は全て返そう。アメリアさん自身は高原で私たちが命を助けたことに恩を感じてくれているみたいだが、すでに私たちは返してもらっている。貰《もら》いすぎであることを自覚しなければ。

ま、今はとりあえずアメリアさん頑張れ〜！　レイスちゃんもデレちゃんも応援してるぞ！　ほらデレ、応援しましょ？　頑張れ〜！

「？　がんばれ〜？」

あ、まだ今から何するかよくわかってない感じか。今からアメリアさんがね、あの赤い髪の人と勝負するの。模擬戦ってのをするのよ、戦いの練習をするの。「かり？」う〜ん、狩りではないなぁ。お遊びだね、どっちが強いかなぁ、って遊びながら決めるの。だから戦ってる時は手を出しちゃダメなんだよ。今だけね。「今だけ？」そうそう、今だけ。だからちゃんとママのお膝《ひざ》に座って観戦しましょうね。

「わかった！」

「うむ、偉い偉い。というわけでご一緒に」

「「がんばれ〜！」」

◇◆◇◆◇

「ふぅ……。あぁ、赤髪の貴女《あなた》。なんて呼べばいいかしら」

呼吸と共に意識を切り替え魔力を回し始める。ゆっくりと調子を整えながら、私は眼前の人間、赤髪の女の子へと話しかける。

長く生きすぎたせいか、それともエルフの感覚のせいか。この女の子が何歳ぐらいなのかよくわからない。おそらく成人はしていると思うのだけれど、あのダチョウたちみたいに童顔ですでに子供持ちみたいな人間がいるのがこの世界だ。ここ十数年色んな種族と過ごしたせいでさらにごちゃごちゃになっている。

とりあえず大人と同じように扱っておけば角は立たないだろうと考えて、言葉を選んだ。

「……では、ドロテア、と」

一瞬だけあの『軍師』の方へと視線を移し、何か考えながら自身の名前を口にする彼女。……うん、根はそんなに悪くないみたい。『思想』の程度も強くないみたいだし。

ナガンの出身と聞くと、数百年前のことを知るこの身からすれば結構身構えてしまう。最近はマシになっていると聞くが、あの国は徹底的に他種族を弾圧していた。奴隷扱いってやつね。まぁそんな思想になってしまうのも、そうそうおかしい話ではない。元々自分たちがされていたことを、やり返しただけ。よくある人類の歴史の繰り返しだ。

そもそも人間という『種族』は他種族に比べて弱い。繁殖力という強みがあるけれど、獣人やドワーフのように腕っぷしが強いわけではないし、私たちエルフのように魔法への適性が高かったりするわけでもない。種族としての強みは比較的繁殖しやすいこと。化け物以外には通用する数という力はあるけれど、数を揃《そろ》えなければ他の種族と勝負にならないのは確か。種族間の差別とかが激しかった時代は基本人間は弱者だった。

そんな時代に生まれたのがナガン、豊かではあるけれど他種族が優先的に狙うほどではない土地に生まれた人間の国家。ゆっくりと数を増やし、自分たちを守るために強くなっていった国。建国時期が差別上等の時代だったからまぁ『人間至上主義』なんて思想も生まれるわけで……。

（昔は目が合った瞬間に猿叫しながら切り掛かってきてたけど、今ではそんなのはないし。とっても平和になったわねぇ）

「じゃあ、ドロテア。貴女の好きなタイミングでどうぞ」

「…………よ、よろしいのですか？」

「ええ、伊達《だて》に長生きしてないもの」

ほら、先手を譲ったのにちゃんと聞き返してくるあたり、すごくいい子。

彼女みたいな前衛職と、私みたいな後衛職が相対した時、勝敗は『距離』と『準備期間』によって決まる。この二つの要素が大きければ大きいほど後衛職が有利で、小さければ小さいほど前衛職が有利。距離があれば近づかれる前に攻撃できるし、時間があれば様々なトラップやバフを掛けることができる。

彼女はそれを気にしたのだろう。現在のドロテア、赤騎士ちゃんね？　この子と私の距離は大体一五ｍくらい。熟練の前衛職ならばすでに必殺の距離だ。普通の魔法職ならば両手を上げて降参するのが基本の距離。

けれど、私はそれを譲る。

「……、ではッ！」

ほんの少しだけ思案した後、彼女は大きく踏み込む。その瞬間、先ほどまで彼女がいた場所から、姿が消える。

そして、私の眼前で。

刃の大きな剣が、首元目掛けて振るわれる。

「『自動魔力防壁《オート・マジックシールド》』」

おそらく寸止めしようとしていたのだろう。彼女の膂力《りょりょく》を考えると格段に弱い斬撃が、魔力防壁によって防がれる。

そもそも、後衛職というのは真っ先に狙われるのが世の常だ。後方からチクチクと攻撃してくる相手は厄介だし、それが魔法職ともなると安全地帯から高火力で殺しに来る。むしろ狙わなければ新手の自殺志願者だと言えよう。つまり私たち魔法使いは近づかれた時の対処法をマスターしておかなければいけない。

頼りになる前衛がいるから分業して高火力の魔法だけ覚える、というのもいるらしいが最悪を想定しない者などすぐに淘汰《とうた》されてしまうだろう。

「よい、踏み込みね。けれど『小手調べ』は必要ないわよ」

それにしてもこの子……、『人間至上主義』なら模擬戦でも殺しに来るのかな、と思ってかなりの魔力を注ぎ込んだけれど全然だったわね。どうやら根もいい子みたいだし……、もしかすると単に『他種族との交流が少なくてどう付き合えばいいのかわからない』状態かしら？　周りは『人間以外駄目ー！』って言っているけど、実際会ってみるともしかしたら違うんじゃないか、みたいな。

（大陸は戦乱が続いているけれど、種族ではなく国家間のもの。時代は変わったわねぇ）

「ッ！」

「驚いている場合かしら？」

そんなことを考えながら、持っていた杖《つえ》を即座に彼女の脳天目掛けて振り下ろす。即座に剣によって防がれるが、まだ完全に動揺が晴れたわけではない。押し込んでいこう。

杖を『杖』としての持ち方から、『棍《こん》』へ。遠心力を上手《うま》く使いながら、打撃を連続して叩《たた》き込《こ》んでいく。

「ッ！　単純な魔法職でありません、でしたかッ！」

「エルフは長生きなの、趣味って大事よ？　メインは魔法なんだけどね」

近接戦闘能力では、どれだけ全身に魔力を流し身体能力を底上げしようともあちらの方が上。相手が五〇〇〇で、私が良く見積もっても三〇〇〇程度。けれど今勢いに乗っているのは私、どれぐらいやれるのか知りたいし、ちょっとペースを上げてみよう。

ただの木の杖に魔力を流し込み硬質化させ、相手の剣を受け止める。しかし棍の利点は得物の長さ、剣を片方の端で受け止めることができれば、もう片方の端は自由に扱える。てこの原理を使いながら、赤騎士ちゃんの攻撃の威力を利用し、棍をその横っ腹へと叩き込む。

「ぐッ！」

くぐもった声を漏らしながら、吹き飛ばされる彼女。しかしながらこの手には全く手ごたえはない。腹部に力を入れ、同時に攻撃される方向へと飛ぶことでその威力を受け流したようだ。うん、やっぱり純粋な前衛職は強いね。

ほんの少し転がり、即座に体勢を立て直す彼女。多少服が汚れた程度でダメージは〇《ゼロ》。今のこの子は町娘みたいな恰好《かっこう》をしているけれど、鎧《よろい》を着ていればさっきの攻撃は体で受け止めていただろう。そしてそこから相手の武器破壊か、上からの振り下ろしか、まぁまともに喰《く》らったら死ぬ攻撃だね。

「仕切り直し、かな？　なら少しだけ準備させてもらうよ。『混合木石人形《ミキシング・ウッドゴーレム》』」

懐から取り出した二つの植物の種を地面に放り投げながら、魔法を唱える。次からは確実に本気の勝負、さっきまでの小手調べの勝負ではなくなる。そもそも私の魔力防壁は『対魔法戦』用のもの、物理攻撃に対しあまり強いものではない。物理専用防壁の魔法はあるけれど、それを使うぐらいならこうやって前衛を増やし、後ろからチクチク攻撃する方がいい。

地面に落下した種が急速に成長し、人のような形を取る。その骨格は木だが外側を鎧のように石で固めたゴーレムが、二体。普通の木と石ならば即座に破壊されてしまうだろうが、この子たちは魔力で強化済み。彼女の実力を考えれば時間稼ぎにしかならないだろうが、それで十分。

「……」

「あら、待ってくれるの？　なら甘えましょうか。『木槍砲台《ウッドランスキャノン》』」

もう一度懐から種を取り出し、今度は四つ後ろへと投げる。即座に魔力によって成長したソレが形を作っていき、出来上がったのは四つの固定砲台。この木の砲台は『木槍』、文字通り木の槍を発射する魔法を注ぎ込んだもの。魔力の分だけ吐き出してくれる砲台ね。昔暇していた時にロックオンとホーミングの効果も付与しちゃったから、設置すれば後は放置で大丈夫な優れものなのよ。

大体威力は一発で一〇人の兵士が吹き飛ぶくらい、連射速度は一秒間で二〇発ぐらいね。特記戦力相手じゃ何の意味もないし、準特記戦力でもちょっと痛いぐらいだろうけれど……、模擬戦だしちょうどいいでしょう？

「っと、こんなものかしらね。ドロテア？　待ってもらえたから再開は貴女に任せるわ」

「……いつでもどうぞ」

「そう？　なら……、『始め』」

私がそう呟《つぶや》いた瞬間、砲台が火を噴く。

ダチョウたちからすれば全て見えているのかしれないけれど、私からすれば槍一本の線のような残像を描いて槍たちが赤騎士ちゃんに向かって降り注ぐ。さぁ、どう対処するのかしら。

私がそう考えた瞬間、彼女が動き出す。

「噴式・乱発ッ！」

彼女が剣を振るった瞬間、空気が押し出される。単純に空気を斬るのではなく、複数の空気を押し出す一閃《いっせん》。放射されていた木の槍たちは一斉に吹き飛ばされ、同時に空気の弾丸はゴーレムたちを撃ち抜く。

準特記戦力ともなれば、剣一本を振るうだけで数百人の命が吹き飛んでもおかしくはない。そんな腕力によって巻き起こされた風は、確実にゴーレムたちの関節を貫いた。何もなせず、その場に倒れ伏す木偶《でく》の坊《ぼう》。

「……へぇ？」

◇◆◇◆◇

「ふギューーッ！　ふギューーッ！」

「はいはい、落ち着こうねデレ？　野生に戻ってるよ？　あれ本気で戦ってるわけじゃないからね？」

なんかよくわからない声を上げながら激怒しているデレの体を全力で押さえつけながら、二人の戦いを眺める。

一瞬にして赤騎士ちゃんがゴーレムを破壊し、今現在マシンガンのように撃ち出される木の槍を避《よ》けたり剣で打ち払いながら距離を詰めている。うん、普通にすごいや。アメリアさんはアメリアさんで魔法がすごいし、魔力操作も獣王には劣るけどヤバい。んで赤騎士ちゃんは単純な身体能力と技術でアレを捌《さば》いている。すごいよねぇ、アニメみたい。

「ギュギュギュギュ！！！」

「あーい、落ち着け～？　……あ、そうだ軍師さんや。あのドロテアちゃん、だっけ？　彼女が使ってた『技』。あれなぁに？」

「え、あ、はい。アレはですね……」

今も私のお膝の上で暴れまくっているデレを恐ろしいものを見るような眼《め》で見ながら、軍師さんは説明を始めてくれる。

どうやらさっき赤騎士ちゃんが使った技、っていうのは彼女の実家に伝わる『噴式』という術の一種だそうだ。赤騎士ちゃんの家が始まった時に編み出された技術らしくて、特記戦力とかに何とか対抗できないかと色々頑張った結果、空気を自由に操る術を生み出したそうな。さっき彼女がやったみたいに剣を振るいながら複数の空気弾を発射し対象を撃ち抜いたり、空気を蹴《け》り上げて空を走るように動き回ったりすることができるんだって。

「まぁ専ら対中距離・遠距離用の技だそうです。彼女の御父上から聞いたのですが、熟達し十分な力量を持っていれば空間を裂くような攻撃もできるようですよ。……ま、赤騎士殿にとってはまだ未完成の技らしいですが」

「へぇ、すごい。かっこいいねぇ。……ちょっと私も空飛んでみたいし、後で教えてもらおうかな？　デレも一緒に……」

「ヤ！！！　ギュピィィィ！！！」

「あ、うん。ソウダネ」

この子。デレの中ではすでに、アメリアさんのことが自分の群れの仲間と同じ扱いになってるみたいで、さっきからずっとこんな感じだ。他種族との融和ってことを考えるととってもいいことだし、デレが成長した証《あかし》なんだけど……。も、もうちょっと賢くなろうね？　大好きなアメリアさんが攻撃されるのが嫌なのはわかるけど、これはお遊びの戦いだから。ほらアメリアさんも興味深そうな眼で赤騎士さんのこと見てるでしょ？　もうちょ〜っとだけ、我慢しようねぇ？

「うに？」

「てき？」

「おこってる？」

「だいじょうぶ？」

「ままー？」

「はーい！　集まっちゃった子はかいさーん！　ほら遊んでおいで！」

しかもデレの声に釣られて定期的にウチの子が集まってきちゃうし……、デレが『やっつけろー！』とか言い始めたら集団リンチになっちゃうでしょうが！　せっかくアメリアさんにお願いしたのに、意味がなくなっちゃうよ！　ほら帰った帰った！

キミは走るの好きでしょう？　あっちで走ってる子いるから交ぜてもらいな、んで穴掘り大好きっ子はあっちの方で助けを求めてる子いるし一緒に遊んでおいで！　んでとりあえず私に撫《な》でてもらいたい子は……、一列に並べぇ！

「わかった！」

「はーい！」

「まま！　ごはん！」

「ママはごはんじゃありま……。お腹《なか》減ったの？　じゃあおつまみになっちゃうけど、これお食べ。ちょっとしょっぱいよ。喉《のど》渇いたらお水飲みなさいね」

「わーい！」

「ごはん？」

「ごはんだ！」

「たべる！」

「ちょーだい！」

◇◆◇◆◇

戦闘のさなか、ダチョウたちに揉《も》みくちゃにされるレイスを横目に見ながら後方へと下がり続ける。同時に懐に溜《た》めていた植物の種をばら撒《ま》きながら。

(少し、面倒ね)

私の勝ち筋は赤騎士ちゃんの無力化か、スタミナ切れまで粘ること。対して彼女の勝ち筋は近寄るだけ。最初は勢いで押すことができたが、そもそもの身体能力はあっちの方が上。距離を詰められるだけで敗北が近づく。単純な戦闘、殺し合いであればもっと高火力の魔法や、即死級の魔法を撃てばいいだけなのだが、コレは模擬戦。命を取るのも四肢を捥《も》ぐような攻撃も避けるべきだろう。

となると、本当に使える手札が少ない。

(非殺傷の魔法がないわけではないけど、速度が足りない)

これでも魔法の教師、もう四〇年前の話にはなるけれど特記戦力を一人育て切ったんだ。そういう魔法使い同士の模擬戦で使えるような魔法は頭に入っている。けれど目の前にいる彼女、赤騎士という称号を持つこの子に対応できる魔法はあんまりない。

(仕方ない、罠《わな》でも張ろうか)

植物の種を地面に撒きながら、先ほど使った魔法を連続的に使用していく。多数の砲台やゴーレムを生成し、足止めと罠の作製と攪乱《かくらん》。それを同時にやるわけだ。けどまぁ、そんな簡単に準備させてくれるはずもなく。

「噴式・貫発ッ!」

彼女が剣を振るった瞬間、空気の弾丸が私の頭部を掠《かす》める。身体能力の強化をしていなければ確実に避けられなかった攻撃、避けた弾丸は後ろに生成したばかりのゴーレムの胴体へと当たり、鉄よりも硬いはずの木に大きな穴があく。そして。

「噴式・斬発ッ!」

「『最大強化木盾《ウッドシールド・マキシマム》』」

回避のために止めてしまった足、その隙を逃さず彼女が大きく踏み込む。たった一歩で十数ｍを詰められ、剣が振り下ろされる。さっきの空気の弾丸の、斬撃タイプ。避けられないと判断し、足元に撒いていた砲台用の種に掛かっていた魔法をキャンセル。即座に木の盾を生成する。

最大まで強化された盾と斬撃がぶつかり、両方ともに消滅するが、すでに彼女はすぐそこに。

振り下ろされる剣を、強化した杖《つえ》で受け止める。

ッ！　やっぱ膂力《りょりょく》勝負じゃ勝てないわね。

「捉《とら》えッ、ました！」

「あら、それはどうかしら」

即座に足から地面に魔力を流し、彼女が立っている地面を『押し上げる』。詠唱なしの土魔法、魔力消費は多いがやはり便利だ。結構な魔力を込めたおかげで、勢いよく空へと吹き飛ばされる赤騎士ちゃん。高さは大体数百ｍ、しかしながらその顔は全く動じていない。

即座に体勢を整え、空気を蹴ってそのまま地面へと向かってくる彼女。

「……なるほど、蹴りでも行けるのね。今のうちに距離を取らなきゃ」

降りてくるまで数秒もかからないだろう、すぐさまトラップを作製する必要がある。

魔力を足に回し、身体強化を施しながら地面を走る。それと同時に、彼女を空へと打ち上げた時と同じ要領で、魔力を地面に。トラップの作製だ。魔法使い相手ならばすぐに見破られてしまうものではあるが、相手は単純な戦士。魔力を持っていても扱う才がなければ罠の障害にはならない。

あとは、追い込むだけ。

この模擬戦で彼女の思考パターンはある程度読めた、これぱっかりは経験の差だ。落下地点を『こちら側で指定して』あげる。生き残っている砲台に指示を出し空を駆ける彼女へと斉射、またゴーレムにも指示を出し腕部を『木槍』と同じように発射させ、赤騎士ちゃんを誘導する。

「ッ！　多い！」

空気を蹴りながら縦横無尽に宙を駆ける彼女、けれど私の弾幕は確実に彼女を追い込んでいく。

そして。

「ッ！　ようやく……！」

「あら、そこに降りても大丈夫？」

魔法陣が、起動する。

地面に撒いた種の中には、いくつか何も命令を与えずに魔力を込めただけのものがあった。私が扱う種は一センチにも満たない小さなもの、それを大量にばら撒いていたが故に彼女はそれに気が付かなかったのだろう。今それを、芽吹かせる。

彼女が反応するよりも早く植物が成長し、半球状のドームを作り上げ、彼女を閉じ込める。もちろん地面には強く根を張って下から通り抜けることができないようにしているし、壁となっている木の硬度は時間制限を定めることでミスリル級にまで叩《たた》き上げた。下位の特記戦力ですら破られてしまうような檻《おり》だけど、ドロテアにとってはちょうどいいものだ。

模擬戦ではなく本当の戦闘であれば内部に水を生成させながら、さらに木に魔力を追加して『迫りくる壁』＋『水攻め』をするのだけど、今日はお休み。

「さて、手はあるかしら」

内部で木に空気がぶつかるような音や、剣によって斬り付けるような音がするが、檻自体には何の問題もない。もし一部が破壊されたとしても、魔力がある限り追加で木を生やせばいい。レイスの魔力砲みたいに全てを吹き飛ばすぐらいの攻撃がなければ穿《うが》つことはできない。

何度か内部で試行錯誤する音が聞こえたが次第に聞こえなくなる。それと同時に、中から聞こえるのは降参の声。

……とりあえず、彼女の壁にはなれたかしらね？

◇◆◇◆◇

「二人ともすごかったねぇ。アメリアさん、おめでと。あとお疲れ様」

「ありがとう。デレは……」

「ギュビビビビ！！！」

あぁ、という顔をするアメリアさん。デレはこのまま解き放っちゃうと、負けてしょんぼりしてる赤騎士ちゃんのところにアンブッシュしちゃうから、記憶が吹き飛ぶまで拘束中。ほら、もう戦いごっこ終わったから落ち着け～。ほら、アメリアさん勝ったし傷らしい傷ついてないでしょう？だから落ち着きなさいっての。

「……ッ！　軍師様、申し訳ございませんッ！」

「いえいえ、お疲れ様でした。それで、何か見えるものはありましたか？」

「…………決定力の弱さをもう一度理解させられました」

決定力？　あぁ押し切る力ってコトね。なるなる、あのアメリアさんが作った木の檻を破壊できるぐらいの強さがあれば、って感じか。私も目に魔力を通して見てたんだけど、かなり緻密《ちみつ》な魔力操作によってあの檻は作られていた。多分普通のダチョウでも破るのが難しいやつだろう。複数で突撃すればいけると思うけど、高原の下位層相手なら十分通用する技だった。

落ち込む赤騎士さんを慰めるように、アメリアさんが口を開く。

「そうね、あの『噴式』？　と言ったかしら？　アレをもっと高威力にするか、そもそもの肉体のレベルを上げるかのどっちかだと思うわ。……それに多分、おそらく、きっと……、貴女《あなた》まだ若いのでしょう？　よぼよぼのお爺《じい》ちゃんになってから大成した人も見たことあるし、まだまだこれからだと思うわ」

「……ありがとうございます」

うんうん、いいねぇ、こういうの。赤騎士さん私よりも年上だけど、頑張る若人《わこうど》見てたらお母さんもやる気出てきた……！　せや軍師さんや！　私らも特記戦力同士で模擬戦せぇへん？　……え？　死ぬ？　瞬殺される？　あはは！　そんな冗談。ちょっとはいけるでしょ～？　ほら魔力砲撃つから跳ね返してみて～！

（え、ここで殺される？）

「あは！　本気にしちゃった？　冗談だよー！」

「あ、あはは。ですよね」

っと、変なこと言ってるうちに、ようやくデレが大人しくなったな。落ち着いた？　そかそか、さっきのは戦いごっこみたいなやつだから、二人とも怪我《けが》してないでしょう？　だからデレも怪我させちゃダメなんだよ？　わかった？　わかったか～！　偉い偉い。

「む～！」

我慢できたデレをわちゃわちゃと褒めてやるが、未《いま》だご機嫌は良くない。すっ、と私の手から逃れると、しかめっ面しながら赤騎士さんの前まで歩く。……大丈夫か？　何かしちゃった時すぐに止められるように、全身に魔力を流して身体強化を始める。

「むっ！」

「……私に何か御用でしょうか？」

しかめっ面のデレを見ながら、表情を変えずしゃがみ込む彼女。幼子にするように、下からその顔を覗《のぞ》き込むようにしてくれる。そんな優しい行動をしてくれた赤騎士ちゃんであったが、デレは思いっきり自分の気持ちを言い放った。

「おまえ！　きりゃい！」

「あ、ご、ごめんなさい」

「あと！　くちゃい！」

その言葉を聞いた瞬間、口から血を吹きながら倒れる赤騎士ちゃん……、ＯＨ……。

◇◆◇◆◇

「うぅ……」

（こういう匂いの問題って、絶対異性が言っちゃダメなやつですよね。セクハラになる）

デレ、と呼ばれていたダチョウの一人。その子に『くちゃい』と言われてしまった赤騎士ドロテアはさっきからもう使い物にならないご様子。耳まで真っ赤にしながら、両手で顔を覆い、『臭くないもん、汗かいちゃっただけだもん……』とずっとうわごとのように言っている。彼女の今の精神状態的におそらく何を言っても追撃になってしまう、そのため落ち着くまで放置しようと思い、そのままにしているのだが……。大丈夫でしょうか、色々と。

模擬戦の後、彼女がダウンしてしまったのを口実に私はあの場を後にしました。ある程度の情報は手に入れることができましたし、彼女の近くに獣王国系の獣人の姿も見えない。賭《か》けに勝ったこと、そして得難い情報を手に入れることができた喜びを隠しながら、酒宴を去ることが名残惜しいように見せかけながらの退出です。

（それに、あのままだと酔った勢いで殺されかねないですし）

彼女たちの模擬戦終了後、『じゃあ私たちもやろう！』という言葉をレイス殿が発した際にはもう心臓が止まりそうになりました。え、このタイミングで殺しに来るの？　という感じです。国のために死ぬのならまだしも、酔った勢いで戯れに殺されるほど私の命は安くないはず。……目が結構マジでしたので心底怖かったです。はい。

「さてドロテアさん？　そろそろ戻っていただかないと困りますから、ゆっくりと深呼吸から始めましょうね」

「はぃぃ」

消え入りそうな彼女を励ましながら、町の中へと入る。ファーストコンタクトの際に一発かまされてしまいましたが、兵士の方々の精神状態を除けば概《おおむ》ね想定通り。無事にこの町に受け入れていただけましたし、皆さんの様子を見る限り私たちが滞在する場所も確保できている様子。ナガン兵の一人に声を掛け、その場に案内してもらいましょう。

「もし。現在の進行状況はいかがですか？」

「あ、軍師様！　順調ですよ！　宿の方はまだ取れていませんが、すぐに手配いたします！　それと外に天幕の方は設置済みです！　ご案内いたしましょうか？」

「えぇ、ありがとうございます。到着いたしましたら人払いをお願いしますね？」

「了解です！」

それにしても……。

（最悪は免れましたが、思った以上に厄介かもしれませんね）

最悪であった、レイス殿がすでに獣王になっており、自身がヒードに騙《だま》されていることを理解している、というシナリオは回避することができました。町やレイス殿の様子を見る限り、依然として獣王国は動いていない。それを知れただけでも、これ以上ない幸運です。……しかしながら、いいことが起きれば悪いことが起きるのも世の常です。

今回初めてダチョウたちを見ることができましたが、本当にこのタイミングで見ることができて良かったと言えるでしょう。

五〇〇〇のナガン兵を瞬く間に瞬殺したり、三〇〇〇〇の獣王国兵を殲滅《せんめつ》したことから筋骨隆々の存在なのかと考えていましたが、あの場にいたダチョウたちは全て子供のような姿形をしておりました。確かに種族柄か背の高さは子供にしては高い、といったところでしたが、その顔は子供そのもの。誰が見ても年齢を誤ってしまいそうな顔のみです。

（そして、『知能』も）

おそらくですが、今回見ることができた彼女たちの様子に一切ブラフはないでしょう。その理由として、彼女たちの長《おさ》である『レイス』。彼女は必死に自分たちについての情報を隠そうとしていました。視線を他のダチョウたちではなく、自身へと向けようとしていたこともその理由になります。ある程度こちらの思惑にも気づかれていましたし、おそらく彼女は私のことを一切信用していない。面倒なお相手です。

……さて、まずはレイス殿ではなく、彼女の配下の方々から纏《まと》めていきましょうか。以上のことを考えるに、彼らは種族として強大な力を持つ代わりに知性に大幅な制限を受けた存在なのだと予想することができます。おそらく、事実でしょう。

（レイス殿を母と慕っていましたが、流石《さすが》にあの数全てを産むというのは難しいはず。そしてもし全員が彼女の子供だったとしても、父親の方はどうなるのかという問題も出てくる。つまり考えら

れるのは、『女王』。一つの個体を母として、王とすることで存続を図ろうという種族）

レイス殿が他のダチョウたちと違い、他の人類種と同等、それ以上の知性を持つこともこの仮説を後押しします。能力と知性がある『女王個体』と、それ以外の『一般個体』によって成立する集団、それがダチョウ。普段は本当の子供のように外で遊び回るような種族ではありますが、いざ何かあると全員で襲い掛かってくる者たち。この町にやってきた時、全員で会いに来たということはそういうことなのでしょうね。

（とりあえず彼らについての知識は深まりましたが……、そのおかげでいくつかの見直しが必要になりますね）

最初に挙げられることとして、自身が当初考えていた『離間工作』の大半が意味をなさないということが考えられます。

レイス殿と他の個体との会話を観察していましたが、基本的な知能や知性といったものは私たちの知る子供と大差がないと判断できました。つまり子供と同じようにお菓子や玩具《がんぐ》で気を引くことは不可能ではない。しかしながら、問題なのは圧倒的な記憶能力の低さ。女王であり母親であるはずのレイス殿の言葉を、アレは確実に忘却していました。絶対に一分も持っていないでしょう。

つまり、もし何か物品を手渡すことで誰かを引き抜こうとしても、彼らからすればいつの間にか自分の前に物が置いてあるだけ、ということになってしまう。本来はデメリットとなるはずの記憶力のなさにはなりますが、私からすれば最高の防諜《ぼうちょう》対策。何か仕掛けるのならばレイス殿か、その周囲でしか効果はないと考えられます。

（そして、あの暴れ回る様子）

引き抜きが不可能としても、知能の低さと記憶力のなさを利用すれば分離することはおそらく可能。いや確実にできると言える。しかしながらあの赤騎士殿とアメリア殿との模擬戦。アメリア殿がほんの少し敵意を向けられた瞬間から、あのデレという個体はキレ散らかしていた。それはもう、レイス殿に止めてもらっていたとしても、傍《そば》にいた私が死の恐怖を感じるレベルで。

おそらく、彼らは非常に仲間意識が強いのでしょう。仲間を攻撃された瞬間に激昂《げきこう》したという、アランさんの報告とも合致します。故に、何か罠《わな》を仕掛けるということは、完全なダチョウとの関係破棄を意味する。暴虐の化身となった彼らを完封できる策が組み上がるまでは、絶対に扱えぬ手法ですね。

（この仲間意識を裏付ける理由として、『模擬戦前』のやり取りが挙げられる）

私が配下の方との模擬戦をお願いした際、レイス殿は言《い》い淀《よど》み代役を立てた。あの時の彼女の表情、そして声色。配下の方々への想《おも》いではなく、確実に私たちに対する詫《わ》びや申し訳なさが見え隠れしていた。つまり、仲間意識が強いが故に、一人でも傷つけられれば制御不能となり赤騎士殿は死んでいたことになる。

（そしておそらくですが、彼女は自分の子供たちが傷つくことに対して何も不安を感じていなかった。『女王個体』だけ違う精神性の可能性もありますが、アレは明らかに子供のことを愛していた。つまり、単体でも赤騎士殿よりも上の力量を持っていることになる）

そのように思考を纏めていると、いつの間にか兵士の方々が設置してくれた天幕に到着していた。

案内してくださった方に感謝を述べながら、ようやく立ち直ることができたらしい赤騎士殿と共に、中へと入る。

魔道具などに不備はないですし、何者かが忍び込んでいる様子はなさそうですね。

「ドロテアさん、座って話をいたしましょう」

「あ、かしこまりました！」

そう言いながら、着席を促す。

「そういえば確か移動の途中でいい茶葉を見つけたのでした、少々お待ちくださいね」

「わ、私がやります！」

「いえいえ、今日一番頑張ってくださったのは貴女ですから、ゆっくり座って休んでください」

彼女を座らせながら、茶の用意を進める。

……それにしても、どうしましょうか。

ダチョウの方々の戦闘力や能力は把握できました。おそらくですが彼らは指揮する者がいなければただの『準特記戦力の群れ』、個々人では好き勝手に暴れる存在にしかならないでしょう。しかしながら指揮個体、女王、レイス殿がいることで特記戦力となり得る。意思を持った三〇〇の群れ、簡単な命令しか理解できないでしょうが、それだけでも脅威です。

彼らがまっすぐに固まって突撃してくるだけでこれ以上ない恐怖。それこそ特記戦力の中位、獣王クラスの人間を用意しなければ対処が難しい。

しかし、用意したとしてもまだレイス殿がいる。獣王を封殺できるというその能力は、決して侮れるものではありません。今回話してみて、かなり理性的な人柄であったことが非常に幸運でした。あのタイプの人間は攻撃をこちらから仕掛けない限り、襲ってくることはありません。

（逆に言ってしまうと、手を出してしまえば死ぬまで殴ってくる相手とも言えますが、ね）

上手《うま》く付き合うことができれば国の利益になることは確か、実質的に二つの特記戦力である彼女たちとは是非とも仲良くしておきたい。我がナガンへと引き込むことは現状難しいでしょうが、今回『借り二つ』という形で関係性を残すことができました。これは非常に大きい。

何かしら返さねばならない時は来るでしょうが、今は繋《つな》ぎを作ることができたのが単純に大きい。今回で一番の成果と言えるでしょう。私個人は非常に警戒されていますが、この赤騎士殿はなんだか気に入られている様子。今後はこのバランスを上手く取りながらお付き合いしていくに限るでしょう。

ナガンにとって敵対は、『現状』不利益しか生みません。

……と、なると。かの幼女王への対応も変わってきますね。最悪ナガンが生き残るために、と考えていましたが敵対しないのであれば彼女たちの存在は必須《ひっす》。未《いま》だ我が国には厄介な思想が残っている。コレをどうにかするまではヒード王国にダチョウたちを任せるのが得策でしょう。

「では、先に手を打っておきましょうか。なに、大事な大事な同盟国ですからね、お代は頂きませんとも」

◇◆◇◆◇

「というわけで、お疲れ&勝利おめでとー！」

「ええ、ありがとう。……久しぶりのいい勝負だったから少しテンション上がっちゃったわね」

「え、そうなの？」

そんな話をしながら、アメリアさんに酒を勧める。しかしながらそんな気分ではなかったようで、端から新しいコップを取って魔法で生み出した水をそこに注いでいる。まぁまだ日が高いってのに酒を呷《あお》るのはちょっとダメな感じですよね。……私？　飲むけど？　お酒おいしー！

「立派な酒豪ね、嘆かわしいわ。……それで？　しっかり見ていたかしら？」

「うん、両方ともちゃんと見てたよ」

そう言いながら彼女の目の前でほんの少しだけ成長した魔力操作を見せてみる。正直に言ってしまうと彼女が戦いの中で見せたゴーレムの作製とか、砲台の設置とかの魔法を実践してみたいんだけど、私がやると確実に化け物みたいな大きさに出来上がってしまうだろう。化け物みたいに巨大なゴーレムとか、世界樹みたいな砲台。……それはそれで良さそうだけど。

「……うん、上手くはなっているわね。後はアレね、魔力の切り替え」

「切り替え？」

「ええ、戦闘のさなか、使用する魔法を変えるためにいくつか流れを変えていたでしょう？　今の貴女《あなた》は何となく感覚でやっているようだけれど、上手くやれば一部分だけを倍以上に強化したり、物体に魔力を流して強化、ってのもできると思うわ」

あぁ～、あの杖《つえ》で剣と斬り合ってたやつね。木製の杖なのに全然切断されないな、って思ってたけどそういうことだったんだ。確かに魔力の流れ、ちょっと違ってたかも。魔力操作を発展させていけば、腹部への攻撃に対して魔力を全部そっちに回して防御！　ってのができるようになるわけか。なるなる。

「つまり次のステップね、今やっているみたいに魔力操作をする際にもっと小さな魔力で運用できるような訓練を続けながら、物体に魔力を流す訓練も始めなさい。最初は物が耐え切れなくて爆散すると思うけれど……、まぁ頑張りなさいな」

「なるほどねぇ。りょうかい、んじゃ時間ある時に始めてみるよ。今はほら……、埋まってるし」

そう言いながら視線を膝《ひざ》に。そこにはいつの間にか集まったダチョウたちが、お昼寝をしている。お天気はいいし、私を中心におしくらまんじゅうをするようにギチギチに集まって寝ているせいで常にホカホカだ。ちょっと暑いぐらい。こんなになっちゃったらもう、ね？　起こすのもかわいそうだし動けないよ。

ちなみにアメリアさんのお膝にはデレが『うにうに』言いながらお顔を埋《うず》めている。彼女からしたら急にやってきたよくわからない棒切れを振り回す人間にアメリアさんが襲われてたわけだ。いつものように敵を排除しようとしても止められるし、仲間に手伝ってもらおうとして叫んでみても、これまた私に止められる。駄目なのはわかっているけど気持ちの整理が追いつかない。なのでちょっと拗《す》ねたような感じになっているのかな？

「なんで師匠さんや、今日はお休みでいいですかい？」

「ふふ、仕方ないわね……。こういうのは継続が大事だから、明日からちゃんとしなさいよ」

「りょーかい」

微笑《ほほえ》み合いながら、そんな会話を交わす。

「……そういえばさっき、『両方とも見ていた』と言っていたけれど。もしかして彼女の技術も？」

「実はちょっとだけね？」

そう言いながら、軽く翼を振ってみせる。その瞬間先ほど赤騎士ちゃんが見せてくれた攻撃には劣るが、しっかりと視認できる威力の空気弾が射出された。なににも遮られずに進むそれは十数mだけ進み、自然消滅する。威力不足で実戦投入はまだまだ先であろうが、翼のある私からすれば結構簡単な技術だと言えるだろう。飛べないけど羽ばたいて風を起こすことはできるからね！

「……あの子、かわいそうね。貴女、多分数日練習すればアレと同じことができるんじゃないの？ほら空を飛ぶやつ」

「できるだろうねぇ」

おそらく軍師に結構な情報を渡すことになってしまったが、代わりに戦闘技術を頂くことができた。一応魔力砲を使えば空を飛ぶことは不可能ではないんだけど、アレは周囲に結構な被害を与えてしまう。それに今の私じゃ魔力操作がおぼつかなくて、高機動戦闘なんてもってのほか。直線の移動すら難しいだろうと考えていた。

そこに降って湧いた『噴式』という空気を操る技術。コレを習熟すれば空中での戦闘の幅がグーンと広がる。それに全ダチョウが夢の大空へと羽ばたくってのも達成できるわけだ。

「ちょ〜っと、楽しみだよねぇ」

第四章・ダチョウがママ

「なるほど、こんな感じか」

そんなことを独りごちながら、思考を回していく。

昔に比べると結構強くなった私ではあるが、ふと自分が実際どこまで戦えるのかと考えてしまい、現在できることの確認をしている。まぁレイスちゃん単独でのスペックを再確認する、ってやつだね。今のところ色々順調だから高原に戻る予定はないし、戻りたくもないんだけど何かのはずみで新しい『場所』を探しに行かないといけなくなる可能性もある。

急に獣王レベルの奴《やつ》が『大将！　やってる⁉』みたいなノリで『ご挨拶《あいさつ》』してくることがないと言い切れない以上、自分ができることの確認は重要なはず。非常に野蛮だけど、Powerさえあればどんな場所でも生きていけるってばっちゃが言ってた（顔も見たことない）からね、力こそ正義なのよ。

高原にいた頃は日々が地獄すぎて考えなきゃ死んでたんだけど、こっちは色々平和すぎてつい怠けちゃうからね。しっかりしときませんと。

（というわけで、私個人の能力は……）
・人並みの知性

・ダチョウ並みのパワー
・莫大《ばくだい》らしい魔力
・ダチョウでもおかしい再生能力
・魔力放出による疑似『魔力砲』
・空気を操る技術

とりあえず、こんなところかな。……え？　空気を操る技術が何かって？　そりゃ今使ってる『噴式』ってやつだよ。やり始めたら結構面白くて、魔力操作の練習をしながら現在お空のお散歩中。子供たちから目を離すわけにもいかないから、そんな遠くにとか高度を高めたりとかはしてないんだけどね？　あ、ちょうどいいし下見てよ。めっちゃ可愛《かわい》いよ？


「とんでるー！」

「すごいー！」

「まま、すごいー！」

「とびたいー！」

「やるー！」


空から手を振る私を見上げる子供たち。もう滅茶苦茶お目々がキラキラしてる。中には私の真似《まね》をしようとして翼をパタパタしている子まで。流石《さすが》に何かの技術を覚えられるほど賢くはなってないし、記憶力も強化されていない。ダチョウの脚力だけでぴょんぴょんしているあの子たち。可愛いよねぇ。

とまぁこんな感じである程度のラーニングを完了している。流石に実戦、高原で利用できるほどの攻撃が出せるレベルの習熟はできていないが、こうやって空に足場のようなものを作り、二段ジャンプ三段ジャンプをすることは可能になった。空を飛ぶ、というよりも空気を蹴《け》り続けている、と言った方が近い感じだね。

(けど魔力を消費せずに三次元的な戦闘が可能になったのは大きいよね)

現状私は魔力消費の心配はしなくても大丈夫なのだが、その総量が大きすぎる故か一向に魔力操作の習熟が進んでいない。力任せに攻撃することとかはできるんだけど、今の私が空を飛ぶために魔力を足裏から射出した場合、宇宙まで飛んでいってしまってもおかしくないと考えている。流石に酸素どころか空気すらない場所で生存できるとは思わないので、使用禁止だ。

故に魔力に頼らない移動方法が確立できたのは非常にいいことなんだけど……、現状同時の使用ができないいんだよね。今のところは何も困ってないいんだけど、空中戦が必要になった時困るので現在お遊びも兼ねて練習中ってワケ。

(さて、話を戻そうか)

私個人の強さ、その根幹になっているのはやはり『魔力』と、『再生能力』だ。有り余る魔力で押し潰し、攻撃を喰《く》らったとしても半壊程度なら何とかなる。自分自身でもすでに魔力の総量が把握できなくなってきている現状、自分の継続戦闘能力がどこまであるのかも理解できていない。普通ならばこれだけでも最強を名乗れそうなものなんだけど……。

「『高原』じゃなぁ」

あそこじゃ地形が変わったり、地表がガラス化するレベルで焼き払われるなんて日常茶飯事。上手《うま》くヤバい奴らの生息域を抜けながら生活すれば何とかなる場所ではあるんだけど、上が上すぎて正直どうにもならないような気がしている。おそらくだけど私が全力で火球を生成し、それこそ全てを吹き飛ばすような攻撃をしたとしても……、『今のは久しぶりに効いたぞォ！　お返しだァ！』みたいなテンションで襲い掛かってきそうな奴らがいる。

なんか『特記戦力』の話聞いてる感じ、それっぽいのがこの人間社会にもいるみたいだし……。異世界って怖いよねぇ。

……まぁでも、ある程度何とかなる力は手に入れられたと考えてる。どうして死にかけると魔力が増えるのかとか、なんで脳みそ吹き飛ばしても生きてられるのかとか色々疑問は尽きないし、全然理解できない。強みを鍛えようにも思いつく方法が自分の脳を吹き飛ばす以外の選択肢しかない以上、できることはあんまりない。

「となると、これ以上強くなるためには……。やっぱ魔法だよな」

おそらくだが身体能力の向上はこれ以上望めない。魔力を流し底上げすることは可能だろうが、肉体の成長はすでに止まっている。地球のダチョウと同じように、私たちダチョウ獣人も大体生後一年ぐらいで成体になる。個体によってはもう少しかかる子もいるけれど、二年以上はかからないしそれ以降成長することは基本ない。つまりこの体が成長することはおそらくないだろう。

となると、自身の強さを高めるには魔法関係をどうにかして伸ばしていくしかない。魔力操作を高めることができれば、色んなことができる。身体能力強化の質の向上や、現在のメイン火力である『魔力砲』の威力増強、そして未《いま》だアメリア師匠に禁止されている属性魔法系の習得に、そのほか便利な魔法。使いこなすことができればより多くの扉が開くわけだ。

まぁ私その最初のところで躓《つまず》いてるんだけどね？

「ど～も詰まっちゃってるんだよねぇ。魔力操作むずかち」

アメリアさんに見てもらっている感じ、普通の人と同じくらいの操作はできているとのこと。けれど私の魔力が大きすぎるが故に、他の人が扱うレベルの魔力量を私がしようとしたら、滅茶苦茶きめ細やかな作業が求められる、って感じ。……前も言ったっけ？　一応全部を解決できるかもしれない方法として、『脳みそ吹き飛ばして最適化する』ってのがあるんだけどね？

「痺《しび》れ切らしてやろうとしたら、ウチの子たちに全力で止められたからねぇ」

あまりにも進展しないもんだから……、ちょっとキレちゃってね？　隠れてやろうと思ったらたまたま見てる子がいて、私が不穏な動きをした瞬間に『びぃぃいいい！』ってなっちゃって、気が付いたらみんな集まってた上にみんな泣きそうになっててね……、うん。滅茶苦茶反省しました。

私は別に何もないけれど、この子たちからすればまぁヤバいわけで。ママ何してるかなぁ？　って見に行ったら頭吹き飛ばそうとしてたらそりゃビビるし泣いちゃうし、全力で止めようとするだろう。私が復活できるとはいえ、仲間が傷ついたらキレるのがこの子たち。ほんとに悪いことしちゃったよね……。

というわけでマジでどうにもならない時以外は封印、ってことで、何とか頑張ってみますよ。

「っと、そろそろか」

そんな風に思考を回していると、下の方でマティルデが手を振ってくれている。口に手を当てて何か叫んでるっぽいし。私のことを呼んでいるのだろう。

そしてその後ろにはなんか滅茶苦茶落ち込んでいるドロテアこと赤騎士ちゃんと、顎《あご》に力が入らず大きな口を開けている軍師くん。あはー！　びっくりした？　だよね～！　赤騎士ちゃんから聞いた話、この技術習得に結構時間かかるんでしょ？　短くても数年、感覚が上手く掴《つか》めない人は十数年かかるって！　けどそれだけ時間をかける意味があるって技術！

レイスちゃんに掛かれば一週間もかからないですよ！　むふー！　ダチョウは陸だけじゃなく空の王者にもなったのです！　こうなったら次は海に行って、最後は宇宙だ！　この銀河系をダチョウまみれにしてやるぜ……！　え、どうやって宇宙で生息するかって？　わかんない！

「そこら辺は気合で何とかするかァ！」

「……何の話だ？」

「んーん、なんでもない」

ゆっくりと地面に降り立ちながら、マティルデと言葉を交わす。彼女とはもう結構長い付き合いだし、私が空を飛ぼうとも『あぁうん、飛べるようになったのか』ってレベル。全然驚かなくなっちゃった。あと先日の『赤騎士ちゃんお漏らし事件』の折に色々ぶっ壊れてしまったのか、私の『威嚇』が一切通用しなくなったんだよね……。

本人からすれば『なんかもう頭丸ごと吹き飛ばされても復活しそうだし、もうそういう存在として理解した方が早いかなって。レイス殿は悪い人間ではないしな。……色々とトラブルメーカー的な人間ではあるが』とのこと。やだなーマティルデ！　私だって頭丸ごと吹き飛ばされたら死ぬよ〜！　……死ぬよね？

「んで？　どうしたのマティルデ？　例の件？」

「あぁ、アタリだ。獣王国の使者が到着したようだ。会談の場所は例の獣王との戦いの場になる」

「OK、ありがと」

先日私たちは獣王国軍を文字通り吹き飛ばしたわけだが、その後あっちからの連絡みたいなのは一切なかった。けれど軍師さんがここに来てから数日後に使者がやってきて、『停戦交渉したいっす、後何でもするからゆるちて』みたいなことを言って帰っていった。私たちダチョウからすればあっちが攻めてこないのならこっちから手を出す意味はない。ヒード王国もそれは同じってことで話し合いの場が設けられることになったのだ。

ちなみにこっち側からは、ダチョウ陣営の長《おさ》である私、ヒード王国代表としてマティルデ、ナガン王国の代表として軍師が参加することになっている。もちろん護衛として他数名とウチの子全員がついていく予定だけど、メインはこの三人だ。

「にしてもマティルデ、大出世だよね。普通こういうのって大臣とか結構エライ人が出るんでしょう？」

「だな、基本このようなこと宰相や大臣が担当するだろう。……何故《なぜ》私になったんだろうな？」

「そりゃ一番私に近くて、なおかつこの場で一番位が高いからじゃないの？　『伯爵サマ』？」

「………………私、マジで何もしてないんだけどなぁ」

はい！　ということで皆さんにHappyなお知らせで～す！　なんとマティルデちゃん！　なんか色々な功績を認められて気が付いたら伯爵さまになってたそうで－す！　いやぁ、めでたい。なんでも特記戦力である私を国に誘致したことと、ナガンに攻め込まれたプラークの防衛。そして獣王国との戦いに勝利し、獣王討伐にも貢献したってことで滅茶苦茶爵位上がったんだって。

……まぁまともに考えてみれば国が一番欲しかった人材を連れてきた上に、二回も亡国の危機を救ってるわけだからそれぐらいしないといけないよな、ってことなんだろうけど。

「にしても軍師さんが持ってきたあの魔道具、すごかったよねぇ」

「あぁ、長距離通信ができる上に、相手側の顔を見れるとは思ってもみなかった」

このマティルデちゃんが伯爵に任じられるという報告は、軍師さんのおかげで受け取れた形になる。彼が持ち込んでくれたナガンの最新魔道具。馬車一つを占有するほどの大きさだが、テレビ通話みたいなのが可能になる魔道具。それを使ってあのお爺《じい》ちゃん宰相さんと色々お話したのよ。

やれ国を救ってくれてありがとうとか、そういうの。現在、幼女王ちゃんが喜びすぎてちょっとおかしくなってるため、彼女と顔を合わせることはできなかったけど、マティルデの陞爵《しょうしゃく》のお話とかもそれを使って聞いたんだよね～。

「でもあの魔道具、サイズが滅茶苦茶デカかったでしょ？　あれじゃあ持ち運びとかできないよねぇ」

「……確かに、情報伝達の速度は格段に早くなるが大都市にしか置けないようなものだろうな。軍師殿が個人で持ち運びできているのもナガン王国における地位によるものだろう。普通、こんな世界をひっくり返しそうなもの持ち運べんだろうしな」

「だよね～。ま、軍師さんのことだし、実は小型化しちゃってたり？　そこんとこどうなの？」

そう言いながら、私が噴式を習得してしまったことの衝撃が未だ拭いきれない彼へと話題を振る。

「えッ！　い、いやいや～、流石にナガンといえどそういうのは無理ですよレイス殿。あの魔道具ですら開発にかなりの時間をかけているのですから」

「ま、だよね～」

急に話を振ったせいか、滅茶苦茶大きな声を上げる彼。地球でも固定電話が生まれてから、携帯電話が生まれるまで結構な時間がかかった。ましてやそれが一般レベルに普及するまでかかった時間はさらに長い。あの大きな馬車ぐらいの魔道具を作るのに結構な時間がかかったみたいだし、携帯電話を持ち運びできる時代はだいぶ後なのだろう。

「ま、いいや。んじゃマティルデ。私着替えてくるから、それ終わったら出発、だよね？」

「あぁ、他の者の用意は整っているし、早くな」

◇◆◇◆◇

（うぅ、一族の『噴式』がぁ……）

内心涙目になりながら、多分酷《ひど》いことになっているだろう顔を兜《かぶと》で隠す。

洗浄が終わり、町の中にいた鎧《よろい》職人にメンテナンスをしてもらったこの鎧は陛下から頂いた時のように新品同然。頭部から足のつま先まで私用に作られたこの甲冑《かっちゅう》、頂いた時はバイザーによって視界が遮られてしまうことを不安に思っていたが、今日ほど顔が隠れることに感謝する日はないだろうと思う。

噴式は私の一族の技術ではあるが、ナガンを守るための技術でもある。故に門外不出ではなく、それが国の利益になるのならば一族以外にも教えてもよいものだった。私は『駒』になるためそういったことに時間を割くことはなかったが、ナガン王都の練兵場で兄が見込みのある者に教えているのを見たことがある。

修得には時間がかかるが、遠距離から攻撃してくる敵に対し有効打が期待でき、格上狩りも可能となる技術だ。国力の増強のために他者に教えるのは間違いではない。……それに、自身はこの技術を鍛え、高め、洗練させてきた。魔法も使えず異能も持たない私からすれば、身体能力を高め噴式を洗練させる以外の道がなかったからだ。……だからこそ、より良い見本にはなったと思う。

けれど、けれど……。

（なんで一週間も経《た》たずに修得しちゃうんですかぁ！）

気が付けばいつの間にか『レイス』、ヒード王国が誇る特記戦力が私の技術を使っていた。私は何一つあの方に噴式の説明をしていない、というか怖くてまともに会話もしてない、指導なんかもってのほか！　つまりあの人はエルフの方との模擬戦で見せた私の技、それを見ただけで習得してしまったことになる。え、なんです？　特記戦力の方ってそういう成長速度もお化けなんですか？？？

そんなこともあり、私は彼女に強い苦手意識を持っている。もちろん騎士として動く時が来れば、感情に蓋《ふた》をして相対し散ることも辞さない。それが国のためになるならば喜んで命を投げ出し時間を稼ぐ。でも別にそんな命がないのならば、自分から近づきたい相手ではない。正直言って叶《かな》うならば一生関わりを持ちたくないというか……。

いや話が通じる人だとは思うし、噴式を勝手に習得しちゃってごめんね？　みたいなことを言われたからそう悪い人ではないと思うんですよ。漏らす原因になったことも謝っていただきましたし、色々頑張ってるねとお褒めの言葉も頂きました。決して、決して私がこれまで抱いてきた自分勝手な特記戦力のイメージとは違う人です。でも！　誰が好き好んで色々漏らした原因の人物と！　仲良くしたいと思うんですか！

（確かにあのエルフさんとの戦闘で色々吹っ切れてしまったせいか、軍師様からお褒めの言葉を頂きましたけど……）

確かにきっかけを作っていただいたことは確か。けれどその憧《あこが》れの人の前で漏らした上に、先に気絶するという失態の原因。さらにいつの間にか一族の技術を文字通り『見て盗まれた』わけですから……、なんというか正直どう付き合えばいいかわかりませんし、怖いので近寄らないでほしいのが本音です。

（けれど、今からは仕事。任務の時間。切り替えなければ）

意識を『駒』へと切り替えながら、思考を回していく。さっきまでは特記戦力になることを夢見ていたあの頃のような性格が戻っていたが、これから求められる役目を考えるに、『駒』の方がい

い。軍師様はさっきまでの私、昔みたいな我を出している姿を気に入ってくださっているようだが
すでにこの身は失態を晒《さら》している。

獣王国との交渉の場で、護衛としての役目を真に果たさなければならない。

（……まぁ、こちら側の戦力を考えれば、私などいらぬかもしれないが）

こちら側、ナガン・ヒード連合から出席するのは三名。

一人目はこの場で一番戦力を持つ『ダチョウ』たちの長である、レイス殿。彼女個人だけで獣王を上回る力を持っている、そしてさらにおそらく私と同程度である配下三〇〇。幸いなことに精神が幼く、知力も幼児並みであるため一般兵五〇〇〇相当×三〇〇の数式が単純に成り立つような集団ではないそうだが（軍師様談）、ナガン・ヒード・獣王国を含め一番力を持っている存在だ。

二人目は、ナガンが誇る軍師殿。『ダチョウに振り回されすぎた』と反省されておりましたが、その頭脳から生み出される策は非常にキレが増しているように思える。私には何の意味があるのか理解できないし、防諜《ぼうちょう》のために詳しく聞かなかったのだが、ヒード王国の幼女王や宰相と何度も魔道具を通して会談を行っていた。各地の諜報《ちょうほう》員にも様々な指示を飛ばしていたし……、あの人さえいればナガンは安泰だろう。

そして、三人目。ヒード王国からの人間として、マティルデ殿。つい先日伯爵になられた方だ。漏らしてしまい色々ボロボロだった私に、優しくお声掛けしてくださった方でもある。つい先日までは同じ騎士ということで同格だったが、いつの間にか格上に。お話ししてみれば非常に親しみやすく人のよい方であったため、尊敬に値する人物だと言える。単純な力量としては多く見積もって

も一般兵二〇〇程度、しかしながら決して警戒をおろそかにしてはいけない相手だと私は考えている。

（『ダチョウ』たちはマティルデ殿が守護を務めていた都市、プラークより頭角を現し始めた）

言ってみれば特記戦力であるダチョウたちをヒード王国に引き込んだのはマティルデ殿である。またプラーク侵攻の際に、将を務めていた『デロタド将軍』は決して無能な方ではなかった。家の繋《つな》がりのこともあり何度も顔を合わせる機会があったが、言葉の節々に将たる覚悟のようなものを感じることができた。あの方が操る軍が、決して軟弱なはずがない。

（それをダチョウたちの手助けがあったとはいえ殲滅《せんめつ》し、同時に対獣王国との戦にも参戦、殲滅している。おそらくだが、軍師殿と同じような知略を用いるタイプ……！）

今回の獣王国との交渉、よりこちらが優位に話を進めるため、軍師殿から諜報員を通じて獣王国に複数の情報が流れている。その内容を見せていただいたが、おそらくあちら側も私が抱いたのと同じような感想を持っていることだろう。

つまり、獣王国はこれまで頼り続けていた獣王を失った状態で、かの三名と相対せねばならないのである。もはや交渉など名ばかり。停戦もしくは終戦のために、獣王国は多くのものを差し出さなければならないだろう、と……。

「ドロテアさん……、いえ、赤騎士殿。そろそろお時間のようです。会場の方に向かいましょうか？」

「はッ！　かしこまりました、軍師様！」

◇◆◇◆◇

ナガン・ヒード連合と、チャーダ獣王国との交渉の場。

ヒード王国側の要請、正確に言うと群れの食糧事情から元の国境線付近で会見を開いた場合、補給が間に合わずダチョウたちが同族以外をモグモグしちゃうなと考えたレイスによって、獣王との決戦が行われた場所近くに会場が設置されることと相成りました。

連合側からは、ナガン王国から全権を委任されている『軍師』、ヒード王国から全権を委任されているマティルデ伯爵。そして今回の戦争において力を見せつけた『ダチョウ』たちからレイスが。

獣王国からは外務相、そして常備軍から将軍が一人参加するようですね。……あ、もちろんレイスの後ろには大量のダチョウちゃんたちがオーディエンスとして参加しています。とっても怖い。

今回の会談は、獣王国軍が常備軍のほぼすべてを喪失した上に、最強戦力であった特記戦力の獣王を失ったが故になったものです。獣王国からすれば、また徴兵などを行えば兵力の補給こそ可能でありますが、特記戦力を止められるだけの戦力を保有してはいません。また、準特記戦力と呼べる各軍の指揮官たちの多くが今回のヒード侵攻に加わっていたため、時間稼ぎすら難しいでしょう。

また獣王国国内にて謎のアンデッドが大量発生しているため、その対処もあることからこれ以上の戦争継続は自殺行為に等しいのです。そんな状況でレイスたちと戦い続けるのは不可能ですし、このまま続けていれば好機と見た他国が侵攻を開始、国が崩壊するどころか虐殺が起こる可能性が

あります。故の停戦、もしくは終戦交渉の場というわけですね。

しかしながら、ことはそう簡単に収まりません。

今回の戦は、軍師が裏で操作していたとはいえ、獣王がヒード王国に侵攻したが故に起きたものです。つまり侵攻軍が全滅し、継続戦闘能力がない獣王国は、非常に厳しい立場。交渉の場を開くことはできましたが、何かミスしてしまえば戦争継続からのレイスによる国土更地作戦が始まってしまいます。レイス自身にそのような気はなくとも、偉い人は常に最悪を考えねばなりません。身動き一つすら取れないような状況にありました。

そんな状況を示すように、交渉の場は全身に鉛が纏《まと》わりつくような雰囲気に侵されています。

連合側の中央に座るダチョウたちの女王、レイスから発せられるもの。彼女からすれば『群れの子たちが勝手にどこかに行かないように軽い威圧を飛ばして待機状態にしている』だけなのですが、獣王国側からすればたまったものではありません。

女王から発せられる圧倒的な覇気と、三〇〇対、合計六〇〇の目玉が一斉に獣王国の者たちに向けられているという恐怖。

この場における上下関係を、獣王国の方々はその魂に叩《たた》き込《こ》まれてしまいました。

しかし、これでもレイスは『威圧』の手加減をようやく覚えた口。かなり手加減しているのです。もしそうでなければ今頃全身の穴という穴から色々まき散らしていたでしょうから……。獣王国側は恐怖を感じるのではなく、先に犠牲になってしまった者たちに感謝しておいた方がよいのかもしれませんね！

（こう、子供たちも座ってはいるけどいつでも『狩り』ができるように待機させちゃってるわけだから……。早く終わらせたいよね？）

そして、特記戦力は、彼女だけではありません。ナガンにおける最高戦力、その頭脳だけでどんな不利な状況もひっくり返してしまう男、『軍師』。この場において一番危険な存在はレイスたちではありますが、獣王国にとって一番厄介な存在が彼でした。なにせこのような交渉の場は、彼にとっての十八番《おはこ》。その口一つで好きなようにこの会談を操ることができるでしょう。

（ついに来ましたね……、講和条件はヒードの彼女に任せる……？　あ、無理そう。レイス殿を獣王にしないのが目的でしたが、彼らの死にそうな顔から多分話題にすら出せないですね、コレ。頑張って私が回しましょうか）

最後に、ヒード王国からマティルデ伯爵。彼女についての情報は、獣王国側が必死に調査したことで何とか理解できています。正確には軍師が裏から情報を操作しプレゼントしたものではあるのですが……、彼らが真実を知ることはないでしょう。単純な武力としてはダチョウと比べると脅威とは言えないレベルですが、そんなダチョウという特記戦力を自国へと引き入れた上に、獣王が死した戦いに参加し生き残っています。これだけで油断できぬ、恐ろしき智将と言えるでしょう。

（……なんか滅茶苦茶勘違いされてる気がする。私マジで何もしてないぞ？　というか何話したらいいの私？）


そんな全身を押さえつけられるような緊張感の中で、会談が始まります。ある程度の挨拶《あいさつ》や自己紹介などが終わった後、本題を切り出すように獣王国の外務相が口を開きました。

「獣王国側としましては、できるだけ早期の終戦を望んでおります」

「……なるほど？　つまり無条件降伏。これを望んでいるということでいいのか？」

ヒードの代表として、そう口を開いたマティルデさん。事実ヒード王国は今回の侵攻において多くの被害を受けています。今いる地点から東側、獣王国との国境線近くにある防衛拠点や町を全て落とされているのです、こういった交渉事はマティルデの得意とすることではありませんでしたが、奪われた分を取り返さなければ国としての面目が潰《つぶ》れてしまうでしょう。

故に、かなり強めに切り出し相手の出方を窺《うかが》おうと思ったのですが……、彼女の想定外の反応が返ってきます。

「………はい。無条件を受け入れます」

そう発する外務相、隣にいる獣王国将軍も暗い顔をしています。

本来であればもう少し相手側からの譲歩や条件のすり合わせがありそうなものですが、今回の場合は別です。獣王国側からすれば、もしこのまま戦争が継続した場合、最悪ダチョウによってすべてが焼き払われてしまう可能性があります。今は国という体制を守るのではなく、国民の命をどうにかして守るフェーズへと移行しているのです。

「…………（え、どうしよこれ受けちゃっていいの？　宰相殿～！　陛下～！　助けて～！）」

獣王国側の返答を聞き、何も響かなかったような顔をしながら、マティルデは脳内で思いっきり混乱します。だって無条件ってあれぞ？　マジで何されても文句言えないやつぞ？　え、そ、それでいいの？　というかそんな重要そうな決定、つい先日まで騎士で外交の『が』すらわからなかった私に任せないで～！　のような状態です。

そんな彼女へ助け舟を出すように、『軍師』が口を開きます。

「なるほどなるほど、でしたら後はパイの切り分け方になりますが……。それは我らで後ほど決めるとして、無条件にも色々と決めなければならないこともあるでしょう。文書も残さねばなりませんし、その細かいところを決めていきましょうか」

その問いにマティルデが了承の意を示し、レイスも軽く頷《うなず》くにとどめます。

非常に重々しい顔をしている二人であったが、頭の中はもうごちゃごちゃです。二人ともこのような場など初めてですし、何をすればいいのかすらわかりません。とりあえず二人ともヒード側の利益を確保しないといけないことは理解していましたが、確実に軍師の掌《てのひら》の上ですね。

（普段であればナガンに有利なように進めるのですが……、ダチョウと協調路線を歩むのであればここでもめ事を起こすのは得策ではない。まだ配分について決める場ではありませんが、ヒード、ダチョウ側が有利になるように予《あらかじ》め仕込みをしておきますか）

そんな風に考える軍師さんが話を進めることで、会議が進んでいきます。

詳細はダチョウちゃんが聞くと頭から火が出るレベルの難解さであるため省略いたしますが、実質的に獣王国が解体され連合によって統治されるという形で話が落ち着きました。領土分配などは今後連合内で話し合って決めていくこととし、正式にどちらかの国家に併合されるまでは現在の政府が統治するという感じみたいですね！

「では、講和条約としてはこのような形で。異論がある方は……、いらっしゃいませんね。では、お開きと致しましょう」

◇◆◇◆◇

「アンデッド、ねぇ？」

「ぽっぷぷ、ぷるぽっぽ、ぽぽろ～ろ～！　……ん！」

「あぁうん。上手上手《じょうず》。もっかいお願いしてもいいかなリズム」

「うん！」

リズムが奏でる歌を聞きながら、つい呟《つぶや》いてしまう。

獣王国との講和がなった後、私たちがあの町にいる意味がなくなったため現在撤退中だ。私たちダチョウと、マティルデ率いるプラークの兵士たち、そして軍師率いるナガン兵。みんな揃《そろ》って仲良くお家《うち》に帰りましょう、ってワケ。一回王都に寄って色々と報告を済ませた後、軍師たちはそのままナガンへ、私とマティルデがプラークへと向かう感じ。

正直ウチの子、ダチョウたちはどこでも生活することができる。高原でもなんやかんや生き延びることができたんだ、比較的安全なこの地域で私たちに勝てる存在ってのは特記戦力以外いないだろう。日々の『ごはん』さえあればどこでも生きていける。暴論にはなるけれど、つまり私たちのいるところがダチョウたちのお家ってワケ。

……けどやっぱりさ？　ある程度慣れていて、なおかつごはんも用意してくれる場所。そんなプラークっていう場所があればそっちに住もうと思うのが普通。

（マティルデが領主みたいなもんだし、色々取り計らってくれる。町の人たちも理解ある人が多いし、過ごしやすいのよね）

獣王国との会談の時。私同様すごく重々しい顔をしていた彼女、けれど確実に頭の中が『？』で埋め尽くされていた。自己申告通り本当に外交関係についてはチンプンカンプンだったようで、なんかこう、ちょっとかわいそうな感じだった。私と一緒に軍師のイエスマンやってる感じだったもんねぇ。

（幸い、獣王国側には全くバレていない。むしろその表情から無茶苦茶恐れを抱かれてたみたいだけど）

彼女の本業は騎士であり、同時に内政屋だ。プラークの守護を任されてから仕事を覚え始めたようだが、町の人間の声を聴き、一緒に問題を解決していくことが肌に合っていたみたいでね？　武力での限界が見えた後はずっとそっち方面を鍛えていたみたい。実際プラークって魔物素材の販売で滅茶苦茶儲《もう》けてるみたいだし、急にやってきた私たちダチョウのごはん代を何とか捻出《ねんしゅつ》できるぐらいには有能なワケだ。

「まぁ確かに、いきなり分野違いのところに放り込まれたらヤバいよねぇ」

「おや、なんの話ですかな？」

数学の研究者が、いきなり古典の研究発表会に放り込まれてもできることは全然ない。多分今回起きたのはそういうことだったんだろうな、と考えていると、急に軍師が話しかけてきた。

……なんやお前。正直お前と話すと必要以上に頭使うからあんま話したくないんやけど。まぁヒード王国っていう雇い主の同盟者なワケだから普通に対応するけどさ……。

「いや、マティルデがかわいそうだったな、って話」

「あぁ、なるほど。確かに外交の経験のない方がいきなり放り込まれる場ではありませんものね」

そう言いながら微笑《ほほえ》む軍師。

「けれどあちら側からすればかなり評判が良いようですよ？　赤騎士、ドロテア殿にお願いして聞いてきてもらったのですが。私とマティルデ殿、そしてレイス殿を合わせて『三傑』と言われているようです」

「………なにそれ」

ナガン、ヒード、獣王国。この三国の間で一番優れた三人、ということで『三傑』らしい。

なんでも獣王国の人間からすれば私と軍師、そしてマティルデが一列に並んでいる様子がとんでもなくヤバいものに見えたらしくて、そんな風に呼び始めたそうだ。肉体的な強さを尊ぶ者が多いけれど、頭脳の明晰《めいせき》さも合わせた総合的な『強さ』を見る者もいる。そんな国が獣王国らしく、模擬戦をふっかけて勝利し、酒盛りまでたどり着いた赤騎士ちゃんが、獣人さんたちからそう聞いたらしい。

「ええ、何やってんの……。というか赤騎士ちゃん大丈夫だったの？」

「はい、それはもうおかげさまで。彼女の中で『一度自分で交流して確かめてから』という考えが芽生えたようでしてね？　一応目付役として他の兵士も同行させせましたが、かなりいい方向性へ進んでいるようです」

「あぁ、そう。……まぁ良かったんじゃない？」

軍師が目の前にいるせいで反応が淡白になってしまったが、個人的には結構嬉《うれ》しい話。

私は赤騎士ちゃんのことを結構気に入っているんだけど、残念ながら未《いま》だ怖がられているみたいで……。結局そこまでちゃんと話すことはできなかった。『噴式』のお礼とかお詫《わ》びとか色々しようと思ったんだけどねぇ、声掛けただけで固辞されちゃったらもうどうしようもない。まぁ私のせいで漏らしちゃったわけだし、仕方ないのだけれども……。

「あ、そうだ。どうせこっちに寄ってきたということは何か話があるんでしょう？」

「ええ、左様です」

「だったら先に質問させてもらってもいい？」

微笑みを浮かべながら頷く彼を横目に見ながら、疑問を口にする。

獣王国と講和を結んだ際、無条件降伏ってことだから現在の内情とかも色々教えてもらったんだけど、その中に『アンデッドの大量発生』というものがあった。私としては困ってるのなら手を貸してあげるのもやぶさかではなかったし、子供たちに色んなものを見せてあげたいから獣王国への旅行の良い理由になると思っていたんだけど……。何故《なぜ》か、あちら側から断られてしまった。

軍師はそのままスルーしちゃったし、マティルデはマティルデで内政屋の血が騒ぐのか、穀倉地域についての質問をしたそうだったから私もとりあえず納得して流しちゃったんだけど……、大丈夫だったのかな？　って。

「あぁ、その件ですか。おそらく獣王国の文化や風潮が影響しているのでしょうね」

「へぇ」

「あの国家は『力』を尊びます。王の決め方も一番強い者、ですからね。彼らは強者に対し強い尊敬の念を持つような文化があるのですが……、それと同時に自分たちの強さについても自信を持っております。つまり弱い存在に従ったり、苦労させられたりすることを非常に嫌うのです。ま、通信の魔道具はあの町の領主殿にお渡ししましたし、何かあればあの方を通じて連絡が来るでしょう」

あぁ、なるほど。アンデッドが大量発生して困ってるけど、アンデッド自体はそれほど強くはない。時間をかければ確実に処理できる相手。つまり『弱い』。国家として強者である私たちに頭を下げるのは大丈夫だけど、身内の恥みたいなアンデッドは自分たちで処理させてほしい。そんな感じか。

「……それと、未来の獣王にいいところを見せておきたい。そういうのもあるのでしょう、ね」

「……獣王？　私が？　あはーっ！　ないない！　というか一回誘われたけど断ってるし！」

そう言いながら、軽く笑い飛ばす。

軍師が言うには獣王に勝った存在が、次の獣王になるのは彼らの中で常識のようなもの。すでにその動きが出ていてもおかしくないし、むしろ彼らはそうなってほしいと思っているとのこと。心情的にも、国家のバランス的にも、そうなるのが彼らにとっての最上。

……というかなんでコイツ、今、安心した？　……まぁいい、何かあったら吹き飛ばすのみ。

「ないない！　というか私に旨味《うまみ》ないでしょうに！　厄介事が増えるのは勘弁。そもそも今回の防衛戦だってできたら参加したくなかったんだもの！」

「そ、そうでしたか……」

「それに、この子たちの方を見る。

そう言いながら、子供たちもいるしね」

いつか私が離れても群れとして纏《まと》まることができるように、デレは現在リーダーの練習をしている。私のことをじっと見ながらお日々で『やらせて？』って訴えてたからさ、ちょうどいいやと思って帰り道は彼女に任せている。でもまだちょっとデレの指揮能力が足りないのか、たまに群れから抜け出しちゃう団体があったりする。それをできるだけ少なくするために彼女のサポートとしてリズムにお歌をお願いし、みんなで歌いながら歩いてはいるんだけど……、やっぱり逸《はぐ》れちゃう子は逸れちゃう。私は今それを捕まえて戻してあげるお仕事をしてるってわけ。

この子たちがいなければ私はこの世界を自由に歩き回っていただろう。様々な文化を知るために、諸国を旅する毎日。異世界に生まれたのなら全てを楽しみ抜いてやろう、という気持ちで。

けれど今の私にはこの子たちがいる。自由が制限されるとはいえ、大事な子供で仲間のダチョウたち。……ま、いつかみんなで旅行できる日を楽しみにしましょうかね？

（まだまだ、先は長そうだけど）

「それで？　私の質問に答えてくれたわけだから、次は貴方《あなた》の番だけど……、何？」

子供たちを眺めながら、軍師の顔を見ずに問いかける。わざわざ私に話しかけてきたってことは何か用があるのだろう。とりあえず聞くだけ聞いてやるが、いざとなったらお前への『貸し』を使って無視しちゃるからな……！　あとなんか変なことしたら物理的に吹き飛ばしちゃるからな……！

「（さ、さっきから悪寒が）えぇ、そのことなのですがね。実はヒード国王、かのルチヤ殿についてお話が……」

「ルチヤ？」

あの幼女王？

◇◆◇◆◇

場所は変わり、ヒード王国王都。ダチョウが絶対に覚えられない都市名として有名なここ『ガルタイバ』は戦勝に沸いていました。

民にその詳細は明かされていませんが、そんな彼らでも風の噂《うわさ》で知ることはできます。この国に未だ存在しなかった新たな特記戦力が生まれ、その特記戦力が獣王を打倒した。これ以上ない快挙ですね。

しかも周辺国の安定度も非常に高まっているのです。潜在敵国であり続けた西のナガン王国とは軍事同盟を結んだおかげで安全。東の獣王国は特記戦力が倒してくれたおかげで安全。北は元々宥《ゆう》和《わ》路線を取る国家であるため戦になることほぼないでしょう。残る南は何があるかわからないので怖いけど……、まぁ安全（高原があるので違う）。

つまりこのヒード王国が建国以来なしえなかった平和な時代がやってきたのです。これまで戦によって失ったものを取り戻すために費やしてきた労力を、単純に国の発展につぎ込める時代がやってきたのです。民たちの中でそんな難しいことを考えている者は少ないですが、ダチョウほどのおバカでない限りは、平和になってこれから良い時代になることは理解できました。

皆一様に顔を見たことのないダチョウたち、そしてその長《おさ》であるレイスを称《たた》え、彼らの王である幼女王を称えます。まさに街はお祭り騒ぎといった状況でした。

そんな様子を、王宮の窓から眺める宰相さん。

「…………」

何も知らない貴族は外でお祭り騒ぎをする者たちと同じように、喜んでいます。しかしながら彼の顔色は正反対。酷《ひど》く暗いものでありました。それもそのはず、彼が王として戴《いただ》く彼女の様子を知っているからです。

「陛下……」

獣王が討伐されたという報が届いた後、幼女王は完全に壊れてしまいました。

そもそも彼女はすでにこの世界に興味はありません。幼子にとって家族、親というのは子供にとっての世界そのもの。彼女の世界は父親と母親、そして自身によって構成されていたのです。もちろんそれ以外の者へ全く興味がなかったというわけではありません。しかしただひたすらに、彼女の世界にとって両親が占める割合が多かった、ということです。

そんな彼女から両親を取り上げればどうなるか、答えは決まっていたようなもの。

世界の大半が空白へと変わり、残ったのは強い違和感と憎しみ。彼女は自身が未だ生きていることに違和感を持つようになり、それが強い希死願望へと変わっていきます。両親がいない世界に意味などない、自分も愛する父や母が待つ場所へと行きたい。そう、考えてしまったのです。

しかし、すぐ死ぬことはできません。父を殺した張本人で、母が死ぬことになった原因。獣王を殺さなければ、彼女の気が済まなかったからです。

「私が、あの時止めていれば……。いえ、すでにもう。終わったことですね。今を、見なければ。陛下が生き残る道を……」

しかし幼子には戦う力はありませんでした。けれど何もなかったわけではありません。異能でもなんでもない、ただひたすらに彼女は早熟でした。自身で恨みを晴らすことを即座に諦《あきら》めた幼女王は、国という力で相手を殺すことを目標に定めます。このヒードという国を存続させながら、奴《やつ》を殺すことだけ考え続けたのです。

幸い、ナガンも獣王国も即座に攻め込んでくるような状態ではありません。ヒードを緩衝国とすることで、無駄な戦を避けるという方針を取っていました。それを理解していた彼女は、即位直後に帝国へと近づき、媚《こ》びを売ることに決めました。この南大陸に位置する国家群は常に戦争状態にあります。現状ヒード王国に特記戦力がいない以上、獣王を殺すにはどこかから引っ張ってくる必要があるのです。しかしながら周辺国に頼むことは難しい状況。

つまり、一番力があり、可能性がある帝国にすり寄ることを決めたのです。

求めるのは特記戦力の貸し出し、そう簡単にいくものではありません。しかしながら彼女は、自分が死んだあとどうなろうとも構わないのです。だってこの世界に価値を見出《みいだ》していないのですから。自身の死後に残されるモノを交渉材料にし、国が荒廃せぬように整理して交渉材料になるように努める。ですが、その交渉が実る前に……。


ダチョウが、現れました。


その存在を知った彼女は、即座に方針を変えます。西のナガンが同盟を結びたいと言ってきたこともそれを後押ししました。獣王とダチョウをぶつけ、ダチョウが勝てばそれで終わり、罠《わな》に嵌《は》められたことに気が付いたダチョウたちに殺され、自身も両親の下へと行く。

もしダチョウが負けても、軍師がなんとかしてくれるでしょう。彼が上手《うま》くやった後は、自分は毒杯でも呷《あお》ればいい。

「……陛下は、そう考えていたのでしょうね」

そんな彼女に、獣王が殺されたという報を伝えればどうなるか。

簡単な話です。より深く、望みが強くなるのみ。

復讐《ふくしゅう》の相手が殺された以上、彼女にはこの世界に未練はありません。その死体を肴《さかな》に酒でも呷ってみようかと考えてみた幼女王でしたが、死体がなくなってしまった上に、そもそも酒が飲める年齢ではありません。満足げな大声で、常軌を逸した笑みを浮かべるのみ。後はもう思い残すことはないのでしょう。すでに人に見せられるような状態ではないと宰相が判断してしまうほどに、彼女は完全に壊れてしまっています。彼女はもう、ただ『レイス』によって殺されるのを待つだけの存在と化していました。

彼女は『統治』することはできましたが、『王』にはなれなかったのです。

国の王であるならば、何が何でも生き残り、子孫を残すのが役目。国という体制を残しながら、子孫へと繋《つな》いでいく。それを先達から教わる前に彼女は両親を亡くし、王になってしまいました。故に、彼女はこうなってしまったのでしょう。

そんな彼女が、ダチョウに脳を破壊されるまで。

あと一日。

◇◆◇◆◇

「う～む」

はてさて、どうしようかねぇ。

ヒード王国の王都、確か……ガルタイバだっけ？　そこへの道すがら、軍師から厄介なことを吹き込まれてしまった。いや本人たちからすれば厄介ではなく深刻な話題なのだろうけれど、何故《なぜ》私に話を振って解決させようとするのか理解に苦しむ。いややるけどさ……。

私らダチョウだよ？　他にもっと頼れる人とか相談できる人とかいるでしょうに！

これは常々感じていることだけど、私たち『ダチョウ』は未《いま》だ人間社会において異物だ。溶け込めていないと言ってもいい。デレを筆頭に、昔に比べればウチの子たちは滅茶苦茶賢くなった。高原にいた頃が二・三歳児程度だったのが、今じゃおそらく四歳児。頑張れば五歳児くらいの知能を獲得しているように思える。

（最初の頃は『ごはん！』しか語彙《ごい》がなかったもんねぇ）

それを考えればだいぶ自分の意思を示せるようになってきたし、朧《おぼろ》げだけど群れの中で個々の意思が見て取れる。ダチョウという群体の意志を保ちながら、少しずつ個々人の意識というか人格みたいなのが出てきたのかもしれない。デレもたまに忘れることがあるけれど、自分の名前が何となく『デレ』ということを理解してきたっぽいし、もうちょっと時間をかければ何とかなりそうな気もしてくる。

けれど、やはり人間社会に溶け込むには少々幼すぎる。私が分身することができれば一人一人についていて、色んなところについていったりお世話してあげたりできるんだろうけれど……。私の体は一つだけ。まだ貨幣経済どころか物々交換の概念すらあやふやなこの子たちに、人間社会は非常に難しい。価値基準の共有とか、交渉の概念すら覚えてないっぽいし……。

「ま、そんなわけで私たちは人とはちょっと違う存在ってことで、ウチの子たちが賢くなるまである程度距離を取る予定だったんだけど……。なんでこう、みんな色々頼み込んでくるのかなぁ。特に軍師」

あいつ私に『貸し』作るの全く厭《いと》わずに頼んでくるからな……！　今何個溜《た》まってんの？　前回の赤騎士ちゃんの件で二つ、今回の幼女王の件で三つ？　どうやって返すつもりなのやら……、いや、やるよ？　やるけどさぁ……。お前踏み倒しとかしないよな？　やったら物理的に吹き飛ばすからな？　ちゃんと返せよ？　ほんとに。

「はぁ……、しゃあない。覚悟決めよっか」

今回私が頼まれたのは、『幼女王』の対処。

色々壊れてしまったというか、この厳しい世界に呑《の》まれてしまった子の対処だ。まぁ簡単に言ってしまうと、両親を獣王国との戦争で亡くしたせいで、復讐と死に取りつかれてしまった子をどうにかしてほしい、っていう依頼。私が獣王を倒してしまったせいで、その子は現在私に殺されることを望んでいる。最初はなんで？？？　と思ったんだけどね。

『あ、あの。非常に言いにくいのですが……、実はレイス殿。罠にかけられてまして』

『罠？』

『えぇ。ルチヤ王はですね、獣王がこちらに向かっているのを確信していたようでして……』

私は全然理解してなかったというか、獣王の魔力隠蔽《いんぺい》がすごすぎたので誰も発見できなかったと思ってたんだけど、なんでも幼女王ちゃんは獣王に復讐をなすために血眼になりながら彼のことを調査して、理解しようとしたらしい。故にナガンとヒードが同盟を結んで、実質的に国力が二倍になれば獣王自身が攻めてくると踏んでいたそうだ。

獣王国の隣に強大な敵ができて、そいつらが時間経過とともに強くなる、なおかつ私たちという特記戦力が出てきたのならもう絶対獣王自身が来ると。

けれど肝心の私は群れの安全が第一だから途中で逃げちゃうかもしれない。そうなると個人では無力な幼女王の復讐ができなくなってしまう、故に私を騙《だま》し、獣王にぶつけたそうだ。

「……思うところがない、と言えば嘘《うそ》になるんだけどねぇ」

確かに、幼女王のせいで私は死にかけたし、子供たちも怪我《けが》を負った。そのことについては単純に怒りを覚えるし、殺意も湧く。けれど誰も死んでない上に、全員すでに全快済み。さらに私からすればアレは強化イベントだった、と言ってもいいまである。獣王との戦いを経験しなければ私はまだ魔力を手にしていなかっただろうし、ウチの子たちが一段階賢くなることもなかっただろう。

これが良いことか悪いことかはとりあえず置いておくが、とりあえず今の私からすればすでに終わったこととして認識している。つまり今の私の胸中を占めるのは、怒りや殺意ではなく、困惑や同情が多い。一〇年間ずっと子供のようなウチの子たちを相手してきたせいか、私自身無茶苦茶子供に甘くなっているというのもあるだろうけどね……。

「だからまぁ、助けてやりたい」

私は幼女王のことを、王としての仮面を被《かぶ》った彼女の姿しか知らない。けれど軍師は彼女の素をある程度理解しているみたいで、色々と話を聞いた。信用ならない奴ではあるが、その性根は腐っていないように見える。どちらかというと善人の部類だ。コイツもコイツで子供が病んでいるのを放っておくのは忍びないのだろう。

……まぁ、コイツはそういった自身の性格すら利用するんだろうけど。

「ママー？」

「ん？　あぁ、デレか。どした？」

「ママ、うにゃうにゃしてた」

うにゃうにゃ？　あぁ悩んでた、ってこと？　確かに私たまにそんな擬音使ったりしてたけど、それで覚えちゃったか。うりうり、可愛《かわい》い奴め、私が変に悩んでて心配になっちゃったの？　ありがとうね、お母さん大丈夫だよ。

ただ、思いついた解決策がホントにこれでいいのかな、って不安になっちゃっただけ。

「むー？」

「あはは、まぁわかんないよね」

「ん！　わかる！　ママすごい！　だいじょうぶ！」

「あらら、ほんとに？　じゃあ頑張っちゃおうか」

そうだね、私があの子の親代わりになれるかはわからないけれど、甘えられる大人ってのは大事なはずだ。……確かに、彼女にとって負い目のある私が許してやる、それが大事なのかもね。一回叱ってあげて、あとは思いっきり頑張ったことを褒めてやる。私にできるのはそれくらいだろう。

◇◆◇◆◇

ヒード王国の王都、ガルタイバを守る防壁の外には現在大規模な設営が行われていました。

当初幼女王は相手が怒りに身を任せそのままやってくると考えていたので、祝勝会の用意など何もしていなかったのですが……、流石《さすが》に失礼に当たるだろうと彼女の臣下からの進言があったのです。何とかしてダチョウたちの怒りを鎮め、最終的に自分の首で満足してもらおうと考えていた宰相もそれに同意し、すでに統治者としての役目を放棄していた幼女は、それを受け入れました。

そのため始まったのがこのお祭り騒ぎです。

国を挙げて様々な料理の準備を進めるうちに、王都の市民たちも勝手に参加していっちゃいます。何せ国を救ってくれた英雄たちが帰ってくるのです、しかもその者たちは全て大食漢というではありませんか。未だレイスの怒気を喰《く》らった衛兵たちはリハビリの最中なのですが、逆にソレが悪評が広まらない要因となりました。

王宮の人間も、市民たちも一丸となってダチョウたちを迎える用意を進める。そんな楽しい時間が、彼らの中には流れていました。

そして、その中に。彼らと同じように楽しんではいるが、ベクトルの違う楽しみ方をしている幼女が、一人。幼女王は、謁見の場として設置された天幕の中。玉座に腰かけながら今か今かとその時を待ちます。

「父上、母上。もうすぐ、もうすぐですからね……！」

名を、ルチヤ。

彼女は、自身の死が眼前にやってくるのをただひたすらに待っていました。すでに獣王が死したことによる高揚は収まっています。彼女の心に残るのは、この肉体に別れを告げることで、父や母の待つ世界に行きたいという願望のみ。彼女の臣下の前では決して見せない猟奇的な笑みを浮かべながら、ただ一人。『レイス』を待ち望んでいたのです。

彼女ははっきりと自覚していませんが、幼女王にとっての『レイス』は初めて死の恐怖を感じさせてくれた恩人であり、そして自身を殺してくれるかもしれない思い人でもあります。まだ恋心すら理解できない年齢ですが、彼女はレイスが激怒した時に纏《まと》っていた強烈な魔力、全身に襲い掛かる死という概念に恋い焦がれていました。

レイスならば確実に自身のことを殺してくれる、消し飛ばしてくれる、両親の下に送ってくれる。

幼女王は、そう確信していたのです。

そのために、彼女はレイスを罠に嵌めた。あえて『軍師』の口車に乗り、レイスを死地へと追いやったのです。そしてレイスは彼女の思惑通り罠に嵌まり、獣王を殺し、おそらく軍師によって『ネタばらし』をされ、ここに向かってきている。ナガンと同盟を結ぶ際、ルチヤは軍師に一つの要求をしました。それはルチヤの欲望のために一度だけ動く、ということ。

幼女王は獣王が死したという言葉を聞いた瞬間、その命令権を行使。

それにより死神が、レイスが私の場所に、死を届けにやってきてくれるわけです。

（ようやく、ようやく私は）

彼女がそう考えていると、天幕の外から民たちの騒ぐ音がより大きくなっていることに気が付きます。どうやらダチョウたちが、到着したようです。

幼女王が少し耳を澄ますと、足音が聞こえてきます。人や馬が出せるようなものではありません。もっと重く、強い足音。地面を踏みしめ、全てを押し潰すかのような轟音《ごうおん》。椅子に座っているからこそ、全身で感じられる振動は、より強くなっていきます。

ルチヤの中でその振動が恐怖に変わり、全身が濃厚な死の香りに包まれていく。体が、震える。けれど同時に歓喜する。待ち望んだ死が、ようやく私の下に。それを理解した瞬間、より喜びの感情が爆発します。全身には死の恐怖が駆け巡り震えが止まらず歯がうるさいほどにカタカタと鳴る、だがそれ以上に心は歓喜しているのです。彼女の口角が、不気味なほどに、上がる。

より早く、死を。幼女王の心が体を無理矢理突き動かし、椅子から転げ落ちるように前へと進み出した瞬間。


足音が止まる。

そして、死が、入ってきた。


「レイスゥゥゥ！！！」

「……やぁ。元気だね、ルチヤちゃん」

歓喜とも、恐怖とも取れる叫び声を、彼女は上げます。

「早く！　早く私を！　私を！」

濃厚な死の恐怖によって支配され、震えて動けない体を無理矢理心で動かす。地面を這《は》いつくばりながら、彼女は少しずつ、距離を詰める。けれど、レイスの方が速い。幼女王がほんの少し進んだうちに、ダチョウの長《おさ》はすでに目の前にたどり着いていました。

そんな彼女は、しゃがみ込みながら。王へと問いかけます。

「どうして、ほしいのかな？」

「殺せッ！　私はお前を罠《わな》に嵌《は》めた！　契約を反故《ほご》にした！　最初からお前を獣王に当てるつもりだった！　お前がどうなろうとも！　私の知ったことではなかった！　さぁ殺せ！　お前を殺そうとした！　罠に嵌めようとした私を！　殺せ！　殺して！　殺して！！！」

「…………そ、っか。なら」

レイスがそう、何か残念そうに。いや哀れむように、呟《つぶや》いた瞬間。幼女王の身が跳ねる。

魔力だ。

王の額には、レイスの翼の先が、向けられています。

そこに集まるのは、魔力。ルチヤがあの時、目の前にいるこのダチョウが激怒した時に感じたものと同じ、いやそれ以上のもの。

濃厚な、死の結晶。

「ぁあ、ぁあ！！！」

ルチヤの心を満たしていた歓喜が、恐怖に打ち勝つ。

（ようや、く）

指先に集まる魔力が、眩《まばゆ》い光を発光し始める。殺される、いや、殺してもらえる。幼女王は、その魔力の球体が確実に自身を殺し得るものであることを本能で理解します。しかし、すでに全身は、歓喜で満《み》ち溢《あふ》れていました。もう、誰も止める者はいないのですから。

（ようやく、あの、二人の、ところ、に）

「おしおき、ね？」

レイスがそう言った瞬間。

全てが、解き放たれる。

全てを包み込む閃光《せんこう》。

額に感じる、痛み。

「…………あ、れ」

（しんで、ない？）

彼女の体が感じるのは、ほんの少しの痛みだけ。それこそ、デコピンされたかのような、痛み。

決して死に至るような痛みではありません。そしていつの間にか、自身が感じていた死の元凶である魔力も、掻《か》き消えてしまっています。

　そして。

「え」

　目の前の彼女に、レイスに、抱きしめられる。大きくて、温かくて、全てを包み込んでくれそうな、翼に。

　いつの間にか、『母』の手が、『幼子』の頭を撫《な》でていました。

「これまでよく、頑張ったね。大丈夫、もう大丈夫だから」

　すでにもう感じることがないと思っていた、『母』の声。自身に無償の愛を教えてくれる、注いでくれる存在。先ほどまで感じていた濃厚な死、そして掌《てのひら》から零《こぼ》れ落ちた自己の死、何が起きたのか理解できず脳の処理が始まる前に体を包み込む母の愛情、そのすべてが混ざり合っていきます。

　すでに限界を超えていた彼女の脳は、全ての辻褄《つじつま》を合わせるために、急速に、動き出す。

◇◆◇◆◇

　その突如、幼女王の脳内に溢《あふ》れ出した存在しない記憶。

「……こ、ここ、は？」

先ほどまで天幕の中にいたはずなのに、世界が一変した。……けれど、私はこの場所を知っている。まだ、両親が生きていた頃の、王宮の庭園。お母様が趣味でお花を育てていた場所で、ずっと綺麗《きれい》な花が咲いていた。けれど二人がいなくなってからは、一度も訪れていない。元々お母様が一人で管理していた場所だし、私もその場所に他人が寄り付くのを許せなかった。

最後にこの場所を見た時の記憶は、信じられないほどに荒れ果てていた。なのに、何故《なぜ》。

「あら、ルチヤ。何してるの？」

「………お、お母、様」

声がする方を振り返る。やはり、そうだ。

私の、私のお母様だ。生きてる、なんで、なんで。死んだはずなのに、なんで、私の目の前に？

目頭が、熱くなってしまう。

「ど、どうしたの急に泣いちゃって……。ほ～ら、あなたのお母様はここにちゃんといますよ。ほら、お父様も」

「あぁ、ここにいるとも。ちょっと待ってなさい、今すぐにハンカチを取ってくるから」

お父様の、声だ。戦に行って、死体になって帰ってきた。もう聞けないはずの声。なんで、どうして。

頭が混乱している、けれど心はこれ以上ないほどに喜んでいる。もう一度、会えた。私は、二人に会うことができた。目頭が、熱い。涙が止まらない。どうしよう、泣きたくなんか、ないのに。

もっと二人のことを、見ていたいのに。なんで、なんで。

　そんな、私を見かねたのか。どこからかハンカチを持ってきたお父様が、私の顔を拭《ふ》いてくれる。

それでも、止まらない。止められるわけがない。

「……ルチヤ、お前に謝らないといけないことがある」

「おとう、さま」

「お前を置いていってしまって、本当に悪かった。ずっと一緒にいたかったが、神様がそれを許してはくれなかったみたいだ」

「私も、ルチヤ。貴女《あなた》を置いて死んでしまって、本当にごめんなさい。……でもね、決して私たちは貴女に死んでほしいわけじゃないの」

「ずっと、ずっと生きててほしい。死んでしまった私たちが言えることではないかもしれないが……。私たちは、お前に生きてほしいんだ」

「いき、て」

「あぁ、そうだ」

「そうよルチヤ、貴女がお婆《ばあ》ちゃんになるまでずっと生きてから、こっちにいらっしゃい。そうじゃないとお母様ぷんぷん、よ？　たくさん生きて、その思い出をたくさん、聞かせに来てね。お父様が途中で寝ちゃうくらい」

「……おい？」

「あら、あなた長い話苦手でしょう？」

お父様と、お母様が、笑っている。私がずっと、欲しかった世界。

ずっと、ここにいたい。

でも、でも。

「大丈夫だ、ルチヤ。お前は強い子だ」

「けれど、決して一人で頑張っちゃダメよ？　王様ってのはみんなの力を借りるの」

「おとう、さま。おかあ、さま」

「それに……」

二人の視線が、私の後ろに。

同じようにそこを見れば、さっき私を抱きしめてくれた『母』が、そこにいた。

「レイスさんは、悪い人じゃないわ。それに、貴女を導いてくれるはず。『ママ』って言って困らせるぐらいに頼っちゃいなさい」

「この子を、頼みます」

両親の言葉に、『ママ』は、ゆっくりと頷《うなず》く。

「……もう、時間か」

「おとう、さま」

「……体に、気を付けるのよ」

「おかあ、さま」

全身が、光に包まれていく。

何か言葉を口にしようとしたが、何故《なぜ》か声が出ない。

視界が、全てが、光に包まれていく。

けれど何故か、これだけは、しっかりと聞くことが、できた。


「「生きて」」

◇◆◇◆◇

（……え、今の何？）

彼女、幼女王を抱きしめ安心させようとした瞬間。何故か意識が飛んでいた。え、何？ほんとに今の何？ ちょ、こわいこわいこわい！ え、怒っていたのは確かだし、いくら子供でも国のトップが自分の欲望のためだけに『自国どうなってもいいや！』ってしたのは流石《さすが》に反省させなきゃって思ったのは確かよ⁉ でも流石に魔力砲撃って物理反省を促すのはダメだからってことでわかりやすく『怒ってる』のが伝わるように魔力込めてデコピンして『反省してこれからやり直していこう』って感じに収めようとしたよ⁉ も、もしかしてそもそも魔力込めるのがダメだった⁉ 結果的に周囲に魔力が飛び散って残留するようになったのがダメだった⁉ というか散らばってた魔力消えてる！ 今の何⁉

いや、なんか雰囲気に流されて頷いちゃったけどアレ何⁉ 絶対変なとこに繋《つな》がったよね！ 困る！　困るよ色々！　え、なんか世界に深刻な不具合とか出てないよね！　大丈夫だよね！　とりあえず誰か助けて！　おいこら軍師！　お前賢いんだろ！　今の現象説明しろ！　絶対存在しない記憶とかそういうのじゃないでしょ！

そんな混乱する私を世界は放っておいてはくれないらしい。抱きしめていた彼女がほんの少しだけ動く、何とか顔を整えながら、ゆっくりとその顔を覗《のぞ》いた。

「れいす、……ううん、まま。ママ！」

「……えっと、なぁに」

「私、がんばり、がんばります！　お父様や、お母様にちゃんと、お話しできるように！」

「……うん、応援するよ」

正直何が何だかわからないが、頑張ろうと意志を固めた幼子の頭を撫でてやる。うん、まぁよくわからんけどママって呼ばれてるし、親御さんからお願いされたっぽいし。……まぁこの子が嫌がるまで面倒は見るよ、うん。ただとっても手のかかるお兄ちゃんお姉ちゃんがたくさんいるから、ずっと付きっぱなしってのはできないから勘弁してね。

「そ、それで……。あ、あの、ママ。わ、私の名前、呼んでもらっても……」

「うん、いいよ。……ルチヤ」

「！　はい、ママ！」

「あ〜〜〜〜〜ッッッ！！！」

……え、デレ？

叫び声がした方を見ると、デレが天幕の下から首を突っ込んでこちらを見つめて――否《いや》、こっちに走ってきた。……、え、どうした？　しかもデレに何かあったのかってみんなついてきちゃった。わ、たくさん。

「ちゃう！　ちゃう！　ママじゃない！　う～～～！　デレの！　デレのママ！」

「え？」

「ッ！　い～え！　ママはルチヤのママです！」

「ちゃうもん、ちゃうもん！　デレの！　デレの！」

「「う～～～ッ！！！」」

あ～、はいはい。私はみんなのママですからね、ほらデレも。だっこしてあげるからおいでなさいな。ね？　喧嘩《けんか》しないの。

（……なんというか、これから大変なことになりそ）

エピローグ

「『樹木操作《ウッドコントロール》』……、っと」

懐から取り出した種を地面へと撒《ま》き、即席の椅子を創り出して座り込む。

こんなちょうどいいお天気は久しぶりかもしれない。最近ずっと何かに振り回されていたし、こうやってのんびり日向《ひなた》ぼっこするにはちょうどいい気候だろう。少し肌寒いけれど、日に当たっていれば体も温まる。……まぁ長時間やりすぎると体の性質が生物から樹《き》に寄りすぎてしまうから注意しないとだけど。

「今は周りに人がいるから大丈夫だろうけど、一人でこんなことしたら文字通り木になってしまうから……」

私たちエルフは人類種ではあるが、少し『樹』としての性質も持っている。正確には樹としての性質を引き出し増幅させることができる、と言うべきだろうか。確かプラークにいた頃レイスに『森を伐採してたら木の中からエルフが出てくる』みたいな話をしたが、アレは一人でぼーっとしすぎて木の中に埋まってしまったエルフのことだ。

エルフが得意とする樹木を操る魔法は、自分たちの体の性質を少し樹に近づけることで効果を高めている。魔力を樹木魔法特化に変質させる、と言った方がいいだろうか。まぁ私みたいに年齢が四桁《けた》を超えてくるとたまにそこら辺の境界があやふやになって、のんびりしてると樹になりすぎてしまうことがある。そのせいで気が付いたら木に埋まる、みたいな状態に陥ってしまうのだ。

「ある程度は耐えられるけど、流石にそこから数百年が経《た》っちゃうともう人間じゃなくて完璧《かんぺき》に木になっちゃう。そうなったらもう戻れないし……。まだまだ私は世界を見たいし、気を付けないと」

そんなことを考えながら、最近できた友人とも弟子とも呼べるレイスの方へ視線を向ける。

地面に敷き物を用意し、防壁の外で向かい合う彼女と幼女王。レイスの横には分厚い本が何冊も積まれている、確かこの国の歴史だったり、王としての心構えのあり方だったり、そういった類《たぐい》の本だったような気がする。幼女王の隣にも似た本が積まれているし、今現在開いている本も似たもののようだ。

「そういえば……、お勉強会するって言ってたっけ」

あの小さい子、この国の王の母親役を引き受けたらしいレイスはものすごい勢いで用意を進めていた。何が起きているのかわからず異世界に思考が飛んでいってしまった宰相を無理矢理叩《たた》き起《お》こし、幼女王の現状や今の統治体制などについての質問。プラスして王としての在り方を学ぶために書物の手配をお願いしていた。

自分の母親を取られるかもしれないと危惧《きぐ》したデレや、なんだかデレが引っ付いているのならば自分も引っ付こうとするダチョウ、雰囲気から不安を感じ取ってしまったのかわけもわからず泣き叫ぶダチョウ、自分がなんで泣いてたのか忘れてしまい即座に落ち着いて首をかしげるダチョウ。

普段通り穴掘りして遊んでいたら深く掘りすぎて自力で出られなくなったダチョウ。

そんな子たちに対処し平等に愛を振りまきながらレイスは走り回っていた。

（しかも、魔力操作も忘れずにしてたよね）

母は強し、という言葉を聞いたことがあるけれど、まさに彼女のためにある言葉なのではないか。そう考えてしまうほど彼女は精力的に動いていた。三〇〇近くいる子供たちに対し、誰の前でも良き母親、等しく愛を振りまく彼女。新しく子供になったらしい幼女王に対して割く時間が増えたけれど、その分ほかの子たちが満足できるように、より濃いスキンシップをしていた。

本当に、恐れ入る。そして過労でぶっ倒れないか、とても不安。

「む！」

「あら、どうしたのデレ？」

そんなことを考えていると、デレが仲間たちを連れて私のところに来てくれる。心なしか機嫌が悪そうだ。……まぁそれも仕方のないことだろう。これまでずっと一緒だった母親が違う存在に対して愛を振りまいているのだ。自分たちだけのものだったのに、そこに違う子が入ってきた。

少しだけ減ってしまった彼女たちの時間を補うようにレイスは可愛がってあげているようだが、やはり嫌なものは嫌だし不安なものは不安。ちょっとした変化に対応できていない、というところだろう。私に子はいないし、子育てもしたことがないからわからないが、人の子供というのは弟や妹ができた時に、構われる時間が減ったことから『自分はもういらないのかも』と考えてしまうことがあるようだ。

（すでに受け入れたというか、気にしていない子もいる。そもそも不安なんて食べちゃった、みたいな子も。けれど今のデレみたいに漠然とした不安を持っている子もいるみたいね……）

「こわれちゃった！」

「ん？　……あぁ、寿命早いわね。すぐに直すわ」

デレの翼が指す方を見ると、どうやらダチョウたちのために作った樹木の遊具がすでに破壊されていた。レイスが面倒を見切れない間に滑り台などの遊具でも作って気を紛らわせてあげようと思い頑丈に作ったはずなのだが……。ダチョウの脚力には勝てなかったようだ。滑る部分を間違って踏み抜いてしまったようで、大きな穴があいている。デレはそれを教えに来てくれたのだろう。

体内の魔力を操作し、持っていた杖《つえ》を地面へと突き刺し魔力を流す。即座に元通りになっていく遊具たち。とりあえず魔力的にもう修復が不可能なので、また壊れても違う遊び方ができるように改造したが……。一時間持つだろうか？

「はい完成。遊んでいらっしゃい」

「あそぶ？」

「あそぶ！」

「はしる！」

「あれ！　あれ！」

一瞬何か相談したダチョウたちが、各々走り出していく。遊具に向かって走り出す子もいれば、単純にぐるぐると追いかけっこを始める子たちも。そんな中、デレだけが残った。……仕方ないわね。なけなしの魔力を練り直し、もう一度魔法を行使する。先ほどまで私が座っていた木の椅子が二人掛けになり、その新しくできた部分へと彼女を座らせた。

「レイス、貴女《あなた》のママと……。新しく入った子のことね？」

「うん……」

……やっぱりか。レイスから聞いていたけれど、ダチョウという種族は総じて記憶力があまり良くない。初めて会った時はレイスだけが例外だったけれど、最近はデレもそちら側に行きかけている。まだそこまでずっと同じことを覚えていられるわけではないようだが、この反応からしてずっと母と新しい妹のことを考えていたのだろう。

「……あの子、新しい子。嫌い？」

「きりゃい！　……けど、きらいじゃない。でもきらい」

なるほど、やっぱりどこか納得しきれてない感じね。けどかといって私も何か解決策を提示できるわけではないのよね……、ほらエルフって長命種でしょう？　そのせいでよく『時間が解決してくれる……！』で数十年単位で放置しちゃうのよ。私は比較的長く人間社会で生きてきたから対応こそできるけど、そういった子育てとか関連はからっきしだし、子供の悩みの解決も……。

どうしましょう。

「とりあえず、ママにちゃんと言ってみればいいんじゃないかしら」

「……まま？」

「そう、貴女のママはお話したらちゃんと聞いてくれるでしょう？」

「……うん」

言葉にしないと通じない想《おも》い、というのはよくあることだ。大きな問題になってしまう前に、できる限り言葉にして整理しながら、それを聞いてもらう。ごめんなさいデレ、私にはこれぐらいしか思いつかないわ。

「……わかった！　いってくる！」

そう言うと、すぐに立ち上がって走っていく彼女。あら、かなり全速力。

そしてデレの行動に気が付いた他のダチョウたちが、それに追従するように走り出す。そして、レイスに突撃するあの子たち。

「あ、吹き飛ばされた」

◇◆◇◆◇

「軍師様！　軍師様！」

「…………はッ！　ここは！」

赤騎士、ドロテアが掛ける声によってようやく目を覚ます軍師さん。どうやら先ほどまで気絶してしまっていたようですね！

即座に今いる場所の把握のために忙《せわ》しなく動く軍師さんの眼球。ある程度情報を集め終わった彼は、今いる場所がヒード王国の教会であると結論付けます。最後の記憶は『例のあの問題のシーン』。そのことから考えられるのは、天幕から出てきたレイスが、幼女王とデレと呼ばれる同族の子供から、『ママ』と呼ばれていたことを見てしまった故のショック。それで気絶してしまったのでしょう。

「心配したのですよ軍師様……！」

「も、申し訳ない」

安堵《あんど》からか目に涙を溜《た》める赤騎士を落ち着かせながら、彼は情報を集めていきます。声を掛けながら背中を摩《さす》り、おそらく教会の備品なのであろう手ぬぐいの一つを拝借して彼女の涙を拭《ふ》く。そんなことをしながら、彼は自身がどうして気絶に至ってしまったかの経緯を確認します。

彼女の話と軍師自身の直前の記憶を整理すると、事態は以下のような形だった様子。

①レイスが二人を連れ皆の前に登場

②幼女王がレイスのことを『ママ』呼びし、それを彼女が受け入れる

③軍師が最悪の可能性に気が付くが、もう遅い。最初は混乱が広がったが、誰かが拍手したせいで何故《なぜ》か受け入れられる

④拍手が喝采《かっさい》に変わり、お祭り騒ぎスタート。なおこの時点ですでに軍師及び宰相、そしてマテイルデが宇宙ネコ状態

⑤軍師のストレス値が爆増し、胃酸も激増。すでに瀕死《ひんし》状態だった胃壁に『ジュッ！』という音と共に大穴があき、気絶。即座に教会に搬送

⑥丸一日聖職者たちの治癒魔法を受け何とか胃の穴を塞《ふさ》ぎ、現在ようやく復帰という感じらしい。

ちなみに、最悪の可能性というのは……。

『現在レイス殿にその意思はないが、確実に次期獣王ッ！　獣王国からすれば、前獣王と常備軍を殲滅《せんめつ》させたという圧倒的な力量を見せた彼女以外に適任者はいないッ！　他の者が獣王になろうとも国民の支持は絶対に得られない！　なおかつこのまま特記戦力不在のままだと他国に侵攻され国が消える！　それを避けられるのは「レイス」のみ！』

『それだけではない！　ヒード王国に対しても彼女が圧倒的な優位を取ってしまった！　つい先日まで確実に乱心していたはずの幼女王の顔が！　年相応のものになっているッ！　それだけならば微笑《ほほえ》ましいが、何故かレイスを「ママ」呼びしている！　理解ができない、できないが推測するしかないッ！　レイスが幼女王の母親になった場合ありえる可能性！　それは……、事実上の女王ッ！』

『ヒード王国の体制的に何かしらの変更を加えなければ王族以外王になるのは不可能！　けれど幼女王のあの顔！　駄目だ！　最悪体制自体を変えてしまうような恐ろしさがある！　すでにこの時点で実質的な女王はレイス！　つまり「レイス」は！　この瞬間望むだけで！　二国の王になってしまうッ！！！』

人の心というのは移ろうもの、周囲の意見や状況の変化によってすぐに変わってしまいます。今その気がなくても、可能性だけですべてが終わるレベルの危険度！　ヒード王国が抱える魔物資源とダチョウ、そして獣王国が抱える民兵といえど強力な獣人兵と穀倉地帯！　それが合わされば脅威とかそういうレベルではありません！　悪夢の倍プッシュ、魔王によるアイドルグループＭＯＵ４８の結成です！

「お、落ち着け、落ち着きなさい。そう私は、『軍師』なのです。常に冷静に状況を見極めなくては……。ま、まずは現状の打破から……！」

言葉を紡ぎながら、思考を纏《まと》めていく軍師さん。赤騎士や他の兵士が配慮してくれたのか、この部屋はどうやら個室ですでに防諜《ぼうちょう》用の魔道具が張り巡らされているようです。教会から許可と、黙秘の契約を結んだという報告書も枕元に置いてあります。一秒でも時間が惜しい今、どうすればレイスが王になるのを避けられるか、考えなければいけません。

「……そうだ、あの時魔道具が示した魔力反応っ！　もしや洗脳の可能性……！」

「あ、軍師様。それなのですが……」

赤騎士ドロテアの口から語られたのは、軍師が眠っていた間の話。

何でも宰相も似たような不安を抱き、レイスもレイスで色々不安だったため教会から人を呼び出したりエルフのアメリアに頼んだりして様々な検査を行ってもらったそうな。体の異常がないかのチェックはもちろん、精神などに悪影響が出ていないか、洗脳などの痕跡《こんせき》がないかの確認を、ぶっ倒れた軍師の緊急治療が行われている裏でやっていたみたいですね。

その場にいたナガンの兵士が作った報告書を、赤騎士から手渡される軍師さん。そこには診断書の写しが挟まれており、この王都にいる一番の神聖魔法の術者である『大司教』殿や、過去に司祭まで上り詰めたが七〇〇年ほど前に『世界を見たい』と言って自己破門をしたアメリアが調査を行ったそうですが……。結果は、何の異常もなし。

ただ単純に、レイスのバブみにやられて『ママ』と呼んでいるだけでした。

「なんでぇッ！！！」

思わず頭を抱え叫んでしまう軍師。かわいそう。

単純にバブみにやられてしまった以上、もうこっちはどうしようもない可能性が高い。残る選択肢は獣王国での工作ですが、そもそも獣王国に潜ませたナガンの諜報員《ちょうほう》の数は非常に少ない。彼が求める効果を発揮するには長い時間がかかり、その間にレイスが王位についてしまってもおかしくありません。

そして。

そんな思い悩む軍師の下に、一人の兵士が来訪します。それも、とても激しい足音で。

「軍師様ッ！」

「ッ、……どうしましたか」

すでに崩壊した彼自身を見せてしまった赤騎士に対しては意味がありませんが、自身の『軍師』たるイメージを保つために即座に雰囲気を整えた彼は、飛び込んできた兵士を迎え入れます。

そのナガンの兵士は懐に忍ばせていた書状を彼へと手渡し、即座にこの部屋から退出しました。未《いま》だ気配がドア付近にあることから、外部からの諜報に備え警備してくれているのでしょう。教会は人類という種族の味方ですので、どこかの国家に属したり肩入れすることはありませんが、例外は何事にもあるのです。それを警戒してのことでしょう。

優秀なナガン兵の様子に満足げに頷《うなず》き、精神を整えた軍師は書状を開きます。そこには……。

『獣王国で発生したアンデッド、未だ増殖中。獣王国内で救援を求める意向が固まった模様。なおアンデッドは準特記戦力級を多数保有しており、人為的な災害の可能性アリ』

「これは……」

現在、軍師の脳内にあるのは、二つの選択肢。

すなわち、『ダチョウと敵対する』か、『ダチョウと友好的な関係を続ける』かです。

追い込まれた彼ですが、そのどちらを選んだとしてもある程度戦い抜ける勝算がありました。

まず『敵対』する場合、今現在入ってきた報告を見なかったことにし、即座にナガン王国へと帰還。そして始めるのは周辺国の併合作業です。正確には、他国の特記戦力の引き抜き。併合はおまけのようなもの。ナガン王国の北に位置するトラム共和国の特記戦力『不死』、西に位置するリマ連合の特記戦力『海龍《かいりゅう》』を傘下に収めることができれば、十二分に勝算がありました。

(『不死』殿は私を非常に嫌っていますが、あの方は実利を理解できる方、ダチョウとの戦だけを考えれば最後まで味方でいてくださるでしょう。さらに私と同じ『特殊タイプ』ということもあり非常に相性がいい。そして、『海龍』殿。あの方は条件次第で、上の下程度までその力量を伸ばすことができる。決して難しい勝負ではない)

確かに軍師さんの思惑通りに陣容を整えることができれば、勝算はあります。そしてその陣容を整整えるための策略はすでに進行しており、最後の一押しをすれば一月以内に二国の併合が可能。北のトラム共和国も、西のリマ連合も人間種がその多くを占めるが故に可能となる策です。……しかしながら問題は、戦の後にありました。

（『海龍』殿は戦場と酒と女性さえ用意すればその後も傘下にいてくださるでしょうが、『不死』殿は確実に離反し……、帝国に付くでしょう。またダチョウたちに勝利したとしても、ヒード王国やチャーダ獣王国の統治をどうするかという問題が出てきます）

戦に勝ったとしても、待っているのは問題が山積みの内政地獄。そもそも戦争直後にナガン国内の『人間至上主義』という思想を一掃しなければ、ヒードと獣王国の統治など不可能です。そして一掃するということは、どんなに頑張っても確実に内乱へと発展してしまうでしょう。軍師さんであれば十全な準備、それこそ内政につきっきりになれば内々に収めることができるでしょうが、このルートの場合彼はそれまで外政などにつきっきりです。完全になかったことにするのは難しいでしょう。

そしてその内乱や反乱を収めているうちに、確実にあの『帝国』、北の大陸に存在する最強国家が動くに違いありません。

（帝国としては、私たち小国が勝手に潰《つぶ》し合っていた方が都合がいい。彼らとしても海を越えた先から攻め込まれるのは困る。たとえ圧倒的な軍事力で押し返すことができたとしても、今の皇帝の性格を考えるに纏まる前に叩《たた》くだろう）

強大なライバルになる前に叩き潰す、そんな思想を持つ帝国の目の前に、巨大化したとはいえ反乱や内乱で疲弊しているナガン王国があればどうなるか。当然、叩き潰されます。（帝国に忍ばせている諜報員を上手く使えば遅延工作程度はできるでしょうが、それでも限界がある。こちらの特記戦力の数にも限りがありますし、敗北は確実）

故に、総合的に考えて、ダチョウと『敵対』するのは、危険性が高すぎました。

「つまり生き残るには、現状維持。このまま彼女らと関係性を深めていく以外、ありませんか」

現在ナガンとヒードは対等な同盟国ですが、もしレイスが王位に就いた瞬間そのバランスは崩れ去ります。ヒード王国と獣王国の力を持つ新たな国家が生まれ、ナガンは半ば従属するような形になるでしょう。しかしながら、それを選択すれば少なくとも国が崩壊するような未来は見えてきません。レイスの性格を見る限り、彼女は懐に入れたものに対してはかなり甘くなるタイプであると軍師は考えていました。

「……となると、いかにナガンが有用であるかを示した方が今後得になるやもしれませんね」

優秀が故に殺される、ということは過去の歴史から見てよくあることではありますが、彼女の性格からしてそれはないでしょう。仲間である間は、いくら怪しくても手を下すことはないと彼は考えます。レイスが今後拡大政策を取るのか、それとも現状維持を望むのかはわかりませんが、これからのことを考え、ナガンの発言力を高めるには強さを示す方がいいでしょうね。

「となると……、この対アンデッド。利用しますか」

巻末　第二回被害者の会　お豪華絢爛《けんらん》版

「デロタド将軍と！」

「ボブレの！」


「『ダチョウ被害者の会～！！！』」


さぁさぁ始まりましたダチョウ被害者の会、『あの世・第三スタジオ』からお送りするのは無残にもダチョウに殺されてしまった方々のご様子！　今日もお酒とおつまみ片手に語り明かしてもらいましょう！　ＭＣはお馴染《なじ》み『隣国攻めに行ったらたまたまそこにいたダチョウに轢《ひ》き殺された』のデロタド将軍と、『なんかすごい雷魔法持ってきたのにダチョウにノーダメージで瞬殺された』ボブレさんでお送りいたします！

「いやー、続きましたね将軍」

「だなぁ。正直速打ち切りからの無職コースだと思っていたのだが……。ほんと視聴者の皆様のおかげであるな、うむうむ」

「ですねぇ。あ、私らお酒とか入れながらやらせてもらいますんで。どうぞ皆様も気楽に見ていただければと」

そう言いながら将軍のジョッキにビールを注ぐボブレさん。彼の言う通り、このスタジオに設置されたちゃぶ台にはたくさんの酒瓶とスーパーのお惣菜《そうざい》が載せられています。まぁ御覧の通り、このスタジオのセットは時代劇といいますか、昭和のお茶の間セットを改造して流用している感じです。つまり予算があんまないいんですよね……。なのでお酒とお惣菜は彼らの自腹です、はい。悲しいね。

ま、ゆる～い感じで。あの世から『被害者の会』進めちゃってくださいな。

「では最初に簡単なご説明をさせていただくとしよう。このダチョウ被害者の会、まぁ言ってしまえばダチョウにやられた者たちをここに集め、反省会や、傷の舐《な》め合いとかをしていく会だぞ！」

「一番最初に我々が送られましたからね！　司会進行を務めさせていただきます！」

「うむ、ということでまずは色々おさらいしていこう！　巻末故な、みんな忘れているかもしれぬ！」

「メタいですねぇ！」

お酒の力か、ちょっとだけテンションの上がったお二人。ちゃぶ台の下から、ドンとフリップボードを引っ張り出しますと、そこには大きく『おさらい』と書かれています。

「今回はダチョウたちがより人間社会に入り込んでいく、という感じのお話であったな。戦争然《しか》り政治然り、まぁダチョウの彼女らには欠片《かけら》も理解できなかったようだが……」

「国ごとの思惑や、戦争。そして家族の愛。見どころたくさんでしたねぇ。保育園の園長先生がママになってしまうとは。素晴らしいことかと思います」

「であるな。本来であれば何かお祝いをお贈りするところなのだろうが……。我らもう死んでるので無理！」

そう言いながらジョッキをちゃぶ台に叩きつける将軍さん。まぁこの人たち死人ですからね。一応死人が現世に関与する方法がないわけではないですが、やりすぎると普通に神のお怒りというか、この番組のスポンサー様からお怒りを賜るので……。はい。なしの方向性でお願いします。

あ、ちなみに一瞬レイスが過労で『こっち』と繋《つな》がりそうになった時は、本当に大騒ぎでしたよ？　なにせダチョウがダチョウ被害者の会に入るとか笑い事じゃ済みませんから！

「してボブレよ。今回からゲストというか、新レギュラーが追加されるとのことだが……？」

「そうですそうです！　皆様ご存じの通り、この被害者の会はダチョウにやられた方がやって来る場ですからね。今回、該当しそうな方がいるでしょう？」

「確かに！　ではこれ以上お待たせしては申し訳ない！　お呼びするとしようか！」


「「獣王国国王！　シーさ〜ん！」」

彼らがその名を叫ぶと、セットの端から各方面に頭を下げながら入ってくる獅子《しし》の獣人が一人。そうです、かの獣王様ですね。今回レイスにぶっ飛ばされてしまったため、今回からレギュラーと相成りました。あ、ちなみに今回も予算カツカツなので、視聴率悪かったら打ち切りになるんで覚悟しておいてください。

「いやそれ新入りの私に言うか？　っと、失礼しました。元獣王のシーです。どうぞお見知りおきを」

「これはこれは！　ささどうぞお座りを！」

「ビール注《つ》ぎますね～」

そう言いながら少し座る位置をずらし場所を開ける将軍さんに、新しくジョッキを取り出してビールを注ぐボブレさん。それを受け取った獣王さんは一気に飲み干し、大きく息を漏らします。良い飲みっぷりですね！

「初めましてです、今回からお呼ばれすることになり……。というかお二人とも『ナガン』の出とは思うのですが、その、思想とか大丈夫なんです？」

「あぁ。その件ですな。いやいや、お気になさらず。というかカメラマンの方とか普通に獣人ですし、ADの方はドワーフですからね」

「あの世って国境ないですからねぇ。色んな種族がいるんでなれちゃいます。というかウチの親父《おやじ》とか酷《ひど》い思想持ちだったんですけど、この前会ってみたら改善されてて驚きましたよ」

「はえー、そんな感じなんですねぇ」

少し心配そうにしていた獣王と、どうやらあの世ということで色々改善されていると話すお二人。まぁ実際あの世なわけですから、ほんと色んな人がいるんですよ。……あ、もちろんダチョウ獣人ちゃんたちが集まるスペースもありますからご安心くださいね！　まぁあそこ今ちょっとヤバいことになっているというか、レイスたちの活躍を見てたせいであの世にいるダチョウちゃんたちのみんなに『レイス＝ママ』の図式が成り立ってすごいことになってるんですけど……。

「というか獣王陛下。すごく喋《しゃべ》り方マイルドになってますね？　生前もうちょっと王様王様してたというか、我！　って感じじゃなかったですか？」

「まぁ死んだので心機一転と言いいますか、一応王ではなくなったのでもう素でいいかな、って」

「将軍と王では比べ物にならないでしょうが、確かに重責とかありますものなぁ。とりあえず、お疲れ様でした」

「あぁこれはご丁寧に」

そう言いながら頭を下げるナガンのお二人に、行儀よく返礼する獣王さん。生前もちょくちょく口にしていたというか頭で考えていましたが、この人は獣王国が求める王様のイメージをずっと維持してきたような方です。もうおじさんみたいなお年のようですが、根っこは好青年みたいな感じみたいですね。本日観客席に来ている獣王国の人が酷く驚いていますから、生きてる時はずっと理想の王様だったのでしょう。あの世で言うのも何ですが、ゆっくりしてくださいね～。

「さて獣王殿、早速進めていきたいのだが……。今回の見どころと言えばどこであろうか？」

「見どころですか……。たぶん求められているのは私とレイス殿との戦いだとは思うのですが、やっぱアレですかね？」

「アレ、とは？」

「あの幼女王殿というか、ルチヤ殿の『ご両親との再会』みたいなやつですね。こっち来てから眺めてたんですけど、アレ色々大丈夫だったんですか？」

　そう言いながらこの番組のプロデューサーの方を見る獣王さん。思いっきり両手で×を作ってるあたり、マジで駄目な行為だったのでしょう。でもまぁレイスっていう世界のバグがしでかしたことですし、ルチヤはお父様とお母様に再会できたわけですから、よかったことにしておきましょう。

……え？　当局の方から苦情の電話が来てる？　無視してください無視。現世で起きたことなんですから無関係です、はい。

「あ、ちなみに獣王陛下。元ヒードの国王様とお后《きさき》様なんですが……。お隣の第二スタジオで冠番組お持ちですよ？」

「え、マジですか？」

「マジですマジです。なんかガーデニング系の番組やってらっしゃいます。というか今日観客席の方に来てくださってますよ？」

　そう言いながら指差すボブレさん。その先にはつい先日レイスの魔力のおかげで娘と再会されたお二人がお忍び姿で観客席に座ってらっしゃるではありませんか。思わず立ち上がり気まずそうに頭を下げる獣王さんでしたが、お二人ともすでに気にしていないといった表情で頭を上げるように言っていらっしゃいます。後日正式にご挨拶《あいさつ》に行こうと思った獣王さんでしたが……。まぁそのあたりは別のお話ということで。

「っと、では本題に移っていくとしようか獣王殿。やはり今回取り上げたいのは獣王殿とレイスの戦いであろうな。ボブレ！」

「はいはい、もうフリップボードの準備はできてますよ！」

言葉と共にちゃぶ台の下からさらにボードを取り出すボブレさん。今回の獣王さんの戦いが事細かに綴《つづ》られた大型ボードです。いつの間にか設置された古めかしいテレビもその時の映像が流れていますし、ご本人からの感想をようやくお聞きできる、といった感じですね。

「では早速だが……。このたびの戦いの勝利への道。本人の考えを是非お聞かせ願えませんかな？実は我ら二人とも手に汗握りながら応援しておったのです」

「そ、それはそれは。ありがたい限りです。ですが勝ち筋ですか……。いや普通に思いつけませんね、はい。初撃で倒せていればもしくは、と思いますがあの場でできる最大限のことはした、と思ってますし」

「やっぱりそうなりますよね……」

獣王の言葉に相槌《あいづち》を打つボブレさん。彼らも色々と考えていたのですが、獣王さんが勝ち得た道はやはり一つだけ。最初の奇襲で仕留め切る以外にありそうにないです。ですがまぁレイスの耐久力を考えると初手で全身を吹き飛ばすのはかなり難しいというか、それこそ高原の生物を連れてこなければ無理そうというか。

「というか、ぶっちゃけてしまうと。脳を半壊させても生きている相手に正直勝てるビジョンが浮かびませんね、はい。魔力量とかヤバいし。というか与えた傷が即座に全快されるし」

「「それはそう」」

「初撃で、ほら私が最後にやった攻撃。アレは『獣王砲』と言うのだがな？　民が名付けてくれたんですよ。アレを最初に撃ち込んでいれば勝てたかもしれませんが……。しかしアレはチャージ時間が長く隙も大きいんです。さらに魔力消費量が多すぎるが故に実戦にはあまり向かないんですよね。最初に獣王砲を撃つ決断はできなかったでしょうし、正直どうしようもなかった感がすごい……」

「我らナガンが戦った時よりもヤバい存在になってしまったしなぁ」

「ですねぇ」

そう言いながらしみじみとするお三方。ダチョウちゃんもですが、レイスはもっとヤバいですからねぇ。

「というわけで将軍。そろそろ今日の結論お願いします！」

「ウム、第二回ダチョウ被害者の会にて出た結論は……！」

『やっぱりダチョウに喧嘩《けんか》を売るな』

「だな。獣王殿でも無理だった手前、ほんとに喧嘩売っちゃダメな気がするぞ」

「高原レベルでしたっけ？　それぐらいにならないと勝負にすらなりそうにないですよねぇ」

「でも何人か人類社会で思い至る人いるんですよね。まだ勝てそうな人。……というか今さらですけど、私の体、変な女の人に持ってかれてませんでした？」

「あぁ、アレ。なんだか明らかに厄介事の匂いがしましたな」

「ま、その辺も追々この被害者の会で、運が良ければ？　悪ければ？　新メンバーを迎えてお伝えしていければと！」

「「「それでは皆様！　さよ～なら～！」」」

あとがき

まずはこの本を手に取って下さった皆様に、最大限の感謝を。本当にありがとうございます。

また、ＷＥＢ投稿時に応援して下さった皆様、素敵なイラストを描いていただいたＰｉｌｏｋｅｙ先生、大変ご迷惑をお掛けした編集部の皆様と校正様に感謝申し上げます。

ダチョウちゃんたちのお話。その第二巻でしたが、いかがだったでしょうか？　最後の被害者の会の人たちが大体纏《まと》めて下さったので詳細は省かせていただきますが、色んな出来事に揉《も》まれた彼女たちが成長していく様子をお伝えできていれば幸いです。前巻でも書かせていただきましたが、もし本作を通じて少しでもダチョウという存在に興味を持っていただけて、実際に見に行ったりグッズを手に取られたり、もしくは頂かれたりしてもらえればこれに勝る喜びはございません。あ、もちろん『頂く』というのは食べることですからね。ダチョウちゃんたちみたいにたくさんもぐもぐしてください。

では真面目《まじめ》？　なお話はここでお終《しま》いといたしまして、本作に関わる裏側をちょっとお伝えできれば。別にあとがきで書くことを思いつかなかったわけではないのですが、ちょっと言いたいことがあるんですよ。……ほんとですよ？

自身にとってこの『ダチョウ獣人』は初めての書籍化作品でして、カドカワＢＯＯＫＳ様の応募フォームに投下して、今の編集者様に発見していただいたものになります。当然そうなれば編集者様とのお話の場が設けられるわけで、私田舎《いなか》住みなものですからＷＥＢでお願いしたのですが……。実はですね？　その時、当時流行していた感染症にかかっちゃっていたのです。正確に言うなれば打ち合わせの後に病院に行ってみれば罹患《りかん》していたって感じですね、はい。しかもその日、運が良いのか悪いのか、クリスマスだったんです。ダチョサンタさんのプレゼントでした。

あの時の私は『なんか調子悪いな、頭も回らないな。もしかして初めての書籍化だから舞い上がっちゃっているのかな』なんて思いながら、自分の口がちゃんと動いているのか不安に思いながら打ち合わせさせていただいたんです。このあとがきを通じて編集者様に初めてお伝えしたのですが……、なんか変なこと言っていたら申し訳ありません。この場を借りまして勝手に謝らせていただきます。それこそ私がダチョウ獣人であればノーダメージだったのでしょうが、人間の私は次の日からお布団がお友達。皆様もぜひ、体調に気を付けていただければというお話でした。お気に召していただければ幸いです。

最後になりますが、皆様のおかげでもう一度ダチョウ獣人ちゃんたちを世に出すことができました。本当にありがとうございます。まだどうなるかわかりませんが、次の機会もあれば是非に！　また、実は鞠助《まりすけ》先生によるコミカライズが進行中でして、どうかこちらの方も気にかけていただければ！　ちょっとだけ見せていただきましたが、とってもすごかったです！　読んでね♡

それでは、愛くるしいおバカに愛をこめて。

サイリウム

お便りはこちらまで

〒102－8177
カドカワBOOKS編集部　気付
サイリウム（様）宛
Pilokey（様）宛

カドカワBOOKS

ダチョウ獣人《じゆうじん》のはちゃめちゃ無双《むそう》 2
アホかわいい最強種族《さいきようしゆぞく》のリーダーになりました

2025年 4 月10日　初版発行

著者／サイリウム
発行者／山下直久
発行／株式会社KADOKAWA

〒102-8177
東京都千代田区富士見2-13-3
電話／0570-002-301（ナビダイヤル）

編集／カドカワBOOKS編集部

印刷所／暁印刷

製本所／本間製本

●お問い合わせ
https://www.kadokawa.co.jp/（「お問い合わせ」へお進みください）
※内容によっては、お答えできない場合があります。
※サポートは日本国内のみとさせていただきます。
※Japanese text only

Printed in Japan
ISBN 978-4-04-075879-4 C0093

新文芸宣言

かつて「知」と「美」は特権階級の所有物でした。

15世紀、グーテンベルクが発明した活版印刷技術は、特権階級から「知」と「美」を解放し、ルネサンスや宗教改革を導きました。市民革命や産業革命も、大衆に「知」と「美」が広まらなければ起こりえませんでした。人間は、本を読むことにより、自由と平等を獲得していったのです。

21世紀、インターネット技術により、第二の「知」と「美」の解放が起こりました。一部の選ばれた才能を持つ者だけが文章や絵、映像を発表できる時代は終わり、誰もがネット上で自己表現を出来る時代がやってきました。

UGC（ユーザージェネレイテッドコンテンツ）の波は、今世界を席巻しています。UGCから生まれた小説は、一般大衆からの批評を取り込みながら内容を充実させて行きます。受け手と送り手の情報の交換によって、UGCは量的な評価を獲得し、爆発的にその数を増やしているのです。

こうしたUGCから生まれた小説群を、私たちは「新文芸」と名付けました。

新文芸は、インターネットによる新しい「知」と「美」の形です。

2015年10月10日
井上伸一郎

サイレント・ウィッチ -another-
結界の魔術師の成り上がり〈上〉

依空まつり　イラスト／**藤実なんな**

貴族の子供が通う魔術師養成機関の新たな特待生は、貧しい寒村育ちの少年ルイスだった。乱暴な性格と裏腹に、全ての初級魔術や短縮詠唱も使いこなす彼は、その実力で数々の功績と悪行の記録を学園史に刻むことに!?

カドカワBOOKS

どんな攻撃もノーダメージ！
ラスボス級大型新人、出陣！
角川コミックス・エースより
コミックス好評発売中!!
漫画：おいもとじろう
電撃コミックスNEXTより
アンソロジーも好評発売中!
原作&小説　夕蜜柑
カバーイラスト　狐印　ほか
ステータスポイントをVITのみに捧げた少女メイプル。その結果得たのは、物理・魔法攻撃・状態異常無効に強豪プレイヤーも一撃死のカウンタースキル!?　自らの異常さに気づくことなく、今日も楽しく冒険に挑む！

水魔法ぐらいしか取り柄がないけど現代知識があれば充分だよね?

著 mono-zo　画 桶乃かもく

スラムの路上で生きる5歳の孤児フリムはある日、日本人だった前世を思い出した。今いる世界は暴力と理不尽だらけで、味方もゼロ。あるのは「水が出せる魔法」と「現代知識」だけ。せめて屋根のあるお家ぐらいは欲しかったなぁ……。

しかし、この世界にはないアイデアで職場環境を改善したり、高圧水流や除菌・消臭効果のあるオゾンを出して貴族のお屋敷をピカピカに磨いたり、さらには不可能なはずの爆発魔法まで使えて、フリムは次第に注目される存在に——!?

カドカワBOOKS

最底辺スタートな
転生幼女、
万能の「水魔法」で
成り上がる!?
電撃コミック レグルスにて
コミカライズ連載中!!
漫画：戯屋べんべ

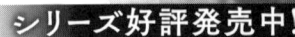